文春文庫

水の中のふたつの月

乃南アサ

文藝春秋

目次

水の中のふたつの月

プロローグ

窓を開けてアイロンがけをしていたら、少しの間に何か所も蚊にくわれてしまった。仕方なく網戸をすれば、今度は風がほとんど通らなくなってしまう。月本亜理子《つきもとありこ》は、こんなことなら先に風呂に入るのではなかったと思った。

実際、夏のアイロンがけぐらい、暑くて嫌なものはないのだが、明日着ていくブラウスがないことに、ついさっき気づいたのだから仕方がない。

「あぁっついなぁ、もう」

思わず独り言を洩《も》らすと、亜理子は、大きく一つため息をついた。狭い部屋の片隅には、小振りの黒い扇風機が、さっきから頼りなく首を左右に振っている。長い髪は後ろで一つにまとめているから、首筋だけは普段よりも涼しく感じられるが、そんなことは何の慰めにもならなかった。

下着以外の衣類は、全部クリーニングに出してしまえたら、どんなに楽だろうかと思う。けれど、そんな余裕がないことくらい百も承知している。だからこそ、こうして汗をかきながら、乾いたままで皺《しわ》くちゃになっていた洗濯ものの山を片づけているのだ。

亜理子は、網戸の向こうの闇に目をやり、もう一度ため息をついた。

この部屋はアパートの二階で、目の前には、通りを挟んで教会らしいものが見える。「らしい」というのは、その建物の古ぼけた石の門柱に、「宗教法人」の何とかいう会の名前が書かれている札がかかっているからだった。だが、屋根に十字架が乗っているわけでもなく、亜理子が部屋にいる間には、賛美歌も、お経も聞こえてきたことはない。かなり大きな建物は、普通の家と変わらない造りに見えるものの、夜になるとひっそりと闇に沈んで、人が生活している気配はまったくなかった。そのおかげで窓を開け放していても覗《のぞ》かれるという心配はないのだ。

――クーラー、欲しいなぁ。

テレビには、亜理子が毎週楽しみにしているドラマが映し出されている。おなじみの俳優と女優が演じるラブ・ストーリーだ。おおよその内容は、雑誌の「今週のTV」のページで大体知っているのだが、それでも観ないわけにいかなかった。これから二人を待ち受けているトラブルとは、いったいどんなものだろうと思うと、それだけで、亜理子は一度でもその番組を見逃したくはなくなった。だから、他に予定が入っている日にはビデオを録っておくけれど、毎週火曜日はドラマを観るために、出来る限り早く帰宅するというのが、ここしばらくの亜理子の大切なスケジュールの一つになっている。

シャンプー後の髪を乾かすのに使ったまま、置きっ放しにしてあったバスタオルを引き寄せ、じっとりと汗ばんでいる顔をぐるぐると拭くと、亜理子は小さな扇風機のスイッチを「中」から「強」に変えた。ジョギング・パンツから出ている足を立て膝にして、再びアイロンに手を伸ばし、ブラウスの衿を押さえながら、テレビに見入る。

——やっぱり、顎《あご》が細くて首が長いからいいのよね。ああいう輪郭だと何を着ても似合うんだ。

亜理子は、そのドラマでヒロインを演じている女優が大好きだった。たとえば彼女だったら、今、亜理子がアイロンをかけているような、ごく普通のスタンド・カラーのブラウスを着たとしたって、まるで別物のようにおしゃれに見えるに違いない。先月あたりに読んだ雑誌のインタビュー記事にも、彼女は自然でさりげない服装が好きだと書いてあった。

彼女のことをテレビで見たり雑誌の記事で読んだりする度に、亜理子はもしも彼女と友だちになったら、きっと最高に素敵な親友になれるだろうにと思う。それは、さほど不可能なことでもないという気がしてならない。要はタイミングの問題だ。

彼女ならば、亜理子がこれまでにつき合ってきた誰よりも、亜理子の気持ちを分かってくれるに違いなかった。今、比較的仲良くしている会社の同僚や、少しずつ意見が合わなくなりつつある学生時代の友だちなどとは、恐らく全然違うつき合い、関係になることだろう。

——たまたま職業や環境が違うから、知りあうきっかけがないだけなんだ。

その彼女が、今回のドラマではごく平凡なＯＬを演じている。オフィスの様子は、亜理子の会社よりもずっと綺麗だが、テレビの中の彼女は、亜理子と同じようにコンピューターの前に座って、亜理子と同じようにキーボードを叩く。

いつしか、またアイロンを下に置いたまま、亜理子は夢中になってテレビを見ていた。やがて、人に呼ばれて「はい」と彼女が返事しながら振り向いたところで、「つづく」の文字が入った。

「ああ、どうなっちゃうのかなぁ」

ようやく現実に戻って、皺のとれた淡い水色のブラウスをハンガーに吊るし、次の洗濯ものに取りかかろうとしたとき、電話のベルが鳴った。

「明日、時間が取れそうだけど」

耳に飛び込んできたのは、どこかの公衆電話からと分かる雑音を背景にした、屈託のない声だった。

「あ、課長。酔ってるでしょう」

「まあね。酔うと、亜理子と話したくなるな。明日、どう」

「そうしたら、明日、この前言ってたところに連れて行ってくれる？」

テーブルの脇のバッグに手を伸ばし、中からピンク色の、少し大きめの手帳を取り出しながら、亜理子は「ああ、いいよ」という返事を聞いた。ところが、ぱらぱらと手帳のページをめくったとたん、思わず「あ、明日かぁ」という言葉が出てしまった。

「何、他に約束があったの。だったら――」

「あ、ううん、いいのいいの。そっちはキャンセル出来るから、大丈夫なの。ね、明日、連れてって！」

慌《あわ》てて相手の声をさえぎりながら、亜理子は受話器を肩と顎ではさみ、片手に電話を持って、狭い部屋をうろうろと歩き回った。目指す雑誌を探し出すと、前々から「行ってみたい」と言い続けていた店の紹介ページを探しだし、電話口で、紹介の記事を読み上げる。

「ね？　素敵っぽいでしょう」

「よしよし、分かった。じゃあ、いつもの場所でいいね」

電話がたくさん並んでいるところからなのだろう。テレホン・カードがぺろりと吐き出される時の、ピーッ、ピーッという音が、会話の途中で何度も聞こえてくる。

「やった！」

「綺麗にしておいで」

最後に、わざとらしいくらいに元気よく「おやすみ」を言うと、亜理子は電話を切ってから、ほうっとため息をついた。頭の中では、既に違うことを考え始めている。

——言い訳を、考えなきゃ。

ハンガーに吊るされている水色のブラウスが、わずかな風にふらふらと揺れている。せっかくアイロンをかけたのだが、明日はこれは着られないな、と思った。

まずは、タンスの中を思い浮かべて、あれこれと迷った挙げ句、結局クリーニングから戻ってきたばかりのオレンジ色のワンピースを着ていくことにした。あれならば、個性的とは言い難いが、無難で下品にもならないし、それほど子どもっぽくもならない。田原と歩いても、それほどつりあわないこともないはずだった。即座に立ち上がってタンスからそのワンピースを取り出して、鏡の前で服をあててみると、亜理子はにっこり笑った。

——これで、着ていくものは決まったから、と。

ワンピースを戻し、今度は少しの間立ったままで腕組みをする。だが、それは本当に少しの間だった。亜理子はすぐに、つい今し方受話器を置いたばかりの電話を取り、短縮ダイヤルのボタンをプッシュした。回線がつながってコール音が鳴る間に、開いたままで置かれているスケジュール帳の明日の日付の場所に「T」と書き込むと、あらかじめ書き込まれていた「K」という文字をペンでぐるりと囲む。受話器の向こうでは、数回のコールの後、留守番電話のテープが回り始めた。

「恒平くん？　亜理子。あのねぇ、明日のことなんだけど、今日ね、課長に言われて、残業しなきゃならなくなっちゃったの。ごめんねぇ、もう、嫌んなっちゃう。土曜日は、絶対に大丈夫だから、ね？」

最後に「おやすみ」とひと言つけ加えて、亜理子はさっさと受話器を置き、「よし」と一人でうなずいた。

――もう、忙しいってば、ありゃしない。

ぱらぱらとスケジュール帳をめくれば、今年に入ってからの亜理子の行動がすべて記録されている。何も書き込まれていない日は皆無と言って良いほど、手帳は真っ黒だった。そして、来週も再来週も、スケジュール帳は着々と新たな予定をのみ込み、どんどんと日付を埋めていくだろう。

――そりゃあ、割勘の食事より、豪華なディナーを取るに決まってるわ。

亜理子は、丸で囲んだ「K」という文字を矢印で土曜日まで引っ張り、あらかじめ書き込まれていた「Kと花火大会」という文字の脇まで持っていった。それから「花火大会」の下に二本線を引く。スケジュール帳というのは、文字だけでなく、丸で囲んだり矢印を引いたりしてある方が、ずっと充実して忙しそうに見えるものだということを、亜理子はいつの頃からか学んでいた。

もともと、一度スケジュール帳に書き込まれたことは変更しないというのが亜理子の基本方針だった。相手からのキャンセルはまず認めない。それでも亜理子の方から予定の変更を言い出す時があるとすれば、それは、ほとんどの場合が今夜のように田原から急な誘いを受ける時だった。

何しろ田原と過ごす時は、亜理子は一銭の金を使うこともなかったし、雑誌などで見つけたお洒落《しゃれ》な店にも連れて行ってもらえる。亜理子が行ってみたいと言う場所に、田原はたいてい連れて行ってくれた。だから、田原からの申し出があった時だけは、亜理子は「例外的に」予定の変更をすることが多かった。

とにかく、何が嫌だといって、亜理子は何の用事もない、暇な一日がぽっかりと出来てしまうのが、何よりも嫌いだった。だから、相手からの突然のキャンセルが許せない。不安でたまらなくなってしまう。

とにかく常に次から次へと予定を入れて、その週が始まる頃には、またもや「忙しい一週間」が始まることが、亜理子には大切だった。急な誘いがあっても、すぐには応じられないことが多かったが、それでも暇になってしまうよりは、ずっとましだった。

それだけのたくさんの用事を入れるためには、適当な数の友人に加えて、ある程度特定な関係にある相手が必要になる。しかも複数だ。つまり、家庭のある田原一人でも、明日のデートをキャンセルされることになった、可哀相な恒平一人でも不十分だった。いつも会えないからと相手を責めることもせず、快適に互いの関係を続けるには、二人は手頃だ。

それから少しの間、亜理子はドラマに続いて始まった十一時のニュースを流しながら、せっせと残りの洗濯ものにもアイロンをかけた。面白いと思ったことはあまりないけれど、取りあえずは報じられる内容が次々に変わり、目まぐるしく画面が変わる、という点では、ニュースは亜理子の性に合っていた。よその国の内紛とか民族間の対立のことや、政治関連のことなどは、ほとんど分かりもしなかったけれど、時には上司との会話に役立つこともあった。

ようやくアイロンをかけ終えた頃には、ニュースは今日一日のスポーツを報じ始めていた。亜理子は、冷蔵庫から缶ビールを持って来ると、今度はクロスワード・パズルの雑誌を広げ、よく冷えたビールを少しずつ飲みながら、ゆっくりとパズルの余白を埋める作業に取りかかった。汗をかいた後だったから、ビールは美味しかった。

「たてのカギ。ヒント・28―秀吉サンの前に、天下統一を目指した人、〇〇信長」

――オダよ、オダ、オダ。

「よこのカギ。ヒント・17―大きなお耳で、フーワフワ」

――大きな耳？

ダのつく生き物で、耳の大きな。

亜理子は、缶ビールに口をつけながら、頭の中で「ダ、ダ、ダ」とつぶやいた。少しすると、ぴん、とひらめいた。

「何だ、ダンボじゃない」

亜理子は、「ダンボ」という三文字で升目を埋め、一人で納得してうなずいた。どうやらこのページは難しくなさそうだ。

答えの分かったヒントをサインペンでチェックして、次のヒントに取りかかろうとした時、再び電話が鳴った。恒平が戻ってきて、留守番電話のメッセージを聞いたのに違いなかった。

「月本さん？」

だが、聞こえてきた声は、恒平のものとは似ても似つかない女の声だった。亜理子は、とっさに頭のファイルの中からその声の主を探そうと、めまぐるしく頭を働かせた。

「月本亜理子さんじゃ、ないですか」

「――そうです、けど」

いくら考えても、その声に思い当たるところはない。亜理子は急に身構える気分になって、電話に全神経を集中させた。女の悪戯《いたずら》電話など、これまでに受けた経験がなかったし、何かのセールスにしては時間が遅すぎる。

「ですよね？　高知の、中村の、第三小学校に行ってた、月本さんでしょう？」

「あ――はい」

「やっぱり、ありんこだった。私よ、恵美《めぐみ》。松田恵美よ！　よかったぁ！」

「え――」

「懐かしいわぁ、ねぇ、元気？　偶然だわぁ、ありんこも東京に来てるなんて、ちっとも知らなかった」

「あの、松田さん、て――」

扇風機がゆっくりと首を振っている。

亜理子は半分眠ってしまっているような、ぼんやりとした心持ちで「ありんこ」という呼び名を聞いた。そんなふうに呼ばれるのは何年ぶりだろうか。

「嫌だなぁ、覚えてないの？　ずっと仲良しだったじゃない。ありんこと、私と、あと梨紗《りさ》とで。私よぉ、松田恵美、めぐだってばぁ」

「あ――めぐ？」

その途端、急に頭の中がぐるぐると回るみたいな、乗り物酔いに近い気分になった。太り気味の身体を白いブラウスに窮屈そうに押し込んで、日焼けした顔におかっぱ頭の少女が思い浮かんだ――めぐ、確か、彼女はそう呼ばれていた。

「いやぁ、何年ぶりかしらぁ、懐かしいわぁ」

めぐと名乗った女は、しきりに嬉しそうな声を上げている。その頃になってようやく、亜理子の脳みそはぐずぐずとした動きを取り戻してきた。

「本当に、めぐ？　あの、松田さん？」

「そうよぉ、めぐよ。信じられないでしょう」

きゃはは、というけたたましい笑い声が響いてくる。声そのものは、はっきりとしないが、確かにその笑い方には思い当たるところがあった。色の黒い、ぷくぷくとした少女は、よく奥歯が見えるくらいに口を大きくあけて、きゃはは、と笑っていたものだ。

「あの――どうして、ここが分かったの」

亜理子は、小学校六年生の夏休みに入った時に転校していた。だから、卒業名簿として持っているのは、たった二学期間しか通わなかった小学校のものだったし、それすらも実家に置きっ放しになっている。転校して以来、高知には二度と行ったこともなく、かつての同級生と連絡を取り合った記憶もないのだ。

「ありんこ、今日、新宿で化粧品買わなかった？　口紅」

「買った、けど？」

亜理子が答えたとたんに、受話器の向こうで「でしょ、でしょ？」という声がする。

「私ねぇ、あそこの売り場に勤めてるのよ、いま。あの時はちょうどいなかったんだけどね、後からお客さま用のカルテをぱらぱら見てたら、『月本亜理子』っていう名前があるじゃない？　もう、びぃっくりよ。いつの間にか学校から消えちゃった子の名前を、こんなところで見つけるとは思わなかったもの」

亜理子は、相づちも打てないまま、一気にまくしたてる声を聞いていた。記憶の中の、日焼けして丸い大きな顔をしていた恵美と、デパートの化粧品売り場というものが、どうも一つにまとまらないのだ。そんな偶然が、この人の溢れる東京にあるものかと思う。それに、確かいま、松田恵美は、何か亜理子の心に引っかかることを言ったような気がした。

「めぐが、化粧品？」

それでも少しずつ気持ちがほぐれてきて、亜理子がそんな言い方をすると、「あ、もう」という、屈託のない声が返ってくる。

「想像できないっていうんでしょう。私ねえ、昔と全然違うんだから。会ったら、絶対に驚くと思うわ」

「会っても分からないくらいに？」

なじみのない声は、そこでまた「きゃはは」と笑い、「そうよ」と言う。

「ねえ、会おうよ、せっかく、こうして連絡先まで分かったんだもん」

少し太い、ハスキーな声だった。おおらかで明るい雰囲気が満ち溢れている。だが、その声を聞きながら、亜理子は、少しずつ気が重くなるのを感じていた。

「梨紗とも、連絡取れるのよ。あの子も東京に出て来てるんだから」

「――梨紗も？」

「梨紗ともねえ、いつの間にか、あんまりつき合わなくなっちゃったんだけどね。中学からは別々になっちゃったし。でも、大丈夫よ。居場所は摑《つか》んでるの。連絡したことはないんだけど、きっと喜ぶよ」

嬉しそうな声を上げ続ける恵美に、何としてでも会いたいと繰り返し言われて、亜理子は、何となく重苦しい気分で、再び手帳を広げた。

「明日なんか、どう？」

「明日は無理だわ。そうねえ、来週の水曜日か、そうじゃなかったら――」

亜理子が手帳のページを繰っている間に、電話の向こうからはあからさまに「ええっ」というつまらなそうな声が聞こえてきた。

「亜理子って、普通のお勤めじゃないの？」

「普通のお勤めよ。どうして？」

「そんなに毎日忙しいの？　せめて、今週中に会おうよぉ」

「今週は、もうスケジュールが詰まっちゃってるのよ。あと空いてるのは、来週の水曜日か、再来週になっちゃうわ」

亜理子は、「もう、忙しくて」とつけ足しながら、見えもしない相手に向かって、わずかに笑って見せた。何しろ「忙しい」と言う時ほど、嬉しいことはない。

「分かった。じゃあ、来週の水曜日っていうことで決めよう。必ず梨紗にも連絡するから、ね？　わぁ、楽しみだわ、絶対よ、約束ね」

電話を切った後になってから、恵美の方の連絡先さえ聞かなかったことに気づいた。すっかり向こうのペースに乗せられた気分だった。

――松田恵美と、京極《きようごく》梨紗。

亜理子は、ほんの少しの間、二人の少女のことを考えた。亜理子が十二歳になるまで過ごした土地で、いつもトリオを組んで、何をするのも一緒だった友だち。三人組と言われた友だちだ。

――でも、どうして。今更、どうして。

亜理子は、そこまで考えて、慌てて頭を振った。考えごとをするのは好きではない。とにかく、これでまた一つ予定が入ったのだから、喜んでおくべきだ。

眠るまでの間は、恒平からの電話を待ちながらクロスワード・パズルで遊ぶことに決めて、亜理子は手早く布団を敷いた。あとは、明日の田原とのデートのことでも考えれば、今日は終わるに違いなかった。

＊　＊　＊

川のせせらぎは、昼間は優しくすずやかに聞こえるのに、夜の闇の中では、奇妙にそら恐ろしく感じられるものだった。しゃらしゃら、ごぼごぼと水が流れ、ところどころで岩を嚙《か》み、渦を巻いている音が不気味に響く。

空をふり仰げば、星もあまり多く見えず、月もまだ出ていなかった。こんな晩は、余計に夜は深く、闇は濃く感じられる。その闇の中を、曲がりくねってあちこちに水の動かない淵のある川は、いま、黒く光っていつもよりも大きく見えた。さっき、月が出ているみたいに感じたのは、何かの錯覚だったのだろうかと、少女の一人は考えた。

「あ、ホタル」

一人が声を上げたから、川べりにしゃがんで手を洗っていた少女も顔を上げた。たまに吹く、生ぬるい風に乗って、遠くから祭にそなえて稽古する太鼓の音が聞こえてくる。

「本当だ」

いつも見かけるホタルよりも、ずいぶん大きく見えるホタルは、青白い光を放ってふわふわと宙を漂っている。

「大きいね」

夏の虫の音《ね》が絶え間なく響いていて、波のように三人を包んでいた。

「人の魂みたいだね」

「きっと、そうだよ」

首筋から、汗がしたたるのが感じられる。二人の少女は、既に手は洗った後だったけれど、他の部分はじっとりと汗ばんでいた。蒸し暑いこんな晩には、ホタルがよく見える。

「ねえ、まだ洗ってるの？」

「だって、落ちたかどうか分からないよ、こんなに暗いんだもん」

川べりにしゃがんで手を動かし続ける少女に、背後で待っていた少女が、多少じれったそうに声をかけた。

「早く帰らないと、叱られるよ」

そう言われながらも、少女は手を洗うのをやめない。やめないというよりも、やめられない気分だった。

ふわふわと漂うホタルは、そのまま遠く天に昇って行きそうに見えたのに、また水面近くに戻ってくる。ふいに、手を洗っている少女の近くまで飛んできたものだから、少女は驚いて思わず「わあっ」と声を上げた。

「わあっ！」

「うわああっ！」

その声に驚いたのか、背後で待っていた少女たちまでが余計に大きな声を上げた。

「やだぁっ！」

一人が、一目散に走り出す。

「あ、待って！」

もう一人が慌ててその後を追った。

「あ、待ってよ、待ってよ！」

手を洗っていた少女は、二人においてけぼりにされて、慌てて立ち上がった。急いで二人の後を追おうとしたのだが、足が痺《しび》れかけていて、おまけに大きな石のごろごろと転がる河原を上手に走ることが出来ない。

「待ってってばぁ！」

突然、今まで我慢していた何かが音を立てて弾け飛んだみたいに、身体の底から恐ろしいものが突き上げてきて、思わず悲鳴を上げそうになりながら、それでも少女は急いで二人の後を追った。耳の中でどくどくと鼓動が響き、自分の荒い呼吸が少女自身に被いかぶさって来るような気がする。ちゃんと見えているのに、周囲の何も見えていないのと同じだった。

石の転がる河原から夏草の茂みに入ると、運動靴の靴底から伝わってくる感触が急に柔らかくなる。いよいよスピードを上げて二人に追いつこうとしたとたんに、少女は足元の草で滑って、茂みの中で転んでしまった。ほんの少しの間だけ虫の音が止んで、次には余計に大きく響き始め、地べたに手をついている少女を呑み込もうとする。

今にも背後から何かが追いかけて来そうな気がして、我慢していた塊は、ついに涙になって溢れ出てきた。

「待ってよぉ、待ってよぉ」

「早くぅ！」

「早くってば！　行っちゃうよぉ！」

ずいぶん離れたところから、少女を呼ぶ声が聞こえる。少女は無我夢中で起き上がりながらも、今度は足が震えて、もう上手に走ることが出来なかった。後から後から涙が出てきて、ただでさえ暗い周囲の様子を何も分からなくさせる。両耳には、激しい鼓動と共に、少女が自分でかき分けて進んでいる夏草のがさがさという音と、絶えることのない虫の音が溢れていた。

「早くってば！　行っちゃうよ！」

遠くで再び声が聞こえたけれど、少女はとぼとぼと歩くのがやっとだった。「待ってよ」という声すらも、もう張り上げることが出来なくて、口の中でつぶやくのが精いっぱいだった。せっかく丁寧に洗った手には、今度は泥や草の青い汁がべったりとついたことだろう。それに、肘と膝を擦りむいたらしくて、そこが熱く痺れている。

「なぁに、泣いてんの？」

しゃくりあげながら、やっと小さな農道に出ると、ちゃんと待っていてくれた友だちの一人が言った。

「だって——転んじゃったんだもん」

少女は、泣き顔を見られるのが恥ずかしかったけれど、身体の奥から突き上げてきて、とどまることなく溢れ出てきてしまったものを、そう簡単に抑えることは出来なかった。まだ足が震えているのが自分でも分かる。転んだから泣いたわけではないことくらいは分かっていたけれど、他に何と言えば良いのかも分からなかった。

「急にあんな声出すからだよ」

「——ホタルのせいだよ」

「そうだね。ホタルのせいだね」

「魂は、ああやって宙を漂うんだよね」

「まだ、生きていたかったのかも知れないよね」

三人は、今度はゆっくりと歩き始めた。三人とも、本当は心臓がどきどきと波打っていた。

濃い藍色《あいいろ》の空には、昼間と同じように雲がゆっくりと流れている。やがて、山の端が奇妙に明るく見えて、もうすぐ月が顔を出すと告げている。

「また手が、汚れちゃったよ」

転んだ少女は、まだ鼻をすすりあげながら、それでもだいぶ落ち着いた声で言った。

「家の庭で洗って帰りなよ。ついでに顔も」

一人がそう言ってくれた。少女は、少しでも気を緩めれば、またすぐに塊がこみ上げて来そうになるから、唇をぎゅっと噛みしめて、鼻だけで深呼吸をしながら、出来るだけゆっくりとうなずいた。

「どうしよう、あたし。お父さんに叱られるよ。何て言おう」

もう一人の少女が、細くて高い声を頼りなげに出した。

「じゃあ、あんたも家に寄れば？　家から電話すればいいよ。三人でお祭の稽古を見に行ってたことにしよう」

「ねえ――バレないかな」

「バレないって。三人で、ちゃんと相談した通りに言えば」

三人は、あれこれと相談をしながら、農道を歩き続けた。緩やかなカーブを一つ越えると、家々の灯があちこちに見え始める。

「あたし、暗いの、嫌い」

「私も」

「あたしも。一生、嫌い」

「私も！　一生、嫌い！」

三人は、今度は揃って走り始めた。さっき見たホタルの、頼りなく漂う光よりも、家々の窓から見える確かな灯の方がずっと好きだと心の底から感じていた。

再会

1

ぎりぎりと動く大きな鉄の歯車が、腕を引きちぎって行く。

「あ、痛い、痛い！」

亜理子は、思わず顔をしかめて、シーツにくるまれている素肌の足をベッドの中でばたばたと動かした。皮膚に包まれた機械が露出して、自分の片腕が無惨に砕かれていくのを、アーノルド・シュワルツェネッガーは、痛そうな表情も見せずに、ただ少し悔しそうに見つめている。

顔の脇にかかっていた髪を額の正面からかき上げながら、亜理子は左手で、サイド・テーブルに置いた煙草を探した。

「ああ、痛そうだなぁ」

光沢のあるピンク色のベッド・カバーの上には、ビデオのリモコンと、番組を選べる一覧表がのっている。自宅で観るよりも、よほど大きな音量で、大きな画面で映画を楽しめるから、亜理子はホテルで映画を観るのが好きだった。

「もうっ、こいつ、憎ったらしいってば、ありゃしないわね」

シュワルツェネッガー扮するロボットの仇役《かたきやく》のロボットが、服装の乱れすら見せずに涼しい顔で歩いてくるところで、亜理子は返事を促すつもりで隣を見た。ところが、どうもさっきから黙ってビデオを観ていると思っていた恒平は、亜理子の肩に手を回し、亜理子と同じ姿勢を取りながら、首を斜めにして、すやすやと寝息をたてていた。

「何だ、寝てるの」

恒平が聞いているとばかり思っていたから、いちいち感想を口に出して言っていたのに、亜理子は急につまらない気分になった。自分で自分のことを、馬鹿みたいだったと思った。どうせ、娯楽映画のヒーローなどというものは、常に格好良いに決まっているのだ。はらはらしている亜理子の方が、ビデオなどに乗せられて愚かなのだと思い始める。急速に気持ちが冷めていくのが、自分でも腹立たしかった。

あとは無言でビデオに見入るうち、ついに、真っ赤に熔けた鉄の海に、仇役のロボットが落ちた。とても勝ち目がないと思われたのに、今度もシュワルツェネッガーはぼろぼろになりながら勝って見せたのだ。そして、最後には自らの意志で、自分も鉄の海に沈んでいく。

――グッバイ。

そのひと言を聞いたところで、亜理子はベッドから抜け出し、そそくさと下着をつけ始めた。

「あーあ、終わった終わった」

「あれ、なに――もうそんな時間？」

気配に気づいたらしい恒平が、寝ぼけた声を出す。それから、枕元に置いた腕時計を取り上げ「何だ、まだ早いんじゃない」とつぶやいた。ホテルの時間制限のことを言っているのではなく、帰りの電車のことを気にしているのだ。

「ビデオは」

「終わっちゃったよ。とっくに」

恒平は、大きな口を開けて思いきりあくびをしながら「ああ、まいった。眠いなぁ」と弛緩しきった声を上げる。

「亜理子ぉ、もう少しいようよ」

「恒平くんは、寝ていけば？」

亜理子は、手早くブラウスのボタンをはめ、スカートに足を入れながら、口を尖らせて見せた。

「亜理子ぉ」

「だって、一人で起きてたってしょうがないもん。意味ないじゃん。つまんない、帰る」

亜理子の意志が変わらないらしいことを見て取ると、恒平は「ちょっと待てよ」と言いながら、やっと起き出してきた。

「分かったよ。送って行くからさ。ちょっと待って、な」

寝ぼけた顔でベッドから抜け出すと、恒平はぼんやりとした顔で、足をもつれそうにさせながらバス・ルームに行った。

亜理子は化粧を直すと、改めてベッドに腰を下ろし、バッグから手帳を取り出した。明日のスケジュールを確認する。

——松田恵美と京極梨紗。

明日は、十一年ぶりの再会の日だ。

バス・ルームから戻ってきた恒平は、少しはすっきりした顔で諦めたように笑うと、もう帰り支度の済んでいる亜理子に近づき、軽くキスをした。

「元気だなぁ、亜理子はいつも」

「ぼんやりしてるのが嫌いなだけよ。恒平くんが寝ちゃったら、一緒にいることにならないもん」

亜理子は、腰からタオルを巻いただけの恒平を上目遣いに軽く睨んだ。

「まあ、な、そういう亜理子の元気が、僕の元気の素になるんだ」

恒平は優しい笑顔になると、亜理子の顎を撫でた後、気合いを入れるように「よし」とつぶやき、亜理子から離れて下着をつけ始めた。亜理子は、恒平の身支度を待つ間、今日の昼休みに買ってきた雑誌を取り出して、ぱらぱらと開いた。最初に読むのは、巻末に載っているホロスコープのページと決めている。

「ねえねえ、『彼との気持ちが離れやすい時。少し、冷静になる時が来ているのかも知れません。それに、新しい恋の予感も。ただし、ひと夏の恋に終わります』、だって」

「何、それ」

「星占い」

恒平はズボンにワイシャツのすそをたくしこみながら、ぽかんとしている。まだ完全には眠気も覚めていないらしく、くたびれた顔をしていた。

「信じてるの」

「この本に出てるのはね。案外当たってるんだもん」

亜理子は、悪戯《いたずら》っぽい笑みを浮かべて、恒平が困った顔をしているのを楽しんだ。

「あなたのわがままに、さすがの彼も怒り出すかも知れません。少しは自重して、彼の気持ちも分かってあげて」と書いてあった部分は読まなかった。

「帰ったらすぐにほどくのに、面倒だよな」

「嫌よ、ネクタイはずしたまま、スーツなんかで並んで歩いてたら、いかにもエッチして来ました、みたいな感じじゃない」

亜理子の言葉に、恒平は「まあね」と、またにっこりする。面長の恒平は、ただでさえ人の好《よ》さそうな、のっぺりとした顔立ちなのに、笑うと目尻から頬にかけて笑い皺《じわ》がくっきりと入って、それが彼を好人物に見せていた。亜理子は、ベッドの中で間近に恒平の顔を見ながら、彼のよく伸びる顔の皮を引っ張るのが好きだった。

恒平との交際は、そろそろ半年になろうとしていた。最初は、会社同士で企画したパーティーで知り合った。そのパーティーの席で、亜理子は最初、恒平の隣にいた男性に興味を持ったのだが、彼の方はちっとも亜理子に興味を示してくれなくて、代わりに恒平が亜理子に飲物を取ってきてくれたり、気さくに話しかけたりしてきたのだ。

一応は名の通っている上場企業の石油会社に勤めている恒平は、中肉中背で、これといった特徴もなかったし、印象にも残らなかった。けれど、それ以来、彼は人畜無害という感じの雰囲気を振りまきながら、空気みたいに当たり前に亜理子の生活に入り込んできたから、いつの間にか自然にこういうつき合いになった。だが、半年近くつき合っているのに、彼の印象は今でも亜理子の中ではもう一つはっきりしていない。いつ逢っても、どれほど関係が深まろうとも、特に気持ちがときめくということもなく、無論、一応は彼氏だと思ってはいるのだが、恋人という感じは、どうも育っていなかった。

「さてと、出来た」

やがて、恒平は暑い季節にもかかわらず丁寧に背広を着込むと、薄手のブリーフケースを持ち上げて「お待ちどぉ」と言った。その姿は、どこから見ても真面目なだけが取り柄の、面白味のないサラリーマンにしか見えない。亜理子は、自分から帰りたいと言い出しておきながら、何だか物足りない気分でホテルを後にした。

「今度の土曜日は、どうしようか。何か、考えてること、ある？」

「今度じゃなくて、来週よ」

「ああ、そうか。そんなに亜理子と会えないんだな」

「だって、今週は出張なんでしょう？」

「ごめんな」

亜理子のアパートまでの道すがら、恒平は新しく取り組んでいる仕事の話をし、上司との考え方の違いを話し、自分がいかに打ち込む価値のある仕事に携わっているか、だからこそこんなに忙しくても続けていられるのかを、丁寧に説明してくれた。亜理子は、恒平の仕事の内容にはさしたる興味はなかったけれど、彼の仕事のために、亜理子自身が暇になりそうなのだけは嫌だった。

「働かせすぎなんじゃないの、恒平くんの会社。過労死しちゃうから」

亜理子の言葉に、恒平は柄にもなく、歩きながら亜理子の髪を撫でた。横から見上げると、いつになく落ち着いた、それでいて満ち足りた顔をしていた。

「亜理子が心配してくれるだけで、僕は頑張れる」

その言葉に、亜理子は珍しくロマンチックな気分に浸りそうになった。けれど、もう少しでうっとりしそうになったところで、恒平が大きなあくびをした。亜理子は、すぐに白けた気分に逆戻りしてしまった。

——面白くないやつ。

けれど、誠意を百パーセント丸出しにしたみたいな顔の恒平は、何度かあくびを嚙《か》み殺しながら、亜理子の歩調に合わせてゆっくりと歩く。

「たまにはさ、どっちかの部屋でのんびり過ごすのもいいよな」

亜理子は、すぐに「ええっ」と不満そうな声を上げ、下唇を噛んで上目遣いに彼を見上げた。

「嫌だぁ、退屈しちゃう。どっか、行きたい」

「じゃあ、考えておいてくれる？」

「いいけど——恒平くんは？」

「僕は、亜理子がしたいようにするので、いいよ」

「じゃあね、海に行きたい」

亜理子がわずかに首をひねって、恒平の顔をのぞき込むと、恒平は「海か」と言って苦笑いをした。

「亜理子の水着姿、見せてくれるの」

そこで亜理子は、黙って恒平の腕に自分の手をからませた。ホテルに行くような間柄になっているというのに、水着姿を見たいという「男のコ」の心理については、少し前に読んだ雑誌に書かれていた。

——男のコは、輝く太陽の下で、自分の彼女の水着姿を他人に見せたくない気持ちと、自慢したい気持ちの両方を持っているのです。

だから、彼と海に行く時には、あまりセクシーになりすぎず、むしろ健康的で可愛らしい雰囲気の水着を選ぶべきだ、と書いてあった。亜理子にしてみれば、それほど自分のプロポーションに自信がある方ではなかったから、そんなにセクシーなデザインが似合うとも思えなかったので、迷うことなく無難な水着を六月に買っておいた。

「来週は早起きしてね、海に行こう、ね？」

「早起きかぁ、しんどいなぁ」

「嫌だぁ、行こうよぉ、行く！」

そんなやりとりをして、結局はいつも通り恒平が折れることになり、亜理子は、自分のアパートの前で「おやすみ」と言った。いつもよりも早いので、終電まではまだ余裕があったけれど、亜理子は恒平を部屋に入れるつもりはなかった。

「恒平くんも疲れてるみたいだから。早く帰って休んだ方がいいよ」

亜理子の言葉に、恒平は素直にうなずくと、最後に耳元で「好きだよ」とささやき、軽いキスをして帰って行った。亜理子は、恒平を見送らずにタイル貼りの階段を駆け上がった。

部屋は、足の踏み場も無いくらいに散らかっていた。何しろ忙しくて、きちんと掃除をしている暇もないのだ。とてもではないが、こんなところを恒平に見せるわけにはいかなかった。生ゴミをためてしまったせいか、玄関を開けたとたんに、明らかに何かが腐っているらしい悪臭がする。

ＦＭラジオを流しながら散らばっている雑誌類を一か所に集め、洗濯機を回して、流しにたまっていた食器を洗っているうちに深夜になった。亜理子は、臭いの元になっている生ゴミを、近所の人に見られないように気をつけながら早々とゴミの集積場に出してしまい、それからぬるめの風呂に入りながら、やはりいつも帰宅の遅い職場の友人に電話をした。

上司の噂、先輩女子社員の悪口や、今年になって入ってきた後輩の社員の愚痴をひとしきり話し合った後で、亜理子がクリーニング屋に行く暇もない、ゴミを出す暇もないとわが身の忙しさを嘆くと、彼女は新しく買ったレーザー・ディスクを観る暇もないとやり返してくる。

「もう、忙しくて嫌になっちゃう」

「ほんとよぉ。どうして、こう毎日忙しいのかしらねえ」

浴室に明るい声を響かせながら、亜理子は、その友達も自分の忙しさを誇っていることを承知していた。最後に、今度一緒に新しいレオタードを買いに行こうと約束して、亜理子はやっと電話を切った。風呂の湯はとうに冷めてしまっていた。睡魔が、もうそこまで忍び寄って来ている。今夜は、クロスワード・パズルははかどらないうちに眠ってしまいそうだった。

2

翌日の午後になって、亜理子は、やはりもう少しおしゃれをして来るべきだっただろうか、という思いにとらわれ始めた。十年以上会っていない友人に会うのだから、どうせならば「素敵になった」と思わせたい。だが、それにしては、今日の服装はあまりにも平凡で、ぱりっとしているとは言えなかった。

——見栄を張らなきゃならない相手じゃないわ。幼なじみなんだから、無理をすることなんか、ない。

けれど結局、亜理子は仕事が終わるとすぐにカードの使える店に走った。何かの理由をつけて新しい服を買いたいという誘惑もあったし、やはり多少の見栄を張っておく必要はあるだろうという考えに負けてしまった。何しろ、小学生の時以来だ。向こうだって、どんな格好で来るか分からないではないかと自分自身に言い訳をしながら、亜理子はうきうきと店の中を歩き回った。

あれこれと迷った挙げ句、夏物一掃処分セール品の、襟ぐりが大きく開いているブルーのワンピースを一着買い、それに合わせて涼しそうな感じのスカーフまで買った。試着室から出てきたまま値札だけを外してもらって、店の女の子にスカーフをきれいに巻きなおしてもらうと、それまで着ていた服を入れた紙袋をさげて、待ち合わせの場所に走った時には、約束の時間を二十分ほど過ぎていた。

新宿の紀伊國屋《きのくにや》の前で息を切らしながら、それらしい人を探してきょろきょろとしていると、ふいに脇から声をかけられた。亜理子はまじまじと声の主を見た。

「月本、さん？」

「――めぐ？」

かなり濃い色の、オークル系のファンデーションをしっかりと塗った、茶色い太い眉毛の女が、にっこりと笑った。一瞬、街角に立っているキャッチ・セールスか何かと思うほど、その笑顔は物おじせず、慣れたものに見えた。

「ああ、よかったぁ、遅いから、来ないのかと思っちゃったぁ！」

「う、わぁ、変わったわねえ――！」

「何よ、ありんこだって！」

十一年ぶりに見る松田恵美は、本人も電話で言っていた通りに、昔の彼女からは想像もつかないくらいに変わっていた。そして、その横には、彼女とはまるで雰囲気の違う、痩せてのっぽの女が青白い顔で立っていた。

「——梨紗？」

確か、亜理子よりもずっと背が低かったはずの京極梨紗は、背が高いこと自体が申し訳ないような、気弱そうな顔で、うっすらと微笑む。

「ご無沙汰しちゃって」

白地に細いブルーのストライプが入っている前あきのワンピースを着て、梨紗は手に持っていたハンカチで鼻の脇をおさえながら丁寧に頭を下げた。彼女が頭を上げた時、ちょうど亜理子の目の前に来る彼女の胸元で、プチ・ネックレスが微かに揺れてきらりと光った。

——すごい。ダイヤじゃない。

亜理子は、梨紗の家が裕福だったかどうかを思い出そうとしたが、横からめぐが「とにかく、どっかで落ち着こうよ」と言い出したから、その考えは中断された。

無国籍料理の店に落ち着き、とりあえずはビールで乾杯をした。亜理子は、真新しいワンピースの膝にハンカチを広げながら、二人の幼なじみの服装や雰囲気を細かくチェックした。とにかく、梨紗の胸元のダイヤをもう少ししっかりと見たいと思っている間に、梨紗は「ちょっと失礼」と言って席を立ってしまった。

「とにかくさぁ、皆、ちゃんと一人前に見えるじゃない」

恵美は勢い良くビールを飲むと「きゃはは」と笑った。その笑い方と大きな前歯を見たとき、亜理子はようやく、これは恵美に間違いないと確信出来た気分だった。

「これじゃあ、よそで会ったって分からないわ」

「ありんこだって、変わったじゃないよ。すっかりお洒落になっちゃって」

悪戯っぽい瞳で言われて、亜理子は適当に笑いながら、やはり服を着替えてきたのは正解だったと思った。

「二人は、どれくらい会ってなかったの？」

「小学校以来よ」

恵美の返事に、亜理子は意外な思いで「そうなの？」と聞き返した。亜理子は転校してしまったけれど、恵美と梨紗とは、ずっとつき合いが続いていたものとばかり思っていたのだ。

「私、中学から私立に行ったから。学校が違っちゃうと、もうほとんど会わなくなっちゃうからね」

確か、亜理子たちは同じ中学に進み、同じクラブに入って、ずっと一緒にいようねと約束していたはずだった。だから、恵美が私立の中学に進んだ、というのは、亜理子には意外だった。

「そうなの。だから、皆ばらばらになったのよ」

ようやく戻ってきた梨紗は、ビールは飲めないと言ってオレンジ・ジュースを注文した。ストローを指でつまんで、ほんの少しだけ口をつけ、彼女はうつむきがちに、うっすらと微笑む。

亜理子は、何だか妙によそよそしい雰囲気になってしまった梨紗を注意深く観察した。彼女は、表情がほとんどないと言って良いくらいだった。明るくも暗くもなく、楽しそうでもつまらなそうでもない。とにかく、不健康そうではつらつとした雰囲気が感じられないことだけは確かだった。大きな口を開けてひっきりなしに喋りまくっている恵美とは、それは対照的だった。

「それにしても、二人ともよく短大だの大学だのに行けたもんだわね。私なんか、高校までで、もう勉強はたくさんだったわ」

恵美はぐいぐいとビールを飲みながら、亜理子たちを見比べている。

昔は、三人の中では梨紗がいちばんしっかりしていて、何をするのも主導権を握っていたはずだったが、今は完全に恵美が主導権を握っている。その世慣れた雰囲気も、社会人としてのキャリアのせいかも知れなかった。聞けば梨紗は四年制の大学に行ったということだから、社会人としてはまだ二年目ということになる。短大卒の亜理子は、二人のちょうど中間ということになった。話をするうち、梨紗の勤める商事会社は、亜理子の職場と目と鼻の先にあることが分かった。

「そんな近くにいたんだ」

亜理子が感心したように言った時も、梨紗は相変わらずあまり嬉しくもなさそうな顔で微笑んだだけだった。

——楽しくないの?

亜理子は、憂鬱そうにさえ見える梨紗を見てそう思い、だが、自分だって今日のことを考えると結構気が重くなっていたのだということを思い出した。ついつい恵美のペースに乗せられてしまっているが、これは亜理子にとっても、決して待ち望んでいた再会ではなかったはずだった。亜理子は「冷静になれ」と自分に言い聞かせた。

だが恵美は、そんなことには全く気づかない様子で、毎日店に現れるおかしな客の話をして亜理子たちを笑わせる。彼女に比べれば、ワープロのオペレーターとして毎日働いている亜理子の職場など、地味なものだった。退屈ではあるが、一生懸命やらなければ、それほど疲れない楽な仕事だ、などと話しているうちに、やがて注文した料理が並び始める。すると、梨紗は再び「失礼」と言って席を立った。

「何だか落ち着かない子ねえ」

「梨紗、背が伸びたねえ」

彼女がいなくなると、せっせと料理を皿に取っている恵美に向かって、亜理子は口を開いた。なぜだか本人を目の前にして言ってはいけないような気がしたのだ。

「昔は、三人の中でいちばんチビだったよね」

「さっき、そう言ったらね、『気にしてるのよ』って言ってた。第一、昔はもっと元気だったよね。あれじゃあ、もやしみたいじゃない、栄養失調なんじゃないの？」

恵美は微かに小馬鹿にしたような顔でそう言うと、もうフォークを手にして口を動かし始めている。

「何かあったのかねえ」

亜理子は、恵美の言葉に口をつぐんだまま、ちびちびとビールを飲んでいた。

「やっぱり、あれよ。身長のことがコンプレックスになってるんじゃないの？」

恵美はなおもそう言い、一人で納得したようにうなずいている。

梨紗は、それほどヒールの高い靴は履いていなかったはずだから、どう見ても一七〇センチはあるだろう。亜理子などは、あと二、三センチくらいは身長が欲しかったと思っているのだが、それでも梨紗みたいにのっぽにならなくて良かったという気もする。

あれでは、つき合う男が見つからないではないか、と思ってしまう。

だが、それがコンプレックスになって梨紗の雰囲気が変わってしまったのかどうかは、亜理子には分からなかった。

「先に食べててくれてよかったのに」

席に戻ってくると、梨紗は亜理子が料理に手をつけていないことに気づいて「ごめんなさいね」と笑った。細い身体を折り曲げるようにして席につき、一瞬困惑した表情で皿の料理を見ている。

「別々に頼んだんじゃなかった?」

「適当に皆で食べられた方が楽しいじゃない?」

恵美は、片方の頬を料理で膨らませたまま、「なかなかいけるよ」と目を細める。梨紗は、少し考える顔をした後で、大決心でもしたみたいに一つ息を吐くと、自分もようやくフォークに手を伸ばした。尖った顎に薄い唇をきゅっと結んで、黙って料理を取る梨紗に、かつての面影はすっかり失われていた。

三人の中でいちばん小さかったけれど、梨紗は三人の中でいちばんしっかりしていた。勉強もいちばんだったし、クラスで班を作ったりする時にも、必ず班長に選ばれた。小柄な彼女が、はきはきとした大きな声で、男子などを向こうに回して相手をやりこめる時、亜理子は胸のすくような小気味良さを感じたものだ。

だが、目の前の梨紗には、とてもそんな雰囲気は感じられない。半袖から出ている腕は細くて白く、二の腕にさえ静脈が透けて見えている。なるほど恵美の言う通り、病気でもしたのではないかと思うほど、その雰囲気ははかなく、弱々しかった。恵美ばかりが、やたらと元気にぱくぱくと料理を口に運び、色は淡いのだが、普通のOLなどはつけないような、パールの入っているダーク・トーンの口紅を塗った口元を脂で光らせながら、にこにこと笑っていた。

「よかったぁ、三人とも、まだ独身で」

「まだこの歳よ」

「でも、第一次ピークを迎える頃でしょう？」

「まあね。うちの会社でも、そろそろ結婚するっていう子がいるわ」

亜理子と恵美が会話を交わしている間も、梨紗は料理をほんの少しずつ口に運び、一口食べるごとに、うつむきがちにナフキンで口元を押さえている。

「でも、皆、彼氏はいるんでしょう？」

恵美の言葉に、亜理子は「まあね」と言うように軽くうなずいたが、梨紗は「まさか」とつぶやいた。

「梨紗、彼氏いないの？」

「とんでもないわ、彼氏なんて」

「どうして。とんでもないっていうこと、ないでしょう」

恵美が身を乗り出して言いかけている時、亜理子は田原と電話の連絡を取らなければならないことを思い出した。明日、会うことにはなっているのだが、八時までに亜理子の留守番電話に、その可否を伝えるメッセージが入れられることになっている。もしも、その結果によって会えないということになったら、亜理子は急いで明日の予定を入れなければならないことになる。

「ちょっと失礼。留守電を聞いてくるわ」

バッグから財布を取り出しながら亜理子が腰を浮かすと、恵美はきょとんとした顔になり、それから感心したようにため息をついた。

「ありんこ、忙しいみたいだねえ」

梨紗も少し驚いたふうで、亜理子を黙って見つめている。

「昔は、のんびり屋さんで、夢見る少女みたいなところがあったのに」

「ありんこっていうだけあって、何だかちょこちょこしてて、いつも必死で皆の後からついてくるって感じだったじゃない？」

「あら、失礼ねえ。それじゃ、のろまだったっていうことじゃない」

亜理子は笑顔で言いながら、くすぐったいような、恥ずかしい気分にさせられた。梨紗は慌てて「そんなつもりじゃないのよ」と言ったが、恵美はまたもや「きゃははは」と笑って「のろまだったわよ」とつけ加えた。

「今じゃ、とんでもないわ。もう、忙しくて」

言いながら席を離れる時、亜理子は背中に二人の視線を感じた。それほど変わったかどうか、自分のことはよく分からない。そう言われてみれば、昔はもっとゆっくりしていたかも知れないとも思う。だが、それは幼い頃の時間そのものが、今よりももっとずっとゆっくり流れていたせいではないかという気もするのだ。亜理子自身は、少なくとも恵美や梨紗のようには変わっていないつもりだった。

3

階下の奇妙な静けさが、来客のまだ去っていないことを告げていた。窓の下を通る細い道の、家から少し離れたところに停まっている、どこかの軽トラックから、相撲のラジオ中継が聞こえていた。

——ノコッタ、ノコッタ、ノコッタ、ノコッタ。

少女は、机に向かいながら、ぼんやりと窓の外を眺めていた。机の上には、とにかくクラスですごい人気で、長い間、友だちから借りる順番が回って来るのを心待ちにしていた「恐怖体験」の本が置かれている。せっかく借り受けることが出来たというのに、そのページすら開く気にはなれなくて、少女は、ひたすら階下の様子を探るために神経を集中していた。

——キマッタ！　ウワテダシナゲー！

いつもならば、そろそろ階下から少女を呼ぶ声が聞こえるはずだった。夕食前の手伝いをしろと、母の声が階段の下から響いてくるのだ。けれど今日は、母は少女を呼ばなかった。少女は、頬杖《ほおづえ》をつきながら、数え切れないくらい何度も深呼吸を重ねていた。「恐怖体験」の本など、借りてくるのではなかったと後悔していた。

客がなかなか帰らないのだ。いったい、何を話しているのだろう。

とにかく、何も考えないことにしようと、何度も自分に言い聞かせてはいるのだが、すぐに何かの考えが頭に侵入してきて、その度に少女は胸をしめつけられるように苦しくなった。大きく息を吸い込まないと、心臓が押しつぶされてしまいそうな気分になる。

「大丈夫、お母さんが、ちゃんと言うから。先生だってね、ただ相談したいって言ってらしただけなんだから」

母は、学校から戻るなり、青ざめて全身を固くこわばらせている少女にそう言った。そして、母に呼ばれるまでは、二階から降りてきてはいけないとも言った。だから、少女はひたすら路上に停まっている車からの相撲中継を聞いていなければならなかった。

——ヒガァシィィ。

こんなことになるとは思ってもみなかった。

この数日、少女は生まれて初めて重苦しい日々というものを経験し、寝ても覚めても晴れることのない、憂鬱な気分を嫌というほど味わっていた。真夏の太陽が照りつけてきても、自分にだけは当たっていない感じがしたし、その太陽が少女の足元に作る黒々とした影すらも、少女が引きずって歩かなければならない重石《おもし》のように思えた。

蝉の声がいくつも重なって、少女の暮らす町を余計に静かに感じさせる。時折、子どもたちの遊ぶ声が聞こえてきたが、それはとても遠くからの声のような気がした。

昨日は他の来客があった。今夜だって、この後また誰かが来る可能性がある。その度に、母は声をひそめ、手を軽く頬にあてて「本当にねえ」「まったくねえ」と繰り返すことになる。

少女は、その情景を思い描き、またもや大きくため息をついた。何でもいいから、とにかく動いていたいと思う。こんな風に、何もせずにいるのは、とてもではないが耐えられなかった。

――いや。こういうの、大嫌い。

せめて、お陽《ひ》様の下に出て、「元気になるおまじない」をしたいところだったけれど、この数日、母からは学校から戻ったら、もう外には出ないようにと言われている。どこかでヒグラシが鳴いて、少女は蚊取り線香に火をつけた。数え切れないくらいため息をついて、ついにいらいらとした感情を抑えきれなくなってきた頃、ようやく階下から人の足音と声高に話す声が響いて、それに続いて玄関の閉まる音が聞こえた。

少女はとっさに部屋のレースのカーテンを引き、カーテン越しに、家から離れていく客の後ろ姿を眺めた。今日の客だった藤代先生は、がっくりとうなだれて、肩にかけている茶色い鞄《かばん》さえもずり落ちそうに見えた。片手に白い布の帽子を摑《つか》んだまま、先生はグレーのしわくちゃのズボンの足を重そうに引きずり、やがて少女の家の先の角を曲がって行った。

「見つからないんだってよ。手がかりも、何もないんだって。だから、本当に、何か思い出したことがあったら、教えて欲しいんだって」

　やっと呼ばれて階下に行くと、母は「ご飯の支度がすっかり遅れちゃった」と言いながら、もう流しに向かっていた。

「でも、本当に何も知らないもん」

　少女は、これまでにも何度も口にした言葉を、もう一度繰り返した。せかせかと鍋《なべ》をガスにかけ、水道の水をザーザーと出していた母は、そこでようやく少女を見た。

「忘れてるってこと、ないわよね？」

　少女は、唇を噛《か》みしめて、力強くうなずいた。

「私が忘れてたって、めぐや梨紗ちゃんが、覚えてるはずだもん。三人とも知らないんだよ」

　母は、そこでゆっくりとうなずいた。

「せめて、あんたたちが本当に何か見ていてくれたらよかったのかも知れないのよね。気の毒よねえ。今の時代に、こんなことがあるなんてねえ」

　少女は、がっくりとうなだれて、台所の入り口の扉に寄り掛かったまま、つりスカートから出ている裸足の足をぶらぶらとさせて、床をこすっていた。

「あの子、いじめられてたんだって？　あんたたち、それであの子をかばったことがあったんだってねえ」

少女は、うつむいたまま、消え入りそうな声で「うん」と答えた。

「先生ね、あの子をいじめてた連中にも、色々と聞いたらしいのよ。皆にいっぺんに聞くと、本当のことを言わないかも知れないから、一人ひとりに、別々に聞いたらしいのね。このところ、藤代先生、ああやって毎日夜遅くまで生徒の家を回ってらっしゃるみたいねえ」

母はとんとん、と包丁を使いながら少女の方を見ずに言葉を続けた。

「『生徒を疑うような真似は辛いんですが』って、おっしゃってたわ。本当、こんな不思議な話って、あるのかしらねえ。犬の仔《こ》一匹いなくなったって、誰かしら見てるものなのに」

「でも、だからって、どうして私やめぐたちが変な目で見られるの」

少女は、自分の声が情けないくらいに小さく、語尾が少し震えてしまっているのに気がついた。とんとん、という音を止めて、母は驚いた顔で振り返ると、いつになくしみじみとした目で少女を見つめた。

「そうじゃないのよ。先生にしたって、いてもたってもいられないんでしょう。心配でたまらないから、何とかして探したいと思うから」

「でも、本当に何も知らないんだもん！」

少女は、思わず声を荒げて母をにらんだ。けれど、母の悲しそうな瞳は動かない。それは、これまでに見たこともないくらいに優しく、静かで、憐れみに満ちた瞳だった。そんな母をにらんでいるうちに、少女は急に悲しくなってきて、みるみる涙が溢れてきてしまった。

「私——早く引っ越したい」

少女の言葉に、それまで静かだった母の表情に変化が起きた。

「だって。少しでも皆と一緒にいたいって言ったでしょう。あんたが、あんまり言うもんだから、それなら卒業するまでは、お父さんだけ先に行ってようかって、相談してたくらいなのに——」

「いい——。すぐに引っ越そう、ね？」

少女は、必死で母の顔を見つめた。出来ることならば、今すぐにだって引っ越したいと思った。涙がぽろりと頬を転がり落ちた。

母は、少しの間少女の顔をのぞき込み、それから大きくため息をついた。

「——それが、いいかもね。まさか、最後の夏休み前になって、こんなことになるとは思わなかったものねえ」

「お母さん――」

少女はうつむいたまま、手の甲で頬を拭い、母の、スリッパの足元を見つめながら、やっとの思いでつぶやいた。

「私、乾《いぬい》くん、好きだった」

言葉に出して言った途端に、母のピンク色のスリッパがにじんできて、耳の奥できーんという音が響いた。目の奥が熱くなって、床をこすり続けている自分の足もにじんで見える。今度は本格的に涙が溢れてきた。

「――めぐも、梨紗ちゃんも――乾くんのこと、好きだった。だから、男子にいじめられてたから、乾くん、だから、助けてあげようって相談して、めぐと、梨紗ちゃんと、三人で――おまじないもかけてあげて、皆、乾くんが、好きだったから――」

きちんと話そうと思うのに、声が震えて、喉の奥から、ひくっという声が出た。にじんだままの母のスリッパが近くに来て、温かい手が頭に乗せられた。

「そう――亜理子たちは、乾くんが好きだったの」

母の声は、いつになく優しく聞こえた。少女は、ついにこらえきれなくて、えっえっとしゃくりあげながら、頬を伝う涙を手の甲で拭った。母の手は柔らかくて適度に重く、少しずつ広がってきた夕食のおかずの匂いと共に少女の中に染み込んでいった。

「早く、引っ越しても、いいのね？」

少女は、必死で首をたてに振った。目が熱くて、涙と一緒に鼻水も出ていた。

「――そうね。向こうに早く慣れて、新しいお友だちが出来たほうがいいものね。その時になって、駄々をこねたり、しないわね？」

少女は、何度もうなずいた。一日も早く、ここから遠く離れた、知っている人の誰もいない場所に行きたいと思った。

「でもね、藤代先生だって、皆だって、決して亜理子たちを疑ってるんじゃないのよ。他に何の手がかりも見つからないから、必死になってるの。それは、分かるわね」

母はそう言って、少女がやっとの思いでうなずくのを確認すると、珍しく夕食の用意が出来るまでテレビでも見ていなさいと言ってくれた。少女はすでに涙でびしょびしょに濡れている手の甲で何度も目元をこすりながら、一年生の弟が一人で見ていたテレビの前に行き、それからもしばらく鼻をすすり上げていた。

「お姉ちゃん、どっか痛いの？」

弟は、しばらくの間きょとんとした顔をしていたが、そのうち「かしてあげる」と言いながら、超合金で出来ているロボットのおもちゃを持ってきた。少女は、ロボットを膝に乗せて、まだ泣き続けながら、せっかくならお相撲なんかじゃなくて、自分の好きな番組が見たいのにと思った。

4

一時間もすると、恵美と亜理子はビールのせいもあって、ずいぶん舌が滑らかに回るようになり、それにつられて、最初は無口だった梨紗も、少しずつ話をするようになってきた。ただし、その間にも、ひっきりなしに席を立って化粧室に行く。

「どこか、具合でも悪いの?」

戻ってきた梨紗に思い切って聞いてみると、彼女はうっすらと微笑んで首を振った。

「手を、洗ってるの」

「手?」

彼女の手は指も細くて長く、甲には静脈を浮かせて、ひときわ白く見える。自分たちと一緒に食事をしているだけなのだから、梨紗の手だけがそれほど汚れているとも思えないから、亜理子は不思議になってその手を見つめていた。

「昔からの癖なのよ。何だか、気持ちが悪くて。普通にしてるだけでも、ばい菌がどんどんついてくるみたいな気がしてね」

梨紗は恥ずかしそうに言うと、胸の前で腕をこすり合わせる。

「やぁねぇ、潔癖症ってヤツじゃないの？　神経質になったもんだわね」

恵美は、皮肉っぽく笑いながら呆れたように顎を引き、くっきりと二重顎の線を見せながら「一日中そんななの？」と言った。梨紗は困った笑顔のままで、こっくりとうなずいた。

「少なくとも、小学生の頃は違ってたはずだよね」

「――そうかしら」

「そうだよ。いっつも一緒にいたんだもん、そんな癖があったら分からないはず、ないじゃない？　あの頃っていえば――そうか、私なんかはいっつも人に洗ってもらってた頃だわね」

恵美は奇妙にうっとりした表情になり、亜理子たちを見比べると、鼻から長く息を吐き出した。長い爪には口紅と同じ、茶色に近いダーク・ピンクのマニキュアを塗って、手の甲にえくぼを浮かべている小さな先細の手を目の前に掲げながら、彼女は歌うような口調で続ける。

「いっつも、ばあやに洗ってもらってた。ばあやは、毎日毎日、小さなブラシを使ってね、クシュクシュ、クシュクシュって、馬鹿がつくくらい丁寧に洗ってくれたものよ」

亜理子は、一瞬ぽかんとなって恵美の顔と手を見比べていた。恵美は、くすっと笑うと、今度はその手を顎の下で組み合わせ、亜理子と梨紗とを交互に見る。

「駄目だよね、小さい時に何でも人にやってもらう癖がついちゃってると。未だに、何でも誰かがやってくれるような気がしちゃってねえ」

梨紗を見ると、彼女も呆気に取られた表情で恵美を見、それから微かに首を傾げて亜理子に目配せをしてくる。だが、恵美は亜理子たちのそんな表情には一向に気づかない様子で、ビールを一口飲むと、「ああ、いい気持ち」と歌うような口調で言った。

「私ね」

一つ息を吐くと、彼女は少し改まった表情で亜理子たちを見た。

「本当は不安だったんだ。会っても分からないんじゃないか、そうじゃなかったら、せっかく会えたとしても、何も話せないんじゃないかって」

少し酔いが回ってきたらしく、目つきもとろんとし始めた恵美は、ますますうっとりとした表情になっている。亜理子は、訳の分からない不安が自分の中で広がっていくのを感じていた。こういう不安は、もうずいぶん味わったことがなかったものだ。

「ねえ、そういえば」

だが、恵美は亜理子のそんな気持ちに気づくはずもなく、頭を微かに揺らしながら、急に眉を大きく動かして、何か言いかけようとして開いた口をぱくぱくとさせた。

「そういえば、ねえ？　うちのクラスに、カミカクシに遭った男の子って、いなかったっけ？」

心臓が、とん、と一瞬跳ねた。

「――めぐ、ちょっと飲み過ぎじゃない？」

出来るだけゆっくりと梨紗の方を見ると、彼女も無表情に近かった顔をわずかに強張《こわば》らせ、口元をきつく結んでいる。

「いたよ、いたよねえ？　何だか、暑い夜に、消えちゃった子。あの子、なんていう名前だったかなぁ――そうだ――そうだったんだ。なぁんだぁ！」

恵美は、一人で納得したみたいに何度もうなずき、それから急に肩をすくめてくすくすと笑い出した。亜理子と梨紗とは何も言えないままで、黙って恵美の屈託のない笑顔を見ているより他なかった。

「誰かに似てると思ったら、そうなんだぁ。やだ、何で思い出さなかったんだろう」

「――何の、こと？」

思い切って亜理子が口を開くと、恵美は待ってましたとばかりに身を乗り出してきた。

「今の彼氏がね、前から、誰かに似てるなぁと思ってたのよ。そうだわ、あの子に似てるんだ。あの、カミカクシに遭った――」

「めぐ、乾くんのことは――」

梨紗が細いけれど鋭い声を出した。恵美は、目も口も精一杯に大きく開けると、顔の横で手をひらひらとさせた。

「そうそう、乾くんっていったっけ。乾、裕一郎くんっていったんだわね、そうそう、乾くんね」

亜理子は、急に絶望的な気分になった。

だから、今日は来たくなかった。だから、二人に会いたくなどなかったのだと、心の底から感じていた。あの少年の姿など、一生思い出したくないと思っていた。けれど、心の奥に長い間封じ込めておいた思い出は、恵美のひと言で泉のように湧き上がり、亜理子の中に広がっていった。

陽の光に透かすと、金髪みたいに輝いてみえる髪を風になびかせ、半ズボンのポケットに両手を突っ込んで前かがみに歩く少年は、いつも一人で、彼の周りだけ、違う風が吹いているように見えたものだ。

「もう、ありんこたちも会ったらびっくりするんじゃないかしら。さすがに、あんなに子どもっぽくはないけどね、似てるのよぉ」

それから恵美は「てっちゃん」と呼んでいるらしい彼氏がバンドを組んでいることや、昼間はテレビ局で働いていることなどを、それは得意そうに話し続けた。けれど、亜理子の耳には「てっちゃん」の話などほとんど入っては来なかった。淡いピンク色の唇をした、透けるように肌の白かった少年の、はにかんだように笑う姿ばかりが思い浮かんでくる。

「テレビ局なんかに勤めてるとさぁ、有名人なんか、ごろごろいるわけじゃない？　仲良くなっちゃったり、するのよ。ほら、＊＊＊なんかね、もうねえ『てっちゃん』『＊＊ちゃん』の仲なんですってよ」

恵美は一人で話し続ける。亜理子は、どんな顔をしていれば良いのか分からなくなって、皿に残っていた料理をほんの少しつまんでみたり、ぬるくなり始めているビールを喉《のど》に流し込んだりしていた。けれど、味はほとんど分からなかった。本当ならば、テレビ局とか芸能界の話などは、亜理子のいちばん興味をそそるもののはずなのに、今は聞きたいとも思わなかった。そのとき、かたん、と音をたてて、梨紗がまたもや手を洗いに立った。

「今度さ、会わせるわよ、ね？」

「ああ——うん」

亜理子は、素顔が分からないほど化粧をした恵美をちらちらと眺めながら、何とかして彼女の真意をはかりたいものだと思った。そんな亜理子の視線に気づいたのか、彼女は急に真面目な顔になって、身を乗り出してくる。

「ねえ、ありんこ。今だから、いいでしょう？」

「——何が？」

「話してよ」

「——何を」

恵美は、そこで声をひそめ、まだ化粧室から戻らない梨紗をはばかるように亜理子の顔をのぞき込んだ。

「本当の理由は、何だったの」

恵美は、首を傾《かし》げて真剣に亜理子の瞳をのぞき込んでいる。亜理子は、恵美が何を知ろうとしているのか、何を聞き出そうとしているのか分からなくて、わずかに眉をひそめて、恵美の顔を見つめ返していた。

「だから。私たちの前から急に消えちゃった理由よ。お家で、何かあったの？　親が離婚か何か、したわけ？」

「——」

亜理子は、信じられない思いで恵美の顔を見つめていた。恵美は、亜理子の表情が変わったことに気づいたのか、急に笑顔に戻って手をひらひらと動かす。

「あ、言いにくいことだったら、いいからね。ただね、ずっと気になってたんだ。私たち、あんなに仲良しだったのに、急に消えちゃえば、誰だって、そうでしょう？」

亜理子は、最初に恵美からの電話を受けた時に、何か心に引っかかるものを感じた理由を、その時になってはっきりと知った。恵美は、あの時の電話でも亜理子のことを「消えた」と言ったのだ。

どう答えようかと迷っている時に、梨紗が戻ってきた。

「梨紗も、覚えてない？」

「——何が？」

乾裕一郎の名前が出てから、梨紗も急にそわそわとしだして、表情にも落ち着きがなくなっていた。今も、心なしか頬が紅潮している。

「私が転校した時のこと」

努めて平静を保とうとしているらしく、梨紗は小さく深呼吸をすると、それからゆっくりとうなずいた。

「夏休みに入ってすぐだったのよね——よく覚えてるわ。本当は八月の末までいられるはずだったのに、急に引っ越しが早くなっちゃったんだったわね」

「――本当はね、私も、せめて夏休みは皆と一緒にいたかったのよ」

亜理子の答えに梨紗は再びゆっくりとうなずく。

「そう言ってたわよね。お父様がどうしても急ぐんだって」

「ちょっと、そんな話、聞いてない！」

ところが、恵美はとなりの席の人が振り向くくらいに大きな声を出し、憤然とした表情で亜理子たちをにらみつけた。

「何よぉ、三人で仲良しだったのに、私にはそんな話、何も聞かせてくれてなかったじゃない。ひどぉい！」

亜理子は、呆れて恵美のしかめ面を見つめ、それから救いを求める気持ちで梨紗を見た。梨紗も当惑した表情で、控えめに恵美を見ている。

「めぐが忘れてるだけよ。三人で話したもの。最後の夏休みは三人で色々と計画してたことがあったのに、何も出来なく――」

「嘘だぁ。私、ありんこまでカミカクシにあったんだろうかって、家族や使用人にまで聞いたんだからぁ」

恵美は唇を突き出して、片手にフォークを握ったまま、駄々っ子のような顔になっている。亜理子は、少しずつ頭が混乱するのを感じていた。

「めぐ――本当に覚えてないの？　ありんこが引っ越す時、皆で見送ったじゃないの。藤代先生とか、クラスの子も集まって、皆でトラックが見えなくなるまで手を振って。いつも三人で分けあってたんだよねって言いながら、その時もめぐ、買ってもらったばかりのビーズを三等分して、ありんこに上げてたわよ」

梨紗は恵美をたしなめる口調で言った。けれど、恵美は口を尖らせたまま、膨れ面を続けていた。

「嘘！　そんなこと、ないよぉ」

「本当だったら。私たち、何でも仲良く分けたじゃないの」

梨紗は、弱々しい声とは似合わないきっぱりとした口調でそう言うと、改めて亜理子を見て、今度は深々とため息をついて見せた。

5

三人は、頭を寄せ集めて一人の腕時計に見入っていた。

「その時計、本当に合ってるの？」

「合ってるってば。七時のニュースに合わせて来たんだから」

一人にそう言われて、少女は時計をした腕を握り拳《こぶし》にした。

「十一分ちょうどになったら、秒読み開始ね」

もう一人の少女が真剣な面もちで言う。少女は、思わず緊張して、ごっくんと唾《つば》を飲み下した。

廊下の突き当たりの非常ドアから出た、階段の踊り場だった。ここは、まず他の連中に邪魔されるということがなかったから、少女たちにとっては、秘密の儀式をするのに、もってこいの場所だったのだ。

「いい？ そろそろだからね」

それは、十一時十一分十一秒のおまじないだった。時計の針がその時刻を指した時、一つだけ、素早く願い事をするのだ。三時間目の休み時間は十一時五分からの十分間だったけれど、藤代先生は、時間通りに授業が終わることが滅多になくて、少女たち三人は、今日という日を心待ちにしていた。

「六、七、八――」

一人だけでおまじないをしても、ひょっとすると効果は弱いかも知れないから、三人で同じ時刻に同じ願い事をしようということになっていた。だから、どうしても三人で、一緒におまじないをかけなければならないことになったのだ。

――アノコガ、ホカノダンシニイジメラレマセンヨウニ。イジメラレタラ、イジメタコニバチガアタリマスヨウニ。

十一時十一分十一秒ちょうどに、少女は素早くその願いを唱えた。他の二人も、一瞬神妙な顔になって、それからほっとため息をもらした。

「これで、もういじめられなくなるかな」

「なるよ、絶対。三人でおまじないかけたんだから」

「ねえねえ、おまじないをかけると、誰が願い事を聞き入れてくれるわけ？」

めぐが、すっとんきょうな顔で甲高い声を上げた。少女たちは、コンクリートの階段から腰を上げ、スカートのお尻をぱんぱんと払いながら、重い非常ドアを引いた。

「誰って――知らないけど」

「神様じゃないの？」

「神様だったら、おまじないするよりも、お祈りした方が早いんじゃないの？」

「じゃあ、誰か他の人だよ。人生、色々あるから、子どもには分からないこともあるんじゃないの」

廊下に戻ると、そこにはわんわんと子どもたちの声が満ちている。少女たちは、真っ直ぐに自分たちの教室に戻りながら、それぞれに早くおまじないの効果を見たいものだと思っていた。「あの子」は、教室の後ろで他の男子にプロレスの技をかけられていた。ときどき「やめろよ」と細い声で言ったが、ほとんどは無言でされるままになっていた。「あの子」よりも、余程体格が良くて、もう大人の男の人みたいに見える男子の一人が、まるで彼をおもちゃでも扱うみたいにいじくり回している。

教室に戻るなり、その光景を見て、少女はおまじないの効果がまだ出ていないことにがっかりした。あとの二人も、がっかりした様子で、大げさに肩を上下させて見せた。

「――もっと強力なヤツじゃないと、駄目なのかもね」

ちょうどチャイムが鳴ったから、三人はそれぞれの席に戻りながら、自分たちの無力さを感じていた。あんなにチャンスをうかがっていたのに、十一時十一分十一秒のおまじないは、どうやらあまり効果がなかったようだ。

「あの子」、乾裕一郎くんは、一年くらい前までは、むしろクラスの人気者だったはずだった。

身体は小さかったけれど、頭が良かったし、何しろハンサムだったのだ。他の男子みたいに、汗臭かったり埃《ほこり》っぽかったりすることもなく、彼はいつも涼し気で、スマートだった。保健係が、ハンカチ、ちり紙、爪、という三つの検査をする時も、男子のほとんどはハンカチなど持っていなかったし、持っていてもしわくちゃになって固まっているようなものだったのに、乾くんはきちんと四角くたたまれたハンカチを持っていた。たとえば彼が野球でもして服が汚れていても、なぜだかそれさえも素敵に見えた。彼は、女子に対しても決して乱暴ではなかったし、口数は多くはなかったけれど、男子のまとめ役になっていた。男子と女子とで意見が対立する時、乾くんは、必ず「女子の意見も分かるけれど」という立場を取った。そんな彼に、他の男子もなぜだか一目置いていた。

だが、そんな状況は、彼が入院したことで一変した。五年生になったばかりの頃、乾くんは、お腹の病気で二か月ほど学校を休まなければならなくなったのだ。その間に、男子の間では新しいリーダーが誕生した。身体はクラスでいちばん大きく、誰よりも早く声変わりのした兼井という男子が、他の男子を圧倒するようになってきたのだ。そして、久しぶりに登校してきた乾くんは、完全にクラスで無視される存在になってしまった。それどころか、彼は少しずついじめられっ子になっていった。

「可哀相だよ」

「ひどいよね、兼井のヤツも」

少女たちは、乾くんが男子にいじめられている時、いつも囁《ささや》き合っていた。面と向かって「やめなさいよ」とでも言えば、おっちょこちょいの男子が「おまえ、こいつのこと好きなんだろう」などとはやし立てて、クラス中が大騒ぎになるに決まっていたから、表だって言うことは出来なかったけれど、少女たちはいつも黙って耐えている乾くんを辛い気持ちで眺めていた。

「何とか、助けてあげなきゃ」

「どうやって？」

「毎日おまじないして、乾くんをいじめたヤツには、罰《ばち》が当たるようにするのよ」

学校から帰る道で、少女は、急に大きな使命を帯びた気分になって、きっぱりと宣言した。並んで歩いていためぐとありんこも、待ってましたとばかりに、真剣な表情でうなずいた。それから少女たちはいっせいに走り出して、帰り道からそれた小高い丘に登った。そこからは、町の景色が一望できる。いつも、額に乾いた風が吹きつける、少女たちのお気に入りの場所だった。大きなクヌギの木の根元に腰を下ろして、少女は「作戦会議」を開こうと提案した。

「誰にも気づかれないように、内緒にしとかなきゃいけないけど。毎日おまじないをして、絶対に乾くんを守ってあげるのよ」

そう言った瞬間、少女の中では、そのおまじないこそが、世の中でいちばん大切なことのように思えた。おまじないが効いて、彼が誰にもいじめられなくなった時には、そっと真実を教えてあげても良いかもしれない。そうしたら、きっと乾くんは少女に感謝することだろう。

「独り占めは、なしだからね」

その時、めぐが、黒くて丸い顔をぷっと膨らましながら言った。まるで少女の心を見すかしているみたいな言葉だったから、少女は、一瞬どきりとしたけれど、急いで「あたりまえじゃない」と答えた。

「三人のものだからね。私たち三人で守ってあげるんだから」

めぐはなおも真剣な表情で言う。隣にいたありんこも、頭の斜め上の小さなちょんまげを揺らして大真面目な顔で何度もうなずいている。

「絶対ね。約束破ったら、絶交だからね」

少女は、二人の顔を交互に見つめ、しっかりとうなずき返した。心地良い風が吹き抜けて、三人の髪を揺らした。

「私たちは親友だもん、何があったって、約束は絶対に守るんだもんね」

「うん」

「うん」

「うん、ね！」

そう、私たちはすべての秘密を分かち合う親友同士。だから、どんなことがあっても、約束は守らなければならない。

少女は、指切りをしながら自分の心に言い聞かせた。だから、乾くんのことが大好きでも、抜け駆けはしない。たぶん、めぐもありんこも、彼のことが好きだから、彼を三人のものにすればいいんだ。

「あ、まつげ」

あれこれと考えを巡らしていると、めぐが少女の頬に指を伸ばしてきた。

「あ、待って待って！」

少女は慌ててめぐの手を押さえると、急いで願い事を考えた。

「まつげがついていたら、願い事を三つ考えるのよ。それから、人に取ってもらうの」

前にそのおまじないを教えたことを覚えていたのだろう。ありんこがめぐに説明している。めぐは、真剣な顔で「ふーん」と言うと、「考えた？」と少女に聞いた。少女が神妙にうなずくと、めぐは恭《うやうや》しい手つきで、そっと少女の頬のまつげを取ってくれた。

――乾くんが私たちのものになりますように。ありんこと、めぐと、いつまでも親友でいられますように。もっと背が伸びますように。

少女は心の中で念じながら、小さく、模型みたいに見える家々の窓が陽射しに輝いているのを眺めていた。三つとも、少女にとっては心からの願い事だった。

それからというもの、少女たちは、毎日のように色々なおまじないに挑戦した。いじめっ子の名前を白い紙に書いてから細かくちぎってコップに入れ、銀色のスプーンでくるくるとかき混ぜながら水を注いで、大きな木の根元に掘った穴に埋めたり、朝早く学校に行って、三人の他は誰もいない教室で、いじめっ子の席にぱらぱらと塩を撒《ま》いてみたり、乾くんの方から少女たちに話しかけてくれるようなおまじないも、かけてみた。

いつか、きっとおまじないの効果があらわれる時が来る。そうでなければ、何か別の方法を考えるまでだ。少女は、使命感に燃えていた。乾くんのために、自分たち三人のために、どうしても彼をいじめている連中を遠ざける必要があった。

6

帰宅して風呂に入り、一服したところで、亜理子は、さっそく電話を手元に引き寄せた。一人で考えこまないようにするためには、とにかく動くことが大切だった。

「さっきは、お疲れさま」

数回のコールの後で、消え入りそうな声で電話に出た梨紗に向かって、亜理子は気ぜわしい思いで口を開いた。電話の向こうでは、ついさっきまで一緒にいた梨紗が「あら」と言ったまま黙っている。

「どうしても気になったものだから、電話したんだけど」

亜理子は、教わったばかりの梨紗の住所と電話が書かれている手帳を眺めながら、そこで大きく息を吸い込んだ。

「変なこと、聞くみたいなんだけどね」

「なに？」

「めぐって、昔からあんな子だった？」

「あんな子って――」

亜理子は、微かに苛立ちながら、梨紗の細い声を聞いていた。

「昔から、あんなに見え透いた嘘をつく子だった？」

「ああ――それは、私も思ったわ。何だか分からないことを言ったわね。家にばあやさんがいたとか、使用人がいたとか」

亜理子は「でしょう？」と言葉に力を入れ、大げさにため息をついた。恵美の家は普通の農家で、幼かった亜理子の目から見ても、その暮らし向きについては、決して楽そうには見えなかったのだ。彼女は両親と弟との四人家族で、ばあやどころか、お祖母さんだっていなかった。

「何で、あんな嘘をつくんだろう。私たちが忘れてるとでも思ってるのかしら。おまけに私が転校した時のことも覚えてないなんて」

亜理子は、扇風機のスイッチを「強」から「中」に切り替えながら、ふと梨紗の胸元に光っていたネックレスのことを思い出した。今日の彼女の服装は地味で目立たないものだったけれど、決して安物ではなかった。腕にしていた時計だって、それなりに高そうなブランド物だった。

「覚えてないっていうだけでも不思議なのに、あんなに見え透いた嘘までつくとなると、確かに変よね」

亜理子は、こうして電話で話をしてみて改めて、恵美と梨紗との違いを感じていた。伝わってくる雰囲気がまるで違う。こうして声だけを聞いていると、そのテンポもカラーも、まるで恵美とは合いそうにもない、異なったものだということが、はっきりと分かった。梨紗は、元気がなかった訳ではなく、恵美の雰囲気にすっかり圧倒されていただけなのかも知れなかった。

そういえば、彼女の家は、町でも大きな酒屋を経営していた。手伝いの人が大勢出入りしていたのは、むしろ梨紗の家の方だったのを亜理子は思い出した。今、改めて目の前に開いているアドレス帳を見れば、彼女の住所の末尾は五〇二となっている。少なくとも五階建以上の建物に住んでいるらしい。つまり、それはこんな木造アパートなどではなく、それなりの鉄筋のマンションらしい、ということだ。

亜理子は、彼女がたえず手から放さなかったレースのハンカチや、かっちりとした革製の白いバッグのことまでも思い出していた。転勤の多いサラリーマンの家庭で育った亜理子と、あとの二人は、各々にまるで違う環境で育っていたことに、幼い頃は気づかなかった。

「ねえ、梨紗の部屋って、マンションでしょう?」

「そうだけど?」

「じゃあ、エアコンがついてる?」

「ついてるけど、ここは階が高いから、いい風が入ってくるの。だから、夏は滅多に使わないわ。私、冷房はあまり好きじゃないし」

梨紗は、そういえば涼しげな声を出す。亜理子は、「暑くて嫌になる」という話題は彼女には出せないと思いながら、今日、彼女が身につけていたネックレスを褒《ほ》め、服を褒め、バッグを褒めた。その都度、梨紗の反応を確かめるうちに、ダイヤモンドが本物であることも、服やバッグを買う店を大体決めていることも分かった。

――結構、お嬢さまになってるんだわ。

恋人などいないと言いながら、梨紗が商事会社に勤めているのは、実際は生活のためなどではなく、結婚相手を探すために違いないという気がしてきた。

「ねえ――」

亜理子は、本当はずっと気にかかっていたことを、思い切って言うことにした。

「約束、覚えてる？」

少しの間、沈黙が流れた。

「――覚えてるわ――守ってるもの」

梨紗の声は、細く頼りなかったけれど、口調はしっかりとしていた。

「私も、守ってる」

梨紗の言葉を聞いて、ようやくひと安心できる気分で、亜理子は自分も低い声でそう答えた。

「めぐは、どうかしら。ありんこ、確かめてみた？」

梨紗は、亜理子の考えていることと同じことを口にした。亜理子は「梨紗も聞かなかったの？」と聞き返した後、深々とため息をついた。

「何だか、聞けなかったのよ」

「やっぱり？　私も。本当にあの子、どうしちゃったんだろう。今日のあのとぼけ方、何だと思う？」

「分からない。それよりも、私は最初にあのお化粧で驚いちゃった。本当にめぐだっていうことが信じられなかったくらいよ」

「まあね、それは商売柄っていうこともあると思うけど」

おそらく現在の梨紗の周囲には恵美のようなタイプの女性はいないのだろうと亜理子は思った。それは、亜理子も似たようなものだったが。

「あのお化粧で、あんなことを言い出すから、余計に薄気味が悪かったわ。どうしてあんな嘘をつくのかも分からないし、いくら忘れてるっていったって、程度があると思って。ひょっとしたら、めぐじゃない人なんじゃないかって、話してる途中で何度か思ったくらいよ」

梨紗は本当に驚いた様子で「お肌によくないんじゃないかしら」とまで言った。だが、亜理子は恵美の化粧よりも気になることがあった。誰が何を顔に塗っていようと、そんなことはどうでも良かった。

「とにかく——どうして急にあのことを言い出したのかしら。それがいちばん引っかかったわ」

「——あれには本当に驚いたわね」

「まさかあの子、約束まで忘れてるっていうんじゃないでしょうねえ」

「そんな！　ああ、でも——忘れてるふりをしてるのかも」

「何のために？」

「それは分からないけど」

亜理子は、一瞬息をのみ、狭い部屋の中にうろうろと視線を漂わせた。さっきの恵美の笑顔が奇妙に不気味に思い出される。何をあんなにはしゃぐことがあったのだ。

「——何か、たくらんでるのかしら」

梨紗の声がぽつんとつぶやいた。再び沈黙が流れた。

「確かに、不自然よね。急に私たちを呼び出して、おまけに『私が誘ったんだから』とか言ってご馳走までしてくれるなんて」

恵美は、最後には相当に酔っていて、勘定をする段になったら、頑として伝票を亜理子たちに見せなかったのだ。そんなにまで三人の再会を喜ぶ彼女のあまりのはしゃぎようが、亜理子の気持ちをますます暗くさせた。

「ご馳走になる理由なんか、ないわよねえ」

「やっぱり、何だか変よ、あの子。そう思わない？」

亜理子は、苛立ちを隠せなくなって思わず早口になってしまった。もう少し彼女のことを話し合う必要があると提案すると、梨紗も素直に同意してくれた。仕事の後には何かと用事が詰まっているから、互いの職場が近いことを利用して、とりあえず翌日のランチを一緒にとる約束をすると、ようやく電話を切った。

「ああっ、もうっ」

電話を切ると、亜理子は冷蔵庫から缶ビールを取ってきて、鼻息も荒く布団の上に座り込み、顔をしかめながらビールのタブを引いた。あれこれと考えなければならない、こういう状態が、亜理子は何よりも嫌いなのだ。

「もう、いいっ！　後は明日だわっ！」

自分自身に言い聞かせるように声を出すと、亜理子は急いでクロスワード・パズルの雑誌を開いた。何も考えないためには、これが最良の時間稼ぎになる。だが、それでも頭の中では昔のあらゆる風景がくるくると回り始めて、もう止めることが出来なくなっていた。

小学生にとって、高知から山口への転居は、絶望的なほどに遠いものに感じられた。

亜理子は、引っ越す当日になって、思わず涙ぐみそうになり、母に早く引っ越したいと言ったことを悔やんだ。

あの日、梨紗と恵美は「離れていても友だちだから」と言いながら水色のソックスをくれた。それが、友情の続くおまじないなのだ、という言葉を添えて。梨紗の言う通り、恵美が泣きながら三等分にしてくれたビーズをそのソックスに入れ、亜理子はずいぶん長い間、ただそれを眺めて過ごした記憶がある。そして、そのソックスを見る度に、二度と会わないかも知れない親友との約束を思い出していたのだ。

「ああ、もう！　やめ、やめ！」

そこまで思い出してしまって、亜理子は急いでゲームに頭を集中させようとした。何も考えるなと、何度も自分に言い聞かせた。

その晩、亜理子は久しぶりに夢を見た。それは、これまでにも数え切れないくらいに何度も見た夢だった。最初はきれいで楽しいのに、突然場面が変わって、亜理子は悲鳴を上げながら逃げなければならないのだ。恐い思いをすると分かっているのだから、その前に目覚めてしまおうと思うのに、どうしても恐い思いをしなければならない。それからでなければ目覚めることが出来ない。そういう夢だった。

采懐

1

「てつ！」

スタジオの片隅で、風船にヘリウムガスを詰めては、一つずつ木綿《もめん》の糸を結んでいた石田哲士《てつし》は、その声にびくんと肩を震わした。その途端、汗をかいている指の間から木綿の糸がするりと抜けて、あっと思った時には、大きなオレンジ色の風船がスタジオのライトに向けてふわふわと昇り始めていた。

「あ、あ、あ」

「おいっ、てつ！　呼んでるのが聞こえないのかよっ」

的場という先輩は、大股でつかつかと近づいてくると、手に二つ折にして持っていた台本で、哲士の頭をぱこん、と叩いた。

「弁当が足りねえんだよ」

「え、だって、二十三個じゃなかったですか」

哲士は、ライトの隙間を縫って、天井にまで上がってしまい、頭をつかえたままでゆらゆらと揺れている風船を恨めし気に見上げた後、手の汗をジーパンの尻で拭いながら、口よりも先に手の出る先輩に目を向けた。

「馬鹿っ！　アホ！　間抜け！　五個増えたって、さっき言っただろうがっ」

「そう、でしたっけ」

「急ぐんだよ、早く買ってこいよ！」

「ああ、でも風船が」

「んなもん、後でやれ！　弁当が先だよ、弁当が！」

哲士はもう一度頭を叩かれ、それから尻を押されて、否応なしに走り出した。

――もう、ぽんぽん、ぽんぽん、好き勝手に叩きやがって。

「気が利かねえ奴ぁ、この仕事は無理だぞ！」

背後から、まだ的場の声が追いかけてくる。哲士は、返事もそこそこに廊下に走り出た。歩いている人々の間をすり抜けながら腕時計を見れば、既に六時になろうとしている。外に出ると、真夏のむっとする熱気がまとわりついてきて、それだけで哲士をうんざりさせるのに十分だった。

——あと一時間の辛抱だ。

何も本気でいつまでもこんな仕事を続けようとは、哲士は露ほども思ってはいない。プロダクション関係の仕事といえば聞こえは良いが、ただのアルバイトだし、要するに体《てい》の良い使い走りに過ぎないのだ。

最初の頃こそ、テレビ局に出入りする仕事ならば、簡単にチャンスが転がっているのではないかなどと思ったものだが、こうも毎日弁当を買いに走ったり、風船を膨らましてばかりいたのでは、チャンスにどころか、そんなチャンスに巡り合うチャンスさえないのではないか、という気になってくる。

テレビ局近くの弁当屋の前は、哲士と同じような仕事をしているとおぼしき連中があと三人ほどいて、それぞれが脳天気な、または忙しそうな表情で弁当を注文していた。

「スタミナ幕の内スペシャル、六個ね。急ぐんだ。あと、領収書ちょうだい」

それでも哲士がこの仕事をやめないのは、ただ単に時間の都合がつき易いことと、時にはロケハンなどで見知らぬ土地に行かれるから、そして、女の子に受けが良いからだった。あくまでもアルバイトなのだから気楽なことはこの上ないし、制約が少ないことも魅力の一つだ。

「どうして六個なんだよっ。五個でいいんだよ！」

息を切らしながら弁当を提《さ》げて、汗だくで戻るなり、哲士はまたもや的場にぱこん、と頭を叩かれた。

「どうして、弁当の数くらいちゃんと出来ないんだ、おまえはっ」

「すんません」

「小学生だって出来ることを、どうしておまえって出来ないわけよ、ええ？」

顎から汗の滴《しずく》がスニーカーのつま先に落ちる。哲士は腹の中で、さんざん悪態をつきながら、ただ黙って的場に怒鳴られていた。叱られるのには慣れているし、聞き流すのは得意だった。

「だいたい、おまえはねえ」

「的場さん、そろそろ、時間なんで」

自分よりもかなり小柄な的場を上目遣いに見るためには、相当に顎を引いて、うつむかなければならない。哲士はその姿勢で、口元だけでごまかすような笑いを見せた。的場は腕時計に目を落としてから、不愉快そうに顔を歪《ゆが》め、鼻を鳴らした。

「ったく、おまえって奴は、いっつもそれだ。風船だけ、全部やってけよな」

的場は、少しの間哲士をじろじろと見て、まだ何か言おうとしたが、そのまま口をつぐんで行ってしまった。哲士は的場のてっぺんから薄くなり始めている頭を見送ると、心持ち眉を動かし、肩をすくめて、また元の風船に戻った。的場が言おうとしたことくらい、哲士にだって分かっている。

――だいたい、おまえはいったい、どっちを趣味だと思ってるんだ。仕事ってぇのは、常に自分で探すもんだ。おまえみたいに、言われたことの半分程度しか出来ない奴は、何やらせたってダメなんだよ。一を聞いて十を知る、いや、百も千も知る奴じゃなきゃあ、この世界ではダメなんだ。それをおまえときたら、いつまでも売れないバンドでタイコ叩いてりゃあ、いいと思ってやがって。

「余計なお世話だってぇの」

風船をふくらまし、糸を結びつけながら、哲士は一人でぶつぶつと文句を言い続けた。ここにいる自分は、本当の自分ではない。哲士の本当の姿など、的場に分かるはずがなかった。

風船を膨らまし終えると、哲士は挨拶もそこそこに、さっさとスタジオを出た。アルバイトは七時までということになっている。もう、七時を八分ほど過ぎていた。それまで、一日中ぐだぐだとしていたのに、この時間になってようやく哲士は全身に力が漲《みなぎ》ってくるのを感じる。これからが哲士の時間だった。

「あ、来た来た。てっちゃん！」

哲士たちのバンドが練習用に借りている貸スタジオに着くと、入り口前のラウンジにいたらしい恵美が、待ってましたとばかりに衝立《ついたて》の向こうから走り寄ってきた。いつもの通り、こってりと塗り込めたファンデーションの顔を思いきりの笑顔にして、すぐに哲士の腕にしがみついてくる。甘ったるい、いつもの香水の匂いがぷん、と鼻腔を刺激した。哲士は、厚化粧の女は嫌いではない。むしろ、素顔があまり整っていないのならば、努力して「見られる」顔にしている女の方が、まだ可愛いと思う。

「ほら、前に話してた幼なじみの二人ね、連れてきたの」

恵美は、ふだん以上に甘えた口調でそう言うと、ベンチを振り返った。そこには、中肉中背で、これといって目立ったところもない、ただ髪の長いことだけを自慢にしてるようなタイプの女と、色白でひょろりと背の高い女が、少しきまりの悪そうな顔で座っていた。

恵美は哲士の腕をぐいと引っ張り、二人の前に連れて行くと、さっそく紹介を始める。哲士は、確かに以前恵美から聞いたことがあるような気がする幼なじみの話を思い出しながら、得意の笑みを浮かべると「こんちは」と挨拶した。

何だかんだと言いながら、哲士がアルバイト先でも重宝がられているのは、その笑顔のせいもあるのだと、以前オバサンのスタッフに言われたことがある。真剣にめくじらを立てるのも気の毒かなと思わせる、少年のままの笑い方だと、オバサンはどことなく卑猥《ひわい》な目つきで言っていた。

紹介された二人の娘は、何故だか多少こわばった表情で哲士を見、それから、慌てたようにはにかんだ笑顔になって、ぴょこんと頭を下げた。

そのうちの長身の方、梨紗と紹介された女性は、白い頬をほんの少し紅潮させて、哲士と視線が合うと、すっとうつむいた。長いまつげが頬に陰影を与えて、よく見れば少しだけソバカスの浮いている鼻のあたまから口元にかけての線が、頼りないほどに清純に見えた。女性にしては長身な方だったが、それでも一七八センチの哲士から見れば、「許せる」程度の高さだった。

「ねえ、てっちゃんたちの練習、見せてあげて。いいでしょう?」

肩の下から恵美の甘えた声が聞こえて、哲士ははっと我に返り、それからにっこりと笑って「いいよ」と答えた。

「飽きたらさ、その辺でお茶でも飲んで待ってろよ。夕飯、一緒に食いましょうよ」

前半分は恵美の顔を見ながら、後ろ半分は、彼女の友だち二人に向かって言うと、梨紗という人は、相変わらずはにかんだようにうつむいたままだが、その隣の、亜理子と紹介された娘は、まっすぐに哲士を見上げて、はっきりとした笑顔を返して来た。可もなく不可もなし、といったところだが、笑うとそれなりには可愛く見えた。

「飽きたりしないと思います。私、コンサート以外で近くで見せてもらうのって、初めてだもの」

恵美と同い年のはずだし、見た目は恵美よりも子どもっぽく見えるのに、ちらりと横目を使うところなど、亜理子は妙に大人びた雰囲気を漂わせている娘だった。

「そのうちCD出したら、買ってよね」

スタジオに向かいかけると、背後で恵美の話す声が聞こえた。

「え、出すの？　いつ？」

「知らないけど。きっと近いうちよ」

「すごぉい」

哲士は、思わず口の端だけで笑いながら、仲間の集まるスタジオに入った。

哲士たちのバンドも、デモ・テープならば何度か作ったことがある。その度に、送れるところには全て送ったつもりだが、何の反応もないのだ。十代の頃から、高校大学を通じて、ひたすらバンド一筋にやってきた哲士にしてみれば、そうそう簡単にレコード・デビューなど出来るはずがないということくらい、いやというほど承知していた。

だが、哲士たちのバンドは、それほど焦ってデビューを夢見ているというわけでもなかった。とりあえず、今は週に一度のライブという仕事が入っている。時にはイレギュラーの仕事も入る。メンバーは全員、とにかくライブが好きだという点で一致しており、ライブに命をかけることにしていた。ライブが一番、ライブがすべてだと、恵美にもことあるごとに言っているのだが、大げさな話の好きな恵美は、すぐにオーバーに考える癖がある。彼女は、いつの日にか哲士たちがテレビ・カメラの前で、全国に向けて自分たちの曲を演奏する日でも夢見ているのかも知れなかった。「そのうち、紅白に出るようになるよね」などと本気の顔で言っていたこともある。

——まあ、いいけどな。それはそれで。まんざら、夢だけで終わらないかも知れないんだし。

哲士はドラム・セットの前にスタンバイしながら、スタジオの片隅に入ってきて、パイプ椅子に腰掛ける三人の娘を眺めていた。

大きな前歯を見せて、こちらに手を振る恵美の横で、控えめながら、珍しそうにスタジオの機材を眺めている梨紗の姿に、どうしても目がいってしまう。恵美とはまるで違う、透明な水のような人だと思った。その横にいる亜理子も、大真面目な顔でこちらを見ている。

「よぉし、じゃあ、始めるか」

バンドのリーダーが声をかけ、哲士はスティックでカン、カンと調子を取り始める。それからしばらくは、哲士の一番充実している時間、何も考えずに夢中で過ごせる時間だった。その夜は、特に気分も乗って、最高に気合いの入った練習になった。それは、人に見られているという感覚のせいだと分かっていた。中でも、静かにじっとこちらを見つめている梨紗の存在が、哲士を微妙に刺激していた。彼女は、恵美や亜理子のように興奮する様子もなく、終始静止した絵のように、ひたとこちらを見つめ続けていた。その冷たい炎みたいな視線が、哲士を常に刺激していたのだ。

二時間以上もドラムを叩き続け、たっぷりと汗をかいた後のビールは旨《うま》かった。哲士は生ビールのジョッキを半分ほど一気にあけてしまうと、思わず大きく息を吐き出した。

「迫力、ありますねえ」

亜理子は、あまり大きくもない目を一生懸命に見開いて、まじまじと哲士を見る。哲士は返事の代わりに笑顔になると、またビールに口をつけた。

「本当、すごいわ」

梨紗も控えめに口を開いた。

「ああ、練習の後は喉が乾いて」

哲士は思わず心からの笑顔になって答えた。すると、亜理子の方がくすくすと笑った。上半身をわずかにくねらせ、隣の梨紗の肩を軽く叩く。梨紗も、白い頬をわずかに染めてほんのりと笑った。

「そうじゃなくて、演奏。飲みっぷりも、迫力あるけど」

「ああ、そっちか。そりゃあ、まあね」

すでに十時を回っていて、ビア・ホールは少し空いてきていた。

「今度はさ、本番のライブも観に来てよ。観客が入るとさ、迫力も変わるから」

亜理子が嬉しそうにうなずいている間に、梨紗がすっと席を立った。けれど、恵美も亜理子もまるで気づかないかのように、何の反応も示さない。梨紗も何も断らずに、テーブルの間を縫ってすっすと歩いて行った。

「そう、これが噂の『てっちゃん』ね」

去っていく梨紗には一瞥もくれず、亜理子は、一人で納得したように何度もうなずくと、にやりと笑って恵美を見た。恵美は、得意そうに顎を上げ、横目で哲士を見ている。バンドの仲間の間では、だいぶ前から公認になっているのに、なぜだか「恵美の恋人」として彼女たちに紹介されることに、哲士は不思議な後ろめたさを感じた。

「そうよ、これが、私の『てっちゃん』。ね、似てると思わない？」

「似てるって、俺が？　誰に？」

枝豆のサヤを指で押して、ぽんぽんと豆を食べながら聞くと、恵美は秘密めかした笑いを浮かべ「何でもなぁい」と答えた。そういう甘ったるさは、可愛いと思うこともあるのだが、時折妙に重いものに感じられる。今夜はまた特に、暑苦しくさえ思えた。

「テレビ局にお勤めなんだそうですね」

亜理子は、恵美ほどの勢いではないが、それでも少しずつビールを飲みながら、瞳を輝かせて哲士の顔をのぞき込んできた。

「テレビ局じゃないですよ。下請けのプロダクションでね、バイトしてるっていうだけ。仕事場が局ってぇだけです」

「え、え、でも、いろんな芸能人に会うんだよね？」

恵美が慌てて哲士の腕を叩く。汗をかいた後だから、彼女の妙にぽってりとした熱い手のひらは重く感じられた。

「そりゃ、まあね。仕事だから」

「＊＊＊なんか、『てっちゃん』『＊＊ちゃん』の仲なんでしょう？」

亜理子が言った時、梨紗がテーブルの間をすり抜けて戻ってくるのが哲士の視界に入った。彼女の周りにだけ、独特の光が散らされているみたいに見えた。

「ありんこってば、私、そんなこと言ってないよぉ、もう。てっちゃんが仲良くしてるのはね、◯◯△△だってば。あの人なんかは『よお、てつ』って呼ぶんだって。ね、可愛がられてるんだよね？」

哲士は、梨紗に気を取られている一瞬のうちに、恵美が何を言っているのか分からなくなって、ぽかんとしていた。「うん？」と亜理子の方を見た時には、亜理子はいかにも感心した様子で「へえっ」と嘆息を洩らしていた。

「梨紗、哲士さんて◯◯△△に可愛がられてるんだって」

亜理子は、戻ってきた梨紗にさっそく報告をしている。

「◯◯△△って、誰？」

「やだぁ、知らないの？　もうっ」

恵美がけたたましい声を出す。梨紗は困ったような顔で小さく「だって」と言うと、ちらりと哲士を見て急いでうつむいてしまった。

——可愛いなぁ。

哲士は、恵美と亜理子が何やら騒いでいるのも耳に入らず、思わずしげしげと梨紗を見つめてしまった。素肌に近い感じの、透明感のある肌が初々《ういうい》しい。

「ああ、私のおじさんが生きてたらな。おじさんね、有名な映画俳優だったんですって。

でも、若い時に、ロケで雪山に登って雪崩《なだれ》に遭って死んじゃったの」

恵美が、聞いたこともない話を始めた。亜理子と梨紗も驚いた顔で恵美を見ている。哲士は、若鶏のカラアゲにかぶりつきながら、適当に相づちを打ち、その間もずっと、ちらちらと梨紗を見ていた。見れば見るほど、可愛いと思う。これまでにつき合った女の子の中でも、五本、いや三本の指には入るだろう。

「あのおじさんが今も元気だったら、きっとてっちゃんを芸能界に入れてくれたと思うな。絶対に大物になってたはずだもの」

「ああ——そりゃあ残念だったなぁ」

「そのおじさん、何ていう名前だったの」

亜理子が疑わしそうな顔で恵美を見ている。

「おばさんなんて、もっと可哀相なんだから。バレリーナだったのね。それなのに、膝を悪くして、踊れなくなっちゃったんだって。もう、蝶々が舞い飛ぶみたいに、それは華麗だったそうだけど。残念だよねぇ、悲劇よ」

「そんなおばさん、いた？」

「何言ってるのよぉ。うちの屋敷の奥の部屋に閉じこもりっきりでね、いつも音楽聴いてたじゃない。ね、てっちゃんは知ってるわよね、ね？」

「うん、うん」

「ほらぁ」

ずいぶん前から、哲士は恵美の話を上手に聞き流す癖がついている。

「うちの屋敷の奥ってねえ、開かずの間っていうのがあったのよね――」

恵美が夢中になっておとぎ話を始めたら、その時は放っておけば良かった。その間に、哲士はゆっくりと梨紗を観賞することにした。

2

恵美はぷりぷりと怒りながら、人混みをかき分けて足早に歩いて行く。

「待ってよ。そんなに急いで歩いたら汗が出てたまらないわ」

亜理子は、懸命に歩調をあわせ、なんとか並んで歩きながら、ハンカチを額にあてた。おさえても、おさえても、汗がにじんでくる季節だ。街を歩き回るのでさえ、だるく思える季節の真っただ中だった。

今夜は早く帰宅して、録画したまま観ていないビデオをまとめて観るつもりでいたのに、帰りにアイシャドウを買いにデパートに立ち寄ったおかげで、恵美につかまってしまったのだった。「話がある」とだけ言って、恵美はこれまでになく真面目な顔で仕事が終わるまで待っていてくれと言った。アイシャドウを値引きしてくれたこともあったから、亜理子も無下に断れなくて、結局近くの喫茶店で時間をつぶして恵美の仕事が終わるのを待った。

三人で、十一年ぶりの再会を果たしてから、二週間が過ぎていた。たった二週間の間に、それまでの空白を埋めようとでもするみたいに、三人はほとんど毎日、誰かと連絡を取り合っていた。

「梨紗って、昔からそういうところ、あったよね」

歩きながら、恵美は急に吐き捨てるように言った。亜理子は、恵美の隣をかなりの大股で歩きながら、ぷりぷりしている恵美の横顔を見ていた。彼女に「話がある」と言われた時には、何を言われるのだろうと、色々なことが頭の中を駆けめぐったものだが、まさか急に梨紗の名前が出てくるとは思わなかったのだ。

「涼しい顔して、自分だけ一番おいしいとこ持ってっちゃうタイプだったじゃない」

恵美は、同意を求めるような挑戦的な目つきで、梨紗の代わりに亜理子をにらむ。

「そうだっけ?」

「そうだよ。要領がよくて、世渡り上手」

亜理子は、恵美は何も考えていないみたいに見えるけれど、実は案外梨紗を観察しているのかも知れないと思った。

「めぐ、梨紗と何かあったの?」

やがて、恵美がよく寄るというお好み焼き屋に入り、亜理子は恵美のグラスになみなみとビールを注ぎながら、煙草をすぱすぱと吸っている恵美の顔をのぞき込んだ。

「めぐがそんなに怒るなんて、珍しいね」

「私だって、馬鹿じゃないんだから。怒る時は怒るっていうの」

「誰も、馬鹿だなんて、言ってないわよ」

亜理子が掲げたグラスに乱暴に自分のグラスを合わせると、恵美はふん、と鼻を鳴らした後で、そのグラスを一気に空けてしまった。

「言ってるもん」

また恵美の思い込み症候群だろうかと、亜理子は内心でうんざりしながら恵美を見た。何しろ、ばあやにじいや、映画俳優のおじにバレリーナのおばまで登場させて、この間はついに、自分は本当の父親の子ではないらしいのだとまで言い出したのだ。家族構成から家の造りまで分かっている亜理子たちに向かって、なぜそんな嘘をつくのか、亜理子と梨紗とは首を傾げるばかりだった。だが、そんな嘘の数々を指摘する度に、恵美は烈火のごとく怒って「私が嘘つきだっていうのっ」とむきになったから、亜理子は梨紗と相談して「静観する」ことにした。

――あの子は何か企んでるのかも知れない。

二週間前、十一年ぶりに三人が再会した翌日、亜理子と梨紗はランチを取りながら、恵美の不可解な行動について、そういう結論を出した。

「どうする？」

「どうしよう」

あの日、二人は深々とため息をつきながら、前夜の恵美のことを思い出していた。

「どういう目的があるのか分からないけど。ただごとじゃないっていうことは、確かでしょう？」

「急に会おうなんて言い出すところからして、おかしいものね」

「あのとぼけ方だって普通じゃないわよ」

そして二人で相談した結果、恵美の「化けの皮」をはがす必要があるということになったのだ。

それ以来、亜理子と梨紗は、恵美のいないところで、常に恵美の行動、言葉、仕草などを観察し、報告しあった。二人の間では確認しあった例の約束についても、さりげなく聞いてはみたのだが、案の定、恵美は「何よ、それ」ととぼけただけだった。だからますます、亜理子たちは恵美を警戒していた。

「ちょっとぉ、ありんこの、それ。ダイヤじゃないの？」

それまでぷりぷりしていたのに、亜理子の手元を見たとたん、恵美の表情が変わった。亜理子は、出来るだけ何気なさを装おうとしたけれど、自分でも鼻の辺りに自慢気な表情が出てしまうのを抑えきれなかった。

「すごぉい！　きれいじゃない！」

恵美は亜理子の手を持ち上げると熱心に指輪をのぞき込み、店のライトに透かしたりしている。

「買ったの？　あ、誰かにもらったんだ」

亜理子は、曖昧に笑って見せると、店の人がお好み焼きの具を持ってきたのを機会に手を引っ込めた。ダイヤといっても、ほんの小さなもので、それほど立派でもない指輪は、自慢したい気持ちと、しげしげと見られるには恥ずかしい気持ちの両方を亜理子に起こさせる。

「私もね、ダイヤはこんな大きいのを持ってるんだけど、目立ち過ぎちゃって、あんまり持ち歩かないことにしてるんだ。今は、銀行の貸し金庫に――」

「それで、梨紗と何があったのよ」

鉄板の上にお好み焼きの具を流してから、亜理子は改めて恵美を見た。放っておくと、嘘だか本当だか分からないところに、ぽんぽんと話題が飛ぶから、適当なところで話を元に戻さなければならない。

「そう、そうよ。梨紗さぁ」

恵美は、途端に眉をしかめ、二杯目のビールを一口飲むと、口を尖らせた。

「梨紗、てっちゃんに色目使ってる」

「梨紗が？ どうして？」

「だって！ てっちゃん、梨紗の話ばっかりするんだもん。私が文句言ったら、『おまえの友だちだから、俺も仲良くしようとしてるだけなのに、やきもち焼くなんて、馬鹿じゃないのか』って言われてさ」

亜理子は、鉄板の上で少しずつ火が通ってくるお好み焼きを見ながら、頰杖をついて恵美の話を聞いていた。もう少し他の話が聞かれるのではないかと思っていたのだが、この話題も、それなりになかなか興味深いものがある。

「哲士さん、梨紗のことを何だって言うの」

「何だっけな。はかなげで、清楚《せいそ》で、育ちがよさそうな人だとか」

「まあ、当たってるんじゃない？」

亜理子が出来るだけ柔らかい口調で言うと、恵美は更に膨れ面に戻り、「わざとらしいだけじゃないっ」と吐き捨てるように言った。

「おとなしそうに見せてるけど、ああいうタイプがいちばん陰で何やってるのか分からないんだからね。ああ見えたって、どこも身体なんか悪くないんだし、やたらと手ばっかり洗ってるだけじゃない」

「冬になったら、荒れて大変なんじゃないかしらね」

亜理子も、くすくすと笑いながら、あたふたと手ばかり洗いに行く梨紗の姿を思い浮かべた。最初の頃こそ、彼女が席を立つ度に気になったものだが、特に具合が悪いのでもないと分かってからは知らん顔をすることに決めていた。

「ギスギスしちゃってさ、女としての魅力なんか、全然ないじゃん」

「昔の方がずっと可愛かったわよね。ブスっていうわけじゃないんだから」

やがて、焼き上がったお好み焼きに、ソースとマヨネーズをたっぷり塗って、二人は箸を動かし始めた。正直に言えば、亜理子は梨紗をかなりの美人だと思っている。くりくりとしていた少女の頃とはまるで違う、絹のような雰囲気の美人になっていたことを、亜理子は内心で、くやしいというよりも、残念に思っていた。

「あんなに痩せてたら、誰だって目鼻ははっきりしてくるわよ」

恵美はお好み焼きを顔の前まで持ってきたところで、ふん、と鼻を鳴らした。お好み焼きの上のおかかが、ぱっと飛んだ。

「まあね。あのまま老けたら、魔女みたいになるわね。美容液でも売りつけたら？」

「いや。皺だらけになっちゃえばいいんだ。『太りたいとは思ってるのよ』とか言っちゃって、私に対する当てつけかっていうの」

「めぐのは、ビール太りよ。そんなに飲まなきゃ、いいのに」

「これでも昔に比べたら、ずっと痩せたんだからねっ」

「あ、そうか」

亜理子の言葉に、恵美は肩をすくめて笑い、ビールをぐいと飲んだ。

やがて、食べたいだけ食べて、言いたいだけ文句を言ってしまうと、恵美はあとはけろりとして、しばらくの間は、また嘘か本当か分からない話をさんざん亜理子に聞かせ、上機嫌で帰って行った。

「九時半、か」

中途半端な時間になってしまった。そのまま真っ直ぐ帰るのももったいない気分になって、亜理子はとりあえず電話ボックスに向かった。まずは、自宅の留守番電話に何かのメッセージが入っていないかを確かめる。田原から、「声を聞きたかっただけさ」というメッセージが入っていた他は、来月聴きにいくつもりになっているコンサートの件で、会社の友人が連絡を入れてくれていただけだった。

「あ、恒平くん？　よかったぁ、いてくれたんだ」

一度吐き出されてきたテレホン・カードをもう一度挿入し、手早くボタンをプッシュした後、亜理子は、途端に甘えた声を出した。

「何だかね、急に恒平くんに会いたくなったの。ねえ、会えない？」

「何だよ、急に。どうしたの、何かあった」

「ないけど——ねえ、会いたい」

これで恒平もいなければ、梨紗にでも連絡するより他にないと思っていた。亜理子の言葉に恒平は嬉しそうな声を出し、「じゃあ、家に来ないか」と言った。

「行ってもいいんだけど——明日も仕事だもん。帰りたくなくなっちゃったら、困るでしょう？」

「俺、もう風呂に入っちゃったから、遠くまでは行きたくない気分なんだよね」

亜理子は、恒平の申し訳なさそうな声を聞き、いつもならば「じゃあ、いい」と言ってしまうところだったが、今夜はわがままは言わないことにした。誰にも会わずにすごすごと帰るよりは、ましだった。

「じゃあ、恒平くんの家の近くで飲まない？　あとは私、タクシーで帰るから」

「送れなくてもいいの？」

「大丈夫よ、ね、これから行くから。駅で待ってて。改札口で」

亜理子は、明るい声で電話を切った後、そそくさと小田急線の切符売り場に向かった。

小銭入れを出した時、少し考えて、右手の指輪をそっと外し、小銭入れに落とした。

埃《ほこり》っぽい小銭入れの中で、小さな小さなダイヤが光っていた。

3

たんぽぽの種をふうっと吹きながら、二人は山の麓に近い田圃《たんぼ》の畦道《あぜみち》を歩いていた。

「梨紗って、いつもそうなんだから」

少女の一人は、種を全部吹き終えたたんぽぽの茎を指先でくるくると回しながら、鼻から荒々しく息を吐き出した。

「上手なんだよね、大人に気に入られるようにするの」

もう一人の少女は、ゆっくりゆっくり、少しずつたんぽぽを吹いて歩いた。四万十川《しまんと》の方から山の端へ向けて、野鴨《のがも》か何かの群れが飛んで行く。

「ありんこ、少しは怒らなきゃダメだよ」

「怒るって？」

「梨紗はわがままなんだから。末っ子だし、家に大人がたくさんいて、皆でちやほやするから」

少女はふと、梨紗の家のことを考えた。自分の家にいつもあんなに人がたくさんいたら、少女ならばうるさくて嫌だと思うのに、梨紗はそういう雰囲気が好きらしかった。梨紗の家に遊びに行ったりする時、彼女が家族でもない大人に、わがままなことを言うのを見ると、少女はいつもドキドキしてしまう。もしも少女があんなことを言おうものなら、すぐに叱られそうな気がするのに、大人たちはいつも梨紗に笑顔を向けていた。

「でも、今度の先生はそんなにひいきしないみたいな感じだよね」

「男の先生でよかったよ。去年がサカモトで、今年も西森先生か誰かだったらどうしようかと思っちゃった」

西森先生というのは、毎年六年生の担任になる、おばさんの先生だった。恐い先生で、とにかくひいきがひどいという話を、少女たちは卒業していった上級生から聞いていた。

「藤代先生って、いくつかな」

「三十くらいじゃないの？」

「独身かな」

「独身だよ、きっと。モテなさそうだもん」

二人の少女は、声を出して笑った。たいていは三人で帰ってくる道だったが、今日は新学期になって、クラスの色々な委員に選ばれた子どもたちだけが学年単位で残って「代表委員会」を開く日だったから、保健委員になった梨紗は混ざっていない。

「保健委員なんて、いいなぁ」

恵美が思い出したように口を開いた。

「授業、サボれるんだもんね」

少女も賛成した。

気分の悪くなった子や、鼻血を出した子などを保健室まで連れていくために、授業中でも教室を出られるのは、保健委員の特権だった。看護婦さんみたいに、妙に大人びて澄ました顔で、具合の悪い子の肩に手などおいて教室を出ていく時の保健委員は、他の少女たちには真似出来ないくらいに神々《こうごう》しく、厳《おごそ》かに見える。それを、今年いっぱいは梨紗がやるというのだ。

「乾くんが退院してきたしね」

「やっぱり、そう思う?」

　少女の言葉に、恵美は色の黒い丸顔をこちらに向けて、思い切り見開いた目をくりくりと動かした。

「思うよぉ。三学期だって、乾くん、よく保健室に行ってたもん。小池さんなんか、その度に得意そうだったし、梨紗、『いいなぁ』って言ってたもんね」

恵美は何度もうなずいて、それから憂鬱そうにため息をついた。

「乾くん、まだ、身体の具合が悪いのかな」

「悪いところは手術して取っちゃったって言ってたけどね。あれだけ毎日嫌がらせされてたら、怪我したり気持ち悪くなったり、するよ」

「兼井たちも、いい加減にすればいいのにねえ」

退院してきてから、乾くんは少しだけ大人っぽくなった代わりに、前にも増して色が白くなって、見るからに弱々しい雰囲気になってしまった。それを兼井たち男子がからかっているのだ。

「おまえ、看護婦さんにちんぽこ触られたんだろう」

「寝たまんまで、うんこぶりぶりってするんだろう」

男子たちが、教室の後ろでそんなことを言いながら、乾くんをからかったり、小突き回したりしているのを、少女たちも目撃していた。時には「病気だったんだから、しょうがないでしょうっ」と男子を怒鳴りつけたりもしてみるのだが、彼らは一様に「へっへー」とか「ひゅうひゅう」などと言って、その場は逃げても、次の休み時間には「女にかばってもらってらぁ」と他の言葉で乾くんをからかう。

「ついでに、ちんぽこも取ってもらえばよかったんだよな」

「そうすりゃ、女の仲間入りが出来たぞ」

少女たちが他の男子を蹴散らしている時の、面目なさそうな、悔しそうな乾くんの顔を思い出すと、彼女たちは、それ以上のことは出来ないと思ってしまうのだ。

「梨紗、乾くんのこと、好きなのかな」

「めぐだって好きでしょ？」

「ありんこだって、でしょ？」

二人は互いにそう言い合うと、そろって「にひひひ」と笑った。乾くんのことを好きな女子は多いのだ。

「ねえ、梨紗に、独り占めしないように言おうよ」

恵美は真剣な顔で少女を見る。

「あの子、何かっていうと『公平にしようね』って言うくせに、一番いいところは、いっつも自分が取るんだから」

今度、梨紗が保健委員になったのだって、亜理子たちが普段から話している「リップクリームは無色のものならば使ってもよいのではないか」という意見を皆の前で披露したおかげだった。去年、急にリップクリームが流行《はや》った時に、クラスの女子があまりに赤い唇で授業にのぞんだものだから、当時の担任のサカモトがリップクリームの使用を全面禁止したのだ。

「でも、おかげでリップ、使えるようになったじゃない？」

藤代先生は、梨紗の意見を聞いて少し考えた後、「無色のものならば、使ってよし」という決定を下した。そして、梨紗はまんまと保健委員になったというわけだ。その上、藤代先生は、新学期早々に活発な意見を出した梨紗をいっぺんで気に入ってしまったようだった。

「私、使わないもん」

恵美は、まだ怒っているらしく、ぷりぷりとしながら道端の草を摘んでいる。

「約束守らないのは、親友じゃないんだから」

「リップのことで、約束なんかしてないよ」

「違うの。乾くんのことを、約束させるのよ」

「ああ、そっか」

「何かに誓うのよ」

「何に？」

「それを、これから考えるの。お寺の杉の木でもいいし、校庭の桜でもいいし、ええと、きれいな石を探してきてもいいし——前に三人でお揃いで買ってもらった鏡でもいいよね」

「鏡がいいな。神秘的で、素敵だもん」

二人はそれから、あちこちを道草しながら、夢中になって「鏡の誓い」の話をした。

帰宅した時には、もう夕食の支度が始まっていて、少女は母に叱られた。

4

その日はバンドの練習も仕事も入っていなかったから、哲士はテレビ局のスタッフに誘われるまま、久しぶりに先輩たちに混ざって食事につき合うことになった。

「おまえってさ、こういう時には、ちゃっかり最後までいるんだな」

的場が嫌みのつもりもないらしく、さらりと言ってのける。

「そりゃあ、そうですよ。ふだんの貧しい食生活を、こういう時に補うんだから」

哲士は悪びれずに言うと、にやりと笑った。何しろ、ただで飲み食い出来る上に、仕事から離れて、局のプロデューサーやディレクターと話せる機会でもある。哲士がバンドを組んでいることは、周囲のスタッフは大体知っているのだが、まだ直接ライブを観てくれた人はあまりいなかった。

「この辺も、ちょっと来ないと、瞬《また》く間に変わっちまうなぁ」

いかにも業界の人間に好まれそうな雰囲気のタイ料理のレストランに入ると、哲士たちはリザーブされていた大テーブルにつき、片っ端から料理を注文した。生ビールのピッチャーとジョッキが並び、乾杯の声が上がる。

「げえっ、臭えっ」

「馬鹿。これがタイ料理の匂いなんだよ。食いたくなかったら、やめろ」

「いや、いい匂いっす」

コリアンダーの葉を散らした料理を前に、哲士は、一瞬食欲が萎えるのを感じたが、一口食べた後は、旺盛な食欲を見せた。

さっそく哲士の知らない噂の数々が飛び交い始めた。曰《いわ》く、誰それもＨＩＶの検査をしたが、どうも陽性だったらしい、プロデューサーの某の今度の愛人はタレントの何子である、TKの某子は、実は同性愛らしい、などということだ。哲士は、人の噂話には大して興味はなかったけれど、こういう場所で仕込んだ話題を何かの時にちらちらと披露すると、恵美のみならず、普通の女の子も大喜びするものだということを知っているから、箸を動かす手は休めずに、耳だけは噂話の方に向けていた。

「哲士さん」

かなりの勢いで料理を平らげていると、ふいに脇から声をかけられた。驚いて振り向くと、そこには亜理子の笑顔があった。

「おっ、てつの彼女か」

脇から先輩がからかい気味に声をかけてくる。亜理子は、両手を身体の前で組み合わせ、興味深そうな表情で哲士たちの一団を眺めていた。

「亜理子ちゃんも、来てたの」

「うん、そこの席」

亜理子は、嬉しそうに少し離れた小さなテーブルをちらりと振り返る。哲士は、亜理子の指した方のテーブルにちらりと目をやった。カップルの多い席の中で、一人でテーブルについている中年の男が目についた。

「あれ、亜理子ちゃんの彼氏？」

「ちがう、ちがう。会社の上司よ」

哲士の言葉に、亜理子は屈託のない声で笑うと、急に顔を近づけてきた。恵美のものとは違う、もっと軽やかな感じの、何かの花みたいなコロンの匂いがふわりと香る。

「後で、時間作れない？」

哲士は、他のスタッフの手前もあるから、曖昧な返事しか出来なかった。

「ちょっと話したいことがあるの、ね？」

「今夜？」

哲士が聞き返すと、亜理子はわずかに眉をひそめ、小さくため息をついた。

「私、今日しか時間が取れないのよ。哲士さんも忙しいだろうし、今度にしようっていうことになると、いつになるか分からないもの。それに、早い方がいいと思って」

「めぐのこと？」

「まあね。ね、私もまだ食事してる最中だから、あと二、三時間してからでもいいわ。どこか他の場所で待ち合わせしない？」

亜理子は、自分の腕時計を見ながら、畳み掛けるように言葉を続ける。

「哲士さんたちも、これからまだ一軒くらいはハシゴするかも知れないんでしょう？私も上司と少し話があるの。だから、十一時っていうことでどうかしら。どこか、知ってる店があったら、私が行くわ」

他のスタッフが、興味津々といった表情で、面白そうにこちらを見ているから、哲士は何も言うこともできなくなってしまった。

「てっ、行ってあげろよ」

的場が余計なことを言うと、亜理子はその時だけ、心持ち首を上げて、的場に向かってにこりと笑いかける。そういう時に亜理子が漂わせる、子どもっぽい顔立ちとは裏腹の、奇妙に世慣れた雰囲気が哲士はどうも好きになれなかった。

だが結局、その晩の十一時過ぎに、哲士はだいぶ酔った状態で、亜理子と待ち合わせをしたバーにたどりついた。こんな夜は、本当はとことん飲んで騒ぎたいところだったのに、先輩にはからかわれ、時間も気になって、その落ち着かなさが、逆に哲士をいつもよりも酔わせていた。

「やあ、どこの美人かと思ったら、亜理子ちゃんじゃないか」

少し焦点の定まりにくくなっている目で見ると、既に哲士を待ち構えていたらしい亜理子は、にこやかに哲士を迎えた。わざとらしくポーズを取って「隣、あいてるかな」と言う哲士に、彼女は喉の奥で微かに笑って「もちろん」と答える。

「他の連中にさ、すっかりからかわれちゃったよ。亜理子ちゃんのことを、俺の彼女だと思ったみたいでさ」

「迷惑だった？」

「いいや、全然」

カウンターに腰掛けてアークティカを注文すると、哲士はゆっくりと頬杖をついて亜理子を眺めた。可もなし不可もなしとは思ったが、こうして見ていると案外良い眺めだという気もする。

「それで、話って？」

「めぐのことなんだけど、あのね――」

亜理子が口を開きかけた時、哲士は冷えたグラスを持った後の手で、そっと亜理子の頬を触れた。

「せっかく亜理子ちゃんと二人で会ってるのに、いきなりあいつの話になっちゃうの？」

「――――」

亜理子は一瞬驚いた顔をしたが、それでもおとなしく哲士を見つめてくる。瞳がライトの加減できらきらと輝いて、哲士の目の焦点が定まりにくくなっているおかげもあるのだろう、亜理子はいつになく、しっとり美しく、濡れて見えた。

「きれいな肌、してるね」

「――普通よ」

「めぐとは比べものにならないな。あいつの素肌なんか、見られたもんじゃない」

「――可哀相よ。仕事柄、毎日しっかりとお化粧しなきゃならないから、肌だって傷むんでしょう」

哲士はそこで一口ジンを流し込むと、ふうっと息を吐いて改めて亜理子を見た。亜理子の瞳は熱っぽく、何かを訴えようとしている。

「優しいんだな。さすが幼なじみだ」

「不思議よね、何年ぶりで会ったたっていうのに、すぐに普通に話が出来るようになっちゃうんだもの」

カウンターのへりにかかっていた亜理子の手に自分の手を重ねると、哲士は頬杖をついたまま、じっと亜理子を見つめた。亜理子は、落ち着きなく視線を漂わせ、何か言おうとしているらしいが、哲士の手の下から自分の手を抜こうとはしなかった。

「女同士のことはさ、俺にはよく分からないからね」

「そうかも、知れないけど」

「それよりさ、せっかく時間を作ったんだから、もっと面白い話をしようよ」

哲士はゆっくりと瞬《まばた》きをしながら、亜理子から目を放さなかった。左手の下にある亜理子の手を、少し握ってみる。

――何だよ、俺、口説いてるんじゃないか。

ふと、まともな考えが頭の片隅に浮かんだが、哲士はそれ以上考えるのはやめにした。思考力は、もうほとんど失われている。目の前にいる従順そうな娘は、哲士に手を握られたまま、心持ち唇を噛んで、上目遣いに哲士を見返してきた。

「――出ようか」

声にならないほどの声でささやくと、亜理子は目だけで返事をした。

「いけないこと、だよね？」

バーを出て、亜理子の肩に手を回すと、亜理子は自然に哲士に身体を寄り添わせてきて、小さな声でつぶやいた。

「友だちの、彼氏なのに」

「今の一瞬を大切にしようぜ。後悔なんか、したくないだろう？」

哲士が耳元で囁くと、亜理子の頭が斜めに傾いて、哲士の脇に当たった。まるで洗いたてみたいにシャンプーの匂いがする。深夜の街には同じようなカップルが溢れている。

哲士は、かろうじて働いている頭で、何とか財布の中身を検討すると、そのまま人通りの少ない道へ亜理子の肩を抱きながら進んで行った。

――俺は、梨紗の方が気に入ってたんじゃなかったのか。

それを考えないこともなかったけれど、一方で、それはそれ、これはこれ、という声が自分の中で響いた。こんなチャンスを逃がす手はない。それに何よりも、恵美以外の女とこうなるのは久しぶりだ、という思いが一番強かった。

5

翌日、亜理子は昼休みには薬局に走って滋養強壮剤のドリンクを一本飲み、それでも一日中あくびを噛み殺して過ごさなければならなかった。結局、昨晩というよりも今朝アパートに帰りついた時には、もう午前四時を回っていたし、何しろ一晩に二度もホテルに行くなどというのは、前代未聞のことだった。さすがの亜理子だって、疲れるに決まっている。

――でも、それくらいの方がいい。夢も見ずに眠るくらいの方が。

あくびはいくらでも出るけれど、亜理子は昨晩の哲士のことを思い出しては一人でほくそ笑んでしまった。これで、恵美がぐずぐずと梨紗のことを心配している間に、亜理子の方が水をあけたことになる。

「二人の今を大切にしよう」

昨晩、哲士は亜理子の耳元で熱い息と共に囁いた。そのひと言を聞いた瞬間に、亜理子は、少し前に抱かれたばかりの田原のことも、最近は何やら貯蓄に熱を入れている様子の恒平のことも忘れた。

哲士に抱かれながら、亜理子は、ひょっとしたら哲士は乾くんなのではないか、などとバカげたことさえ考えた。年齢も出身地も違うし、乾くんであるはずがないことくらい十分に承知しているのに、さらりとした髪は少し茶色っぽくて、顎の線に少年ぽさを残している哲士は、まさしく乾くんが大人になって、ひょろりと背が伸びたみたいな男だった。

――大丈夫。うまくやるわ。めぐにも、恒平くんにも気づかれないように、うまくやる。だって、もてるんだから仕方がないわよね。

眠気と闘いながら何とか五時まで過ごすと、亜理子は急いで会社を出て、地下鉄に飛び乗り、降り立った駅の階段も一気に駆け上がった。汗をかきながら店に飛び込んで、素早くタイム・レコーダーを押したところで、ようやく息をつくことができた。

「昨日、電話したのよ」

まだ照明を落としていない店内は白々と明るい。とりあえず、スツールに腰掛けて汗を拭いていると、いつも亜理子よりも早く着いている梨紗が、今日はよく冷えたウーロン茶を持ってきてくれた。

「だから、帰ってきたら電話くれるかなと思って、遅くまで待ってたのに」

亜理子は、喉を鳴らしてウーロン茶を一息に飲み干すと、心配そうに自分のことをのぞき込んでくる梨紗の顔を見て、思わず昨晩のことをすべて話して聞かせたい気持ちにかられた。

——駄目、駄目。それはまずいわ。

喉まで出かかった言葉を必死でのみ込んで、とりあえずは「ごめんね」と、にっこり笑って見せる。何も知らない梨紗は、相変わらず頼りなさそうな表情で、亜理子の目をのぞき込んできた。

「留守番電話、聞かなかった？」

「聞いた、聞いた。帰ったらあまりにも遅すぎたから、電話しなかったの。でも、ほら、今日はちゃんと遅刻しなかったでしょう？」

「遅いって、何時頃だったの？」

「四時、ちょっと回ってたかな」

亜理子は、出来るだけ何気なく答えると、もう一度にんまりと笑って見せ、それから梨紗と視線を合わせないようにしながら、せっせと化粧を直し始めた。

「心配しちゃったのよ。この前だって、ありんこ、遅刻したでしょう？」

「たった五分よ」

「五分でも同じことなのよ。せっかく仕事してても、遅刻なんかでペナルティー取られたらもったいないもの」

「分かってますって。大丈夫よ」

梨紗は相変わらず楚々とした雰囲気のまま、「そんなに遅くまで」と、小さくため息をついている。

亜理子は、人工の明かりに照らされて、いかにも場違いな、消え入りそうにはかなげな雰囲気を漂わせている梨紗を半ば呆れながら、感心する思いで見ていた。

——これで、こういう店で働こうっていうんだから。結構いい度胸してるのよね。

そこは赤坂の「ウナ・ルナ」というクラブだった。亜理子は、梨紗たちとの再会を果たした直後から、週に二回という約束で、そのクラブにヘルプとして入ることになったのだった。

まさか、そんなことになるとは亜理子自身だって考えてもみなかったから、最初、梨紗から誘われた時には、冗談を言われているのかと思ったくらいだった。

「梨紗のところはいいわよね、実家がお金持ちなんだもの。私なんか、とてもとても。お給料だけで、そんな贅沢出来ないわ」

三人で再会を果たした直後、亜理子は梨紗とランチを取りながら、半ば嫌み混じりに、半ばひがみっぽく、梨紗の持ち物を褒めた。その日は梨紗はまた違ったデザインのダイヤモンドのペンダントをしていた。

貯蓄するところまではいかないが、それでも何とか自力で生活している自分に比べて、梨紗はまだ親から仕送りでも受けているのに違いないと亜理子は思った。そうでなければ、そうそう高価な物ばかり買えるはずがない。

「あら、めぐから聞いてない？」

ところが梨紗はあまり表情も変えずに、小首を傾げて亜理子を見た。

「うち、破産したのよ。だから、今は財産なんてとんでもないの」

梨紗は、それから簡単に実家の酒屋が倒産したいきさつを話してくれた。酒屋などという商売は、地道に経営していれば決して潰れるようなものではないはずなのに、梨紗の父親が株に夢中になり、結局は証券会社の言いなりになって投資をしているうちに、大損をしたのだと、梨紗は淡々と語ってくれた。

「みっともない話でしょう？　田舎でそんなことになったら、それこそ噂はすぐに広がるわ。いい気味だと思った人もたくさんいたはずよね」

「そんな――そんなことになってたの」

「商売だけは、細々とは続けてるんだけど、他の不動産は全部処分しちゃったし、それでも足りなくて、毎月借金の返済に追われてるらしいの」

梨紗は淋しそうに微笑みながら、アイス・コーヒーの氷をストローでからからとかき回していた。

「ごめんなさい、私――何も知らなくて」

「きっとめぐなりに気を遣ってくれたんだと思うわ。隣町に住んでて、知らないはずがないんだもの」

そんな会話を交わした後、梨紗はクラブでのアルバイトの話を始めたのだった。それも、最初は亜理子に向かって「もう少し生活が楽になったらとは思わない？」と質問してからのことだった。

「思うに決まってるじゃない。雑誌なんか読んでたって、とてもじゃないけど手が届かないような服しか出てないんだもの。もう、嫌になっちゃうわよ。ああいう服を買える人って、どういう生活してるのかと思うわ」

亜理子は口を尖らせながら、ため息混じりに答えた。亜理子だって、時には田原から小さなプレゼントくらいなら買ってもらえるし、若い恋人しかいない女の子に比べれば、少しは得をしているとも思うのに、そんなささやかなものでは、自分たちの周囲に溢れている魅力に満ちた物を手に入れるところまでは、とてもいかない。そこまで考えて、亜理子はふと、実家からの援助もないとすると、梨紗には愛人でもいるのだろうかというところへ思いがいった。

「ねえ、約束、守れる？」

ほら、いよいよ愛人の話をするつもりなのだ。亜理子は、素早く絶望する準備をし、前もってため息さえついて「守れるけど」と答えた。ほら、今度は梨紗の番だ。

何しろ、亜理子は初めて哲士に会った段階で、もう既に一度はがっかりしていた。あの哲士に比べれば、恒平の方がかなり負けていると、亜理子はあの時、即座に認めないわけにいかなかったのだ。いつも窮屈なスーツを着込み、優しくて真面目ではあるけれど、平凡でこれといった面白味もない恒平と哲士とでは比較にならなかった。何しろ哲士は、芸能界で仕事をしているのだ。おまけに、その傍らでバンドを組み、いつもジーパン姿で、少年のような面差しのまま、風のように生きている。ひと言で言って、何から何まで格好良い。亜理子だって、出来ることならば、哲士みたいな人とつき合いたかった。それなのに、そういう相手を、こともあろうにあの恵美が捕まえたのかと思ったら、がっかりしないはずがなかった。

そのうえ、今度は梨紗の方が、田原などと比べものにならないくらいの大物の、金持ちの恋人か愛人を持っていることになったら、亜理子の立場はまるでなくなってしまうではないかと、亜理子は思った。「恋人はいる」と明言してはいるものの、亜理子は恒平のことも、ましてや不倫相手の田原のことなど、とてもではないが二人に詳しく話したり、紹介したりするつもりにはなれなかった。

「会社が終わった後の時間帯でね、アルバイトしてるの。週に二回」

ところが、梨紗は全く意外なことを話し始めた。亜理子は最初、まさか梨紗がそんな店で働くタイプだとは思いもしなかったから、おおかた家庭教師でもしているのだろうと思った。それが、よくよく聞いてみれば、赤坂のクラブだというのだ。

「よかったら、ありんこもやってみない？　うちのお店、今も人を募集してるのよ」

梨紗は、表情は静かなものだったが、よく見れば目の奥をきらりと光らせていた。

「私が？」

思わず聞き返すと、梨紗は亜理子から目を離さずに、ゆっくりとうなずいた。

「だって、梨紗、お酒飲めないんじゃないの？」

「嘘なの。飲めるの。でもね、週に二回でも、結構飲むから、飲まずに済む時には、なるべく抜こうと思ってるの」

梨紗は落ち着いた表情のままで、しごく淡々と答えた。

「だって、適当にお客様の間を行ったり来たりしていられるから、案外簡単に手も洗えるし」

酔った客にあちこちを触られることがないとはいえないが、そうそう客層の悪い店ではないし、アルバイトの女の子は必ず店のホステスと組んで客につくようになっているから、それほどの心配はいらないという話を、梨紗はひと事のように、さらりとした口調で語った。その表情と話の内容にギャップを感じてしまって、亜理子はしばらくの間はただ「へえ」を繰り返すばかりで、ぽかんとしていた。

「めぐには内緒よ。あの子には何も話してないんだから、ね？　約束ね」

「ああ――うん。約束する」

そして「私にだって出来るんだから」というひと言が、亜理子の気持ちを大きく動かした。確かに、梨紗程度で勤まるものならば、亜理子にだって勤まらないはずはない、という気がした。第一、その時給の良さは何よりの魅力だったのだ。聞けば、週に二度、一回五時間程度働いただけで、現在の亜理子の月給を軽く越してしまうだけの給料が支払われることになるという。

結局その翌日には、亜理子はさっそく梨紗について「ウナ・ルナ」に行き、店の雰囲気を知り、マネージャーと呼ばれている男の人から詳しい話を聞いた上で、梨紗と同じ曜日にヘルプとして店に入ることを決心したのだった。

「昨日、めぐから電話があったのよ」

開店前のミーティングが終わり、店内の照明が落とされて、あとは客の入りを待つだけの状態になると、梨紗がすっと近づいてきて言った。恵美の名前を聞いただけで、亜理子の心臓は一瞬きゅん、と縮み上がった。

「今日、会えないかって言われて、断るのに苦労しちゃったわ。『じゃあ、ありんこと会おうかな』って言ってたから、私の口からありんこも駄目だって言えないでしょう？　何となくごまかしてはおいたんだけど」

けれど、店の中はあまり明るくないので、亜理子の顔が一瞬火照ったことまでは、梨紗は気づかない様子だった。恵美は、わけの分からないことを口にしたり、喜怒哀楽が激しかったりはするけれど、確かに鋭い勘を持っている。彼女の梨紗に対する怒り方を見ても、その勘が当たっていた場合の恵美の反応は想像するに余りあるものがあった。

「急に、今日なんて。何か急ぎの用事だったのかしらね」

出来るだけ落ち着いた声で答えると、梨紗は店に流れている音楽にかき消されそうな小さな声で「さあ」と言う。

彼女のように、のっぽで弱々しいタイプのホステスを喜ぶ客がいるものかと思ったが、それは亜理子の考え違いだったようだ。ソファーに座っていれば、彼女の身長はそれほど目立たなかったし、真面目そうで、いかにも素人っぽい梨紗の雰囲気を、逆に中高年の客は喜んだ。それに、よくよく観察してみると、梨紗は何が起きてもおびえるように見せながら、実はしっかりと落ち着き払っている。彼女は外見も含めて、実はすべて芝居しているのではないだろうか、と、亜理子は思わず考えてしまうことが多かった。

「いらっしゃいませ」

入り口近くで声がした。亜理子と梨紗は、とたんに「まどか」と「もも」という名前の顔を作って立ち上がった。二人は、「ウナ・ルナ」にいる間は「女子大生コンビ」ということになっていた。

6

十二時過ぎに「ウナ・ルナ」を出ると、亜理子は梨紗と小さなスナックに寄った。数時間の間、喋ったり歌ったりし続けていたおかげで喉が渇いていたし、多少の空腹も感じていた。

「ああ、今夜はまいったわ」

梨紗は今夜はだいぶ飲んでいて、細くて長い首が少しぐらついている。けれど、顔色などはまるで変わっていなかった。亜理子が目をみはるほど、彼女は酒が強かった。

——これで飲めないふりするんだから。

亜理子は、アルバイトを始めると決めた時に、梨紗から、開店前には牡蠣《かき》肉《にく》エキス入りのドリンク剤と胃の薬を欠かさず飲むようにと教わった。そのおかげかも知れないが、いつもよりもだいぶ飲んだのに、それほど酔っているという感覚もなかった。

「私がついていたお客さん、もともとあまり飲まない人なのよ。途中でママに呼ばれて、少しピッチを上げろって言われたの」

梨紗は、運ばれてきた水を一息に飲み干すと、ふうっとため息をついた。一見すると、初々しい新社会人が、無理に酒を飲まされてしまった図のようにしか見えない。

「梨紗って、いくら飲んでも変わらないね」

亜理子が言うと、梨紗は当たり前だと言わんばかりに眉を動かし、テーブルに頬杖をついた。

「私、どんなに飲んでも、乱れるのって嫌いなのよ。めぐみたいに、騒いだりはしゃいだりするの、嫌いなの。自制心の問題だわね」

梨紗はそう言った後「ちょっと失礼」と言って、いつものように手を洗いに行った。

亜理子は、店では禁止されている煙草を取り出すと、その煙を深々と吸い込みながら、頭の中で今夜の収入を計算してみた。今夜は数組の客に新しくボトルを入れさせたから、多少の奨励金が加算されるはずだった。遅刻もしなかったし、他のペナルティーもない。これで、指名を取れたり同伴出勤が出来るようになれば、収入はもっと増えるはずだった。

「私、もう少しカラオケの練習、しようかな」

戻ってきた梨紗に言うと、梨紗は微かに笑って「嫌でも覚えていくわよ」と答えた。

聞けば、梨紗は大学生の頃から、こういうアルバイトを続けてきたということだった。つまり、亜理子よりもずっと先輩ということだ。

「マネージャー、喜んでたわ。『いい子を紹介してくれた』って」

梨紗は、運ばれてきたサンドウィッチを指先で軽くつまんで、ほんの少しずつ口に運びながら言った。

「そう言ってもらえると、ほっとするわ」

亜理子も、右手の指に小さなダイヤの指輪を光らせながらサンドウィッチをつまんだ。クラブの給料は、週払い制だった。最初のアルバイト料が入ってすぐに、亜理子はその指輪を買った。もう少ししたら、前々から欲しいと思っていたルイ・ヴィトンの大きめのバッグを買おうと思っている。

「ああ、帰ったら、めぐに連絡しなきゃ」

梨紗が憂鬱そうにため息をついた。

「ほら、哲士さんのライブに来いって言ってたじゃない? あれを決めたいらしいのよ。何かっていうと『てっちゃん、てっちゃん』なんだもの。疲れるわ」

亜理子は、昨晩の今ごろのことを思い出し、一瞬、顔が火照るのが自分で分かった。

「梨紗は、哲士さんって、どう思う?」

「どうって?」

「めぐは、心配してるみたいよ。哲士さんは梨紗のことばかり話すって、怒ってた」

サンドウィッチに挟まっていたロースト・ビーフが嚙み切れなくて、パンの間からそれだけがぺろりと出てきてしまった。慌てて口に押し込み、急いで顎を動かしている間に、くっくっという笑い声がした。

「何言ってるのよ。めぐは、ありんこのこと、文句言ってるのよ」

梨紗が声を出して笑うのを聞いたのは、久しぶりだった。それも、サンドウィッチをほんの少しずつかじりながら、鼻のつけ根に細かい皺を寄せて、あまり声を出さずに笑っているのだ。

——こんな顔して笑う子だった？

亜理子は、ひたすら顎を動かしながら、目だけを大きく見開いて梨紗を見ていた。

「ありんこ、哲士さんにしょっちゅう電話したりしてるんだって？」

「——しょっちゅうなんて。一度か二度よ。最初は、ご馳走になったお礼で、次の時は、何か他の用だったけど」

内心ではどぎまぎしながら、急いでサンドウィッチを飲み込んで答えると、梨紗はまたもや鼻に皺を寄せて、愉快そうに目を細める。

「めぐは、そうは言ってなかったわよ。『私の彼氏なのに、何だかもの欲しげに見てるから、嫌な予感はしたのよね』とか、言ってたもの。用もないのに、ひっきりなしに電話が来るから、哲士さんも本当は迷惑してるって」

「何よぉ、それ。もの欲しげって、どういう意味？」

「知らないわ。私は聞いた通りに言ってるだけだもの。ありんこは、昔から人のものを欲しがるところがあったから、心配だって」

「失礼ねえ」

亜理子は、膨れ面になりながら、何の味もしないコーヒーを飲んだ。確かに、亜理子はこれまでに数回電話はした。けれど、ひっきりなしと言われるほどではない。せいぜい五、六回というところのはずだ。だが梨紗は、亜理子の顔を面白そうに眺めながら、まだ鼻のつけ根に皺を寄せて笑っている。まるで亜理子の小さな嘘など、とうに見抜いていると言いたそうな顔つきだった。

「おおかた、哲士さんが、めぐに何か言ったんでしょう。恋人同士なんだから、何でも話すんだろうけど。でも、口の軽い男って、いやね」

昨夜が思い出される。彼は、熱い吐息と共に、あんなに優しく亜理子に囁き続けたではないか。それなのに、哲士は、そんなことの一部始終までも恵美に話してしまうつもりだろうか。

そうなった時のことを考えて、亜理子は急に憂鬱になった。恵美の、あの機関銃のような口調で罵《ののし》られたら、亜理子は相当に落ち込まなければならないだろう。これは、早いうちに哲士に連絡をして、口止めをしなければならない。現在のところ、亜理子は何も本気で哲士とつき合おうと思っているわけではない。ただ少し借りただけだ。

「おかしいなぁ、もう。めぐの嘘って、そういうところにまで出るのかしら」

亜理子は、ちらちらと梨紗を見ながら、出来るだけ動揺を気取られないように必死だった。

——そう。この子みたいに、見た目はそうじゃなくたって、実際はクソ落ち着きに落ち着いていられるようにならなきゃ。

「めぐ、私にはすごい勢いで愚痴ってたのよ。梨紗が哲士さんに色目使ってるって」

梨紗は、一瞬表情を固くしたが、次の瞬間にはふてぶてしい顔で口の端を歪めた。

「向こうが勝手に私を見てるだけよ」

梨紗は、いかにも自信あり気に言うと、心持ち顎を上げて「まったく、めぐって子は」と言って、小さくため息をつく。

「梨紗、ああいうタイプは好みじゃないの？」

亜理子は、そっと梨紗の顔をうかがった。

「当たり前よ。男に大切なのはね、生活力なんですからね」

やはり、梨紗は多少酔っているのだろう。普段よりもはっきりとした口調になっていて、それこそは幼い頃と同じものだった。

「二十四歳にもなって、まだ使い走り程度の仕事しかしてないなんて。バンドなんかやってたって、いつまでたっても芽なんか出やしないわ。現実に対する認識が甘いのよ。

あんな男と関わったら、ろくなことにならないわよ」

レースのカーテンがかかる部屋で、そっと手紙でもしたためるのが似合いそうな雰囲気を身にまといながら、梨紗の口調は亜理子や恵美などよりも、よほど痛烈なものだった。亜理子は、その見た目と中身のギャップに感心していた。

「優男風の、ああいうのが、いちばん危ないのよ。お調子者で、軽佻浮薄《けいちょうふはく》を絵に描いたみたいな感じ。いかにもヒモになりそうな感じの男よ」

「ねえ、哲士さんて」

「なぁに」

「――めぐが言ってたみたいに、似てると思う？」

そこで、梨紗の表情もすっと止まってしまった。その瞬間、やはり、梨紗だってそう思っているのだと亜理子は確信した。

「――思わないわ」

けれど、梨紗は視線を亜理子から外したまま、低くつぶやいた。

「似てや、しないわよ」

「――そうよね。似てないわよね」

亜理子も、そう答えた。哲士はやはり似ている。間違いなく。そのことを、本当は梨紗も認めている。

「もしも――」

「ありんこ！」

梨紗は、珍しく目に力を込めて、きゅっと亜理子をにらんだ。

「そういうこと、口にしたら駄目。約束したでしょう？ 誓ったのよ」

「分かってるってば。私はめぐとは違うんだから」

亜理子は、眉間に力を入れて、ますます口を尖らせた。約束は破らない。分かっているのだ。破らない。

「――たとえ似てたとしたって、あんな風にはなってないはずよ、絶対」

梨紗は、そこで急に声の調子を落とした。

「今のめぐみたいなタイプとつき合うような人には、なってないはずよ、絶対」

半ば確信するように、梨紗はゆっくりとつぶやいた。約束を破ってはならないと、何度も自分に言い聞かせてきた亜理子たちは、本当ならば唯一話せる相手を前にしているはずだった。けれど、それでも約束は守られなければならなかった。亜理子は、ため息をついて煙草に手を伸ばした。梨紗は、すっと立ち上がり、また手を洗いに行った。

「めぐっていえば。ねえ、ありんこは、どう思う？ 何か分かったこと、あった？」

戻ってくると、梨紗の表情はいつもと同じ、静かなものに戻っていた。

「分からないのよねえ、それが」

恵美の、あのとぼけ具合を調べてみようと相談してから、既に三週間以上が過ぎていた。そのことさえなければ、亜理子はこんなにもかつての級友とのつき合いを再開しなかったはずだし、まさかクラブでアルバイトなどをするとも思えなかった。得だったのか、損なのか分からないが、とにかく、これまでとは違う、不思議なリズムが生まれ始めたことだけは確かだった。亜理子の手帳は、最近はますます真っ黒になっている。

「わざわざ哲士さんみたいな人とつき合ってるのも、何かの理由があるのかしら」

「何の？」

梨紗は宙を見つめたまま、一人でゆっくりとうなずいている。

「だから、ああいう――まあ、多少は似てる人を探してきて、それから私たちに連絡を寄越すなんて。何か、考えているのかしら」

亜理子は、心臓が痛くなる思いで梨紗の横顔を見つめていた。梨紗は、真剣な表情で亜理子を見つめかえしてくる。

「ありんこには私の悪口を言って、私にはありんこの悪口を聞かせてるのにしたって、私たちが会えばバレないはずがないのよ。見え透いてるわ。そんなこと、前に何度も経験してるんだから、あの子だって分からないはずがないでしょう？　そこまで馬鹿っていうわけじゃないんだろうから、やっぱり、何か企んでるのよ」

梨紗は、中学から私立に行った恵美をかなり馬鹿にしているのだと、その時亜理子は確認した。確かに、恵美が行ったというその学校は、県立の高校に進める可能性の少ない子どもたちを集めて、中学からエスカレーター式に高校まで行かせてしまおうという学校だったから、偏差値が低いということは、亜理子も覚えている。

亜理子は、梨紗に煙草の煙がかからないように、顔をそむけて唇をすぼめると、ふうっと煙を吐き出した。

「三人の間を、いつもかき回してたのは、昔からめぐだったわよね」

「その辺は、昔と変わってないっていうことだと思うんだけど」

「でも、少なくとも昔はあんなに嘘つきじゃなかったものね」

梨紗は片手で頰杖をつき、もう片方の手は、神経質そうにとんとん、とテーブルの上で指を踊らせていた。

「どういうつもりなんだろう」

そろそろ午前一時になろうとしていた。昨夜の無理もあるのだろう、酒の酔いも手伝って、亜理子は急に眠気を感じ始めた。この分だとクロスワード・パズルなどする必要もなく、今夜もことん、と眠りに落ちることが出来そうだった。

7

少女は、汗をかいた手を机の下でしっかりと組み合わせたままうつむいていた。窓からは、うるさいくらいに蟬の声が入ってくる。けれど、教室の中は水を打ったようにしんと静まりかえっていた。一時間目は、本当は社会の時間だったけれど、先生は朝礼に現れるなり「臨時ホーム・ルームにする」と言った。

「本当に、誰か知らないかな」

藤代先生は、ゆっくりと机の間を歩きながら、重々しい声で言った。自分の唾を飲み下す音が、ごくんと耳の奥で響いて、少女は隣の子に聞こえてしまったのではないかと慌てた。当たりませんように、指されませんように、と心の中で念じ、何か良いおまじないはないものだろうかと思い始めた時に、少女は先生に名前を呼ばれてしまった。

「松田は、何か見なかったか。何でもいい。乾に関することで、いつもと違うと思ったこと、変わったこと、何か思い当たることは、ないかな」

急に名前を呼ばれて、少女はびくんと肩を震わした。やはり、先生にまで「ごくん」

が聞こえてしまったのだろうかと思った。おそるおそる顔を上げると、斜め前の方に立っている藤代先生は、いつになく硬い表情で少女を見ている。

「あの——他の日にならら、あります」

椅子を鳴らしながら、のろのろと立ち上がり、やっとの思いで言うと、先生の表情が動いた。

「見たことない、子と、一緒でした。うちの学校の子じゃない子でした」

「それは、いつ頃かな」

「先週、くらい」

少女はそれだけ言うと、そっと着席した。藤代先生は少女が答えている間に、教卓の前に戻ると、あらためて生徒を見回した。

「他に、何か見た者はいないかな」

クラスは再び静寂に包まれる。少女は、まだ心臓がどきどきしていた。

「あの日、京極たちと一緒に帰るところ、見ました」

突然、男子の一人が声を出した。少女の心臓は、今度こそ本当に飛び上がりそうになった。

「何だ、京極。あの日、乾と一緒に帰ったのか」

藤代先生の表情が動く。少女は、天に祈る気持ちで藤代先生を見ていた。やがて、梨紗がかたん、と椅子を鳴らして立ち上がった。

「途中まで、松田さんと月本さんと、四人で帰りました。でも、その時には、乾くんは別に何も言ってませんでした」

「おまえらが、魔法かけたんじゃないのか？」

他の男子がからかい半分に、そんなことを言った。梨紗は、きゅっと顔を引き締めて男子を振り向くと「冗談じゃないわ！」と怒鳴った。

「こういう時に変な冗談言わないでよねっ！」

「だって、おまえたち、いつでも変なおまじないとか、占いとか、やってたじゃないか。こっくりさんとか、気持ち悪りぃことばっかり」

「だから、何なのよ。私たちは、遊びでやってただけです！　乾くんのことなんかと、関係ないでしょう」

「へーんだ。真剣な顔しちゃって、魔女みたいだったじゃないか」

「乾に魔法かけたんじゃないか？」

「やめてよね！　言いがかり、つけないでっ！」

クラスは急に騒然となった。少女は、席の近い男子に「魔女、魔女」と言われて、その子に向かって猛然とくってかかり、下敷きで頭を叩いた。

「やめろ！」

藤代先生の声が破《わ》れ鐘のように響いた。

「今が、どういう状態か、分かってるのかっ！　馬鹿もん！」

教室は一瞬のうちに静かになった。藤代先生がそんな大声を出したのを、それまでに聞いたことがなかったから、少女は驚いて本当に縮み上がってしまった。

「自分たちの仲間が、いなくなったんだぞ！　何とか探し出したいと、一日も早く見つけたいと思ってる時に——くだらないことで喧嘩をしている場合かっ！」

先生は教卓の縁を摑んだまま、自分の感情を抑えられないみたいに一気に怒鳴った。

少女は、今度こそ「先生にあてられませんように」と念じながら、一生懸命に机の下で左手の中指と人差し指を交差させていた。藤代先生は一気に怒鳴ってしまうと、あとは普段以上に静かな口調になった。先生の声だけが、静まり返った教室にゆっくりと響く時、少女は何だか時の流れが止まってしまったみたいに思えた。

「いいか。乾は出かける時に、家の人に『新しく出来た友だちに強くしてもらってくる』と言っているんだ。もう夜になっていたし、乾のお母さんが『明日にしなさい』と言ったら、普段はお母さんの言いつけを守る乾が『約束なんだ』と答えたそうだ。お母さんが、どういう友だちなんだと聞いたら、『内緒にする約束になってる』と答えたそうだ。すぐに帰ってくると約束して出かけていったのに、結局、それきり帰って来なくなってしまった——影も形も消えてしまったみたいに、どこにもいないんだ。今日になっても——」

少女は、きゅっと瞼を閉じたまま、先生の言葉を聞いていた。

「——乾が、おまえたちの間でいじめられているらしいことは、先生も気づいていた。クラスの中には、何度か先生から注意された者もいるはずだな？」

兼井たちのことを言っているのに違いなかった。あいつらのいじめかたは、本当に巧妙で、先生がいないところを見計らって素早くいじめるのだ。少女は兼井の方を振り向いて、どんな顔をしているか見てやりたいと思ったが、そわそわと動くと叱られそうな気がしたので、我慢した。

「乾は、身体の調子もあまりよくなかった。大きな手術をした後だから、仕方がないんだ。それなのに、おまえたちに理由もないのにいじめられて、悩んでいたんだろう。強くなって、いじめられたくないと思ったんだろうな」

クラスのどこからか、しくしくとすすり泣きが聞こえてきた。

「だが、『強くしてもらう』と言っていたんだから、妙な考えを起こしたとは考えられない。事故に遭ったとしたって、どこかで見つかるはずなんだ。それなのに、どこにもいない。警察の人や消防団も協力して、一昨日の夜から昨日も一日中探していることは、皆も知ってるだろう」

すすり泣きの声が、二つ、三つと増えていく。少女も、何だか急に悲しくなってきた。見知らぬ少年に連れられて、乾くんがとぼとぼと歩いていく様が目に浮かぶ。少年は、乾くんよりも少し背が高くて、髪の長い、長ズボンの少年に違いない。乾くんの前を、小枝か何か振り回しながら、ひょいひょいと歩いていくのだ。

「だから、先生は皆に聞いてる。乾が約束したという、その友だちが誰だか分かれば、手がかりになるんだ。だから、ほんの少しでもいいから、皆に思い出して欲しいんだ

——松田」

再び呼ばれた時には、少女は目に涙を一杯にためていた。先生は、少し気の毒そうな顔になったが、自分も黒縁の眼鏡を押し上げて、大きく息を吸い込んでから、改めて少女を見つめた。

「その、見たことのない子というのは、どんな子だった?」

少女は、もう一度ずるずると椅子を押して立ち上がると、涙をこらえながら、小さな声で答えた。

「鼻の頭が、少し赤くて――乾くんよりも少し背が高くて――髪の毛が長くて」

少女は、しゃくり上げながら、一生懸命に答えた。自分で言いながら、頭の中にはその少年の面影がますますはっきりしてくる。

「黒い――長ズボンをはいてました」

先生は、辛そうな顔でゆっくりとうなずいている。

「同い年くらいの、子だと思うんだけど――見たこと、ない子だったから、よく、わからなくて」

少女は、そこまで言うと「うわーん」と声を上げて泣いてしまった。着席して机に突っ伏すと、隣の席の小林さんが、そっと背中をさすってくれる。最近つけるようになったブラジャーの線のことが、急に気になったけれど、そのまま机に突っ伏していた。

「後で、他の人に聞かれても、その説明が出来るか、松田」

先生の声が聞こえてくる。少女は、突っ伏した状態のまま、何度も頭を動かした。

「他に、何か思い当たることのある者はいないか」

重苦しい雰囲気はそのままで、それから長い沈黙が続いた。机に顔をつけたままの少女の耳には、夏休みが近づいていることを知らせる蟬時雨と、のんびりと響くプロペラ機の音だけが聞こえていた。

「おまえたちの占いで探せないのかよ」

長い長いホーム・ルームが終わると、先生は生徒に自習を命じて出て行った。最初の数分は静かだったけれど、やがて、あちこちから小さな騒《ざわ》めきが起こり始め、それが一つの騒音になる頃、生徒たちは勝手に歩き回り始めた。いつまでも涙の止まらない少女のそばに、梨紗とありんこと、それから数人の少女が集まっていた時に、西山という男子が近づいてきて言った。

「占いなんか――」

「だって、当たるから夢中になってやってたんだろう？　こっくりさんでも何でもいいから、やってみろよ」

他の男子も集まってきて言う。少女はおびえた目で梨紗とありんこを見比べた。二人は硬い、青ざめた表情で、うつむいている。

「おまえらが魔法かけたんじゃなかったら、出来るだろう？」

男子が少しずつ集まってきて、女子をとりまく形になった。他の女子が「やめなさいよねっ」などと怒鳴っている。

「そうじゃなかったら、おまえらが変なおまじないか、呪いでもかけて、乾のこと隠したってことにするぞ」

「どうして、そうなるのよっ！」

梨紗が激しい口調で男子をにらみつけた。

「乾くんに呪いかける必要なんか、どこにもないでしょう？　馬鹿みたい！」

けれど、少しずつ女子の反応が自分たちによそよそしくなってくるのを少女は感じた。

「『すごい効き目なんだよ』って、言ってたよね」

「ためしに、こっくりさんに聞いてみるくらい、いいんじゃないの？」

「ムキになるほうが、おかしいよ」

いまや、クラス全体が少女たちに目の前でこっくりさんをやって見せろと言っていた。

「――出来る？」

ありんこが、すっかり怖じ気づいた顔で梨紗を見ている。

「――こんなにうるさくされたら、気持ちが集中できないよ」

梨紗が、反抗的な目で周囲を睨《にら》みながらつぶやき、それから少女を見た。少女は、クラスの皆に変な目で見られるのだけはいやだと思った。

「イカサマだったんじゃねえのかよ」

男子が口を出す。

「自分たちで適当に十円玉を動かしてただけじゃねえのか？」

「そんなこと、ないってば！」

少女は、自分のすぐ脇で小馬鹿にしたような言い方をした男子の腕を思い切り叩いた。

「いってぇなぁ、折れたらどうすんだよ、怪力女！」

男子は顔をしかめて、少女をにらみつける。

「じゃあ――私たちの他にあと一人か二人加わってやればいいでしょう？　そうすれば、私たちが勝手に動かしてるかどうか、分かるから」

梨紗が言うと、数人の男子と女子が「はい、はい」と手を上げた。ありんこが急いでこっくりさん用の紙を作り始めた。

「いい？　一緒に唱えるんだからね」

やがて、用紙全体にひらがなと数字を書き連ね、「はい」「？」「いいえ」などのコーナーも用意されて、片隅に二か所の鳥居を書かれた台紙が出来上がると、十円玉を取り出しながら、梨紗がおごそかな口調で言った。今回は、ありんこは参加せずに梨紗と少女と、それから男子と女子の中から一人ずつが選ばれて、それぞれの人差し指を十円玉に置いた。「入り口」と書かれた鳥居の上に置かれた十円玉を、クラスの全員が真剣に見つめた。

「いらっしゃいましたら、大きく大きくお回りください」

低く、念じるような声で四人が何度かとなえるうちに、紙の上の十円玉は、するすると動き始め、紙の上を大きく回り始めた。息を呑む声が周囲から洩れる。少女は、心の中で「本当なの？ 本当のことを言うつもりなの？」と聞いていた。

「質問します。うちのクラスの乾裕一郎くんを知っていますか」

神妙な顔で、男子が十円玉に聞く。四人の指を置かれた十円玉は、すすっと「はい」のコーナーに動いた。周囲からどよめきが起こった。

「どこに、いるのか聞いてよ」

「生きてるのか、死んでるのか、聞きなよ」

様々なヤジが飛ぶ。少女は、真剣な顔の梨紗を見た。それから、自分の隣で必死で十円玉を見つめているありんこを見る。二人とも、少女の視線に気づくと、ちらりと見返してくるだけで、そのまま視線をそらしてしまった。

「乾くんは、今、どこにいるんですか」

ゲストの女子が、ひどく厳かな声で、ひっそりと言った。十円玉は、ぴたりと止まったまま、動こうとしない。

「教えてください。乾裕一郎くんは、どこにいるんですか」

クラス委員もしている彼女は、真剣な顔で自分の指先を見つめている。教室中が、しんと静まりかえっていた。

少しすると、十円玉はゆっくりと動き始めた。誰の力が働いているとも思えない。それは、あまりにも軽やかで不思議な滑り方だった。

「何か、言おうとしてるんだわ」

五十音順に並んだ平仮名の上を、十円玉は何度かするすると動き回り、やがて「そ」の上で止まった。それから再びくるくると回りだし、あれこれと動き回った後でようやく止まったのは「ら」の上だった。

「そら――だって」

どよめきが起きた。少女の一人が「ひどいわっ！」と小さく叫び、教室の後ろに走って行った。去年まで保健委員をしていた、小池さんだった。彼女といつも仲良くしている女子が慌てて彼女を追い、顔を隠してしまった小池さんを懸命に慰めている。

「――死んじゃったっていうことなの？」

再び質問すると、今度は十円玉は「？」の上で止まる。

「死んでないけど、空にいるっていうことなんですか」

――はい。

「戻って、来ないんですか」

「友だちに、連れて行かれたんですか」

――はい。

「そらって、本当の空のことですか」

――？

「どうやって、そんなところに行ったんですか」

――と・ん・て・い・っ・た。

ため息や騒《ざわ》めきの中で、十円玉はするすると動き続けた。いつの間にかありんこが、少女の左手をしっかりと摑んでいる。

「――じゃあ、探しようは、ないんですか」

――？

あちこちですすり泣きが起こり、少女たちを取り巻いていた人垣が、ばらばらと崩れて行った。誰もが無力感に満ちた、疲れた顔をしていた。

「勝手に手を離したら駄目なんだよ。こっくりさんに帰ってもらって、それから、せえので離すんだからね」

梨紗が、「もう、いいよ」と言って十円玉から手を離そうとした男子に説明する。それから、こっくりさんは四人の願いを聞き入れて、静かに「出口」と書かれた鳥居に向かった。その十円玉は、今日中に使ってしまわなければならない。梨紗は、台紙に使っていた紙で丁寧に十円玉を包むと、そっとスカートのポケットに入れた。少女は、ありんこと顔を見合わせ、互いにそっとため息をついた。

「めぐが見た子って、本当に知らない子だったの？」

その日の帰り道の途中で、ありんこが少女に聞いてきた。少女は一瞬呆気に取られてありんこを見た。けれど、その隣の梨紗も真剣な顔で少女を見ている。

「そんな話、めぐ一度もしなかったよね？」

――なに、言ってるの。私は約束を守るために。

「いつ、見たの？」

「いつって――」

「隣の学校の子かな」

「そんなヤツいたっけ」

梨紗とありんこは真剣な顔で話し合っている。少女は、ぽかんとしたまま、複雑な気持ちで歩き続けた。髪の長い、黒い長ズボンの子。彼は、小枝を振り回しながら、すたすたと歩いて行った――。その姿は、確か少女がとっさの間に頭の中で思い描いたものではなかっただろうか、と思った。けれど、梨紗もありんこも、まるで疑っている様子はない。いつも少女と行動を共にしている彼女たちが信じているのだ。

——本当だったのかも知れない。ううん、本当だったんだ。あの子、あの見たこともない子は、本当にいたんだ。

少女は、そう結論を下した。自分は嘘などついていない。いつも本当のことしか言わない。何も嘘はないのだと、奇妙に安心しながら、少女は蝉しぐれの町を、二人について歩いた。

8

部屋は窓を一杯に開け放してあるのに、あつぼったい空気はゆらりとも動かず、全身じっとりと汗ばんでいて、素肌に触れるシーツでさえも湿っていた。顔をしかめながら目覚まし時計を見れば、まだ午前十時を回ったばかりだった。

「あっちぃなぁ、もう」

哲士は、うめき声を洩らすと、すぐ隣で眠っている恵美の、裸の腹に手を置いた。恵美の肌は、とくに太股や尻、腹などが、いつもひんやりと冷たくて、哲士の肌の熱を吸い取ってしまうかのように気持ちが良かった。

「だぁめぇ」

恵美は、まどろみからわずかに目覚めたらしく、鼻にかかった甘え声を出して、大きく寝返りをうつと、哲士の胸に顔を近づけて来る。

――ちぇっ。これじゃあ、余計に暑いじゃないかよ。

何でも良いから、自分よりも冷たいものに触れたかっただけなのに、何か勘違いしたらしい恵美は半分寝ぼけたままで、うっとりとした顔を哲士の顔に向けている。その、化粧気のない顔は、普段の恵美しか知らない者が見たら別人と思うに違いない。何しろ、肌は浅黒くて、ぺしゃりとした、いかにも野暮ったい顔をしているのだ。

「もう少し、寝よう、な」

哲士はそっと言うと、恵美の暑苦しい髪の毛を自分から離し、ふわふわした腹をぽん、ぽんと叩いて、ゆっくりと押しやった。

木曜日は、恵美の勤めるデパートの定休日だった。もう一日は、当番で休むことになっているから、曜日では決まっていない。哲士のアルバイトは不定期にしか休めないのだが、恵美にせがまれていることもあって、月に一、二度は哲士の方が休みを合わせることになった。どのみち、毎週金曜日にはライブがある。体力を温存しておくためには、木曜日に休むのは悪いことではなかった。

小さく丸めれば、ゴルフボール程度にしかならないパンティー一枚を身につけただけで、あとは惜しげもなく午前の陽光に裸体をさらしている恵美は、少しの間、捨てられた仔犬みたいに、くんくんと鼻を鳴らして哲士に甘えていたが、やがて再び眠りに落ちていったようだった。

——よく寝るヤツだよなぁ。

哲士はぼんやりとした頭でそう思うと、布団の周りに散らばっている雑誌の一冊をつまみ上げ、枕元に置いてあった煙草に火をつけた。仰向けになったまま、胸の上で雑誌をぺらぺらとめくり始めると、窓の外の、隣家とのほんの少しの隙間を、アゲハチョウがゆらゆらと飛んで行くのが視界の隅に入った。

六畳一間のアパートは、築三十年はたっているだろうと思われる、夏は暑くて冬は寒いオンボロアパートだった。その、足の踏み場もないような部屋に、恵美は哲士と一緒に休める日の前日は必ず泊まりに来る。時には、のんびりと一人で休日を過ごしたいと思うこともあったけれど、恵美がいれば何かと世話を焼いてもらえるし、楽なことも多かったから、哲士はその習慣を、それほど面倒なこととも考えてはいなかった。

——腹、減ってきたなぁ。

雑誌を読みながら、ぼんやりと考えている時に、電話が鳴った。

「やだぁ。事務所からだったら、休むって、ちゃんと言ってね」

ベルの音に目を覚ました恵美がうなるような声を出す。時折、急な呼出しがかかって、せっかくの休日がふいになることがあるから、それを警戒してのことだった。

「てっちゃん？　寝てた？」

背後で、人の話し声や電話の音がしている。哲士は、雑誌やガラクタの間をのたくっている電話コードを引っ張りながら、布団の上にあぐらをかいた。

「寝坊助ねえ。起きなさい。私なんか、とっくに働いてるのよ」

「ああ、いや。起きてますよ」

「誰か、いるの――めぐが、来てるの」

「ええ、そうなんです。今日は俺、休みもらってるんで」

哲士はじっとりと汗ばんだ胸の辺りをさすりながら、ちらりと恵美を見た。恵美は、哲士に背を向けて寝ていたが、頭だけを枕から離してこちらを見ると、童顔をしかめて小声で「行っちゃ、駄目よ」と言った。明らかに哲士のアルバイト先からの電話だと思っている。

「ちょうどよかったから、言っておくわ。てっちゃん、この間のこと、めぐに話してないでしょうね」

「この間のって——ああ、あれですか」

不安そうにこちらを見ている恵美に向かって、OKというサインを見せれば、恵美はにっと笑顔になって、それからぱたりと頭を枕に戻してしまった。

「あの子、ああ見えても妙に勘がいいところがあるのよ。絶対に、余計なことは言わないでね」

「ああ、はい。分かってます」

「私もね、そんなに勘は悪くないほうよ」

「あ、そうなんですか」

話の内容とは関係なく、哲士はわざと笑い声を上げて見せた。ちらりと振り返ると、恵美は片手で尻のあたりを掻きながら、そのまま向こうを向いている。

「あなた、ありんことも寝たでしょう」

「そんなこと、ないですよ」

「いいのよ、私はめぐとは違うしね。お互いに分かってこうなってるんだから、文句を言うつもりはないけど」

「——ああ、はい」

「ありんこのことも、めぐには余計なことは言わない方がいいわ。その方が、あなたのためよ」

「――ええ、分かりました」

「ねえ、言って。本当は、誰がいちばんだと思ってる？」

哲士は、胸をさすっていた手を、今度は首の後ろに持っていく。そこも、やはりじっとりと汗ばんでいて、心なしか垢じみてぬるぬると感じられた。

「それ、今、決めるんですか？」

「決めるって、まだ決まってもいないの？」

梨紗は、哲士の隣に恵美がいると承知で、わざとそういう質問をする。氷みたいに冷たい表情で、時には幻のようなはかなさを身にまといながら、梨紗には鋭いナイフのようなところがあった。

「――いえ、決まってます」

思わず声の調子を落とすと、再び恵美がむっくりと上体を起こして、顔をしかめ、唇を尖らせて見せた。哲士は、にやりと笑って、首をさすっていた手を伸ばし、その恵美の唇をそっと押した。すると恵美は、嬉しそうにその指をくわえようとする。

「言えないの？」

「いやぁ、もうとっくに分かってることだと思ってたものですから」

恵美に右手の人差し指をくわえられたまま、曖昧に笑って答えると、電話の向こうでくっくっと笑い声がした。

「いじめるのは、これくらいにして上げる。今夜、いいわね？」

「ええ、大丈夫だと思います」

梨紗は最後に「それだけよ」とだけ言うと、案外あっさりと電話を切った。哲士はほっとしながら受話器を戻し、哲士の指をしゃぶったまま、物欲しげな顔でこちらを見ている恵美を振り返った。

「こらぁ、何やってるんだよ」

わざと言って、恵美の上に被いかぶさると、恵美は「きゃっ」と言って笑った。ゆっくりとキスすると、素顔の時には夏蜜柑《なつみかん》のタネみたいに見える目が熱を帯びてきて、哲士の首に腕が回されてくる。

「腹、減ったよ。飯食いに行こうよ」

「いや。もう少し、こうしていたい」

哲士は笑みを絶やさず、恵美の瞼に唇をあて、小さな鼻の頭にも、顎の先にもキスをして、耳たぶを柔らかく噛んでやった。すっかりその気になってしまった恵美は、わずかに首をのけぞらせ、足を動かし始める。ふと、三人のうちの誰かが病気を持っていたとしたら、皆で分けあうことになるのだな、などと思った時に、再び電話が鳴った。

「てっちゃん？」

「ああ、亜理子ちゃん。どうしたの」

「あのね――」

「ああ、めぐなら、来てるよ。代わろうか」

「ち、ちょっと待ってよ。めぐ、いるの？」

哲士は、今度は片手で恵美の乳首をつまみながら、悪戯っぽい顔で笑った。それまで、とろりとした顔をしていた恵美は、亜理子の名前を聞いた途端に挑戦的な表情に変わって、こちらをにらんでいる。

「めぐはね、たった今、お目覚めになったところ」

「あの、ちょっと待って。この間のことだけど、めぐに言ってないでしょうね」

「うん。大丈夫。もう、寝ぼけてないよ」

哲士は、そう答えると、受話器を「ほれ」と恵美に渡した。恵美は、上目遣いに哲士をにらんだあとで、急に仕事用の声で「もしもし」と言った。

――ちょっと、やっかいなことになったかな。

昨夜もさんざん亜理子と梨紗の文句を言っていた恵美は、今は受話器を耳に当てて明るい声を出している。まったく、女の友情というものは分からないものだと、哲士は今さらながら、三人が三人とも、空恐ろしい存在に思えた。

「そう、だからね、明日はどうかなと思って。うん、ありんこたちにね、絶対に一度見せたいのよ。もう、最高なんだから」

恵美は明るい声を出し、「きゃはは」と笑い声を上げた。明日といえば、哲士たちのバンドのライブの日だ。恵美が亜理子を誘っているのは明らかだった。

「もうっ」

だが、電話を切るなり、たった今まで浮かべていた笑顔を引っ込めたかと思うと、恵美は思いきり膨れ面になって、布団の上にひっくり返った。

「どうして私に電話してこないで、ここに電話してくるのよぉ」

ばたん、と大の字になって、恵美はむき出しの足を皺くちゃのシーツの上でばたばたと動かした。

「おまえんとこに電話して、いなかったからこっちにかけてきたんだろう」

哲士はその膝小僧を軽く叩きながら、軽い気持ちで言った。だが恵美はますます険しい顔になって「ああっ」と言いながら哲士を睨んだ。

「そうやって、ありんこのことをかばうの？」

「かばってなんか、いないって」

「てっちゃんは、めぐの恋人なんだからぁっ」

「当たり前じゃないか。何言ってるんだよ、めぐは」

哲士は、自分も恵美の横に倒れ込むと、膨れ面のままの恵美の鼻の頭を指でぴん、と弾いた。

「めぐの大切な幼なじみだと思うから、俺だってつれないことは出来ないと思ってるんだぜ。それをいちいち心配したり、やきもち焼いたりするなよ、な？」

「ごまかしてる。てっちゃん、私に嘘ついてる」

「馬ぁ鹿。どうして俺がめぐに嘘つかなきゃならないんだよ」

だが、恵美はなかなか頑固だった。普段の厚化粧のせいだろうか、険しい表情を浮かべると、目元や口の両端に、細かい皺が入る。

「私、嘘つきなんか嫌いなんだから。嘘つく人って、大っ嫌い！」

哲士はうんざりし始めていた。いつも、こうだ。何が「嘘つきは嫌い」なのだ。職場でさえ「ほら吹き恵美」などと陰で噂されていることを、哲士が知らないとでも思っているのだろうか。哲士は、その話を以前、一度だけ飲むことになった恵美の同僚から聞かされた。その女も、哲士に興味があったことだけは確かだった。

「ああん、もうっ！　くやしい！」

恵美はさらに足をばたばたと動かして大きな声を出した。本当ならば「いい加減にしろっ！」と怒鳴りたいところだった。だが、哲士が大声を出すと、恵美はそれ以上に騒いで、近所中の見せ物になることは必定だったから、哲士は、怒鳴る代わりに再び恵美を抱きしめることにした。彼女をおとなしくさせるのは、とにかくこれがいちばんだと、経験から知っている。

「心配するなって、な？　俺は、めぐ一筋だって、本当は分かってるんだろう？」

耳元で囁くと、恵美はぴたりとおとなしくなり、夏蜜柑のタネみたいな目を哲士の顔に向ける。

「分からないもん」

それから、哲士は幾度となくキスを繰り返し「これでも？」「これでも？」と聞き続けた。やがて、恵美は猫みたいな甘ったるい声を出し「もう」と言う。

「な、飯、食いに行こうよ」

ようやく機嫌が直ったことを確かめ、哲士はそう言ってから、恵美の髪を撫でてやった。やれやれと思いながらシーツに腕をついて、汗ばんでべったりとした身体を離そうとした瞬間、首筋に回された腕にぎゅうっと力を込めて、恵美は哲士の顔を自分の胸元に押しつけた。

「いーや。もっと」

うっすらと紅潮して、熱を帯びてきた恵美の肌に顔を押しつけられながら、哲士は「うー」とうなった。本気でうなったつもりなのに、恵美は「きゃはは」と笑い声を上げた。突然、蟬が一匹だけ、暑さに苛立ってでもいるように、半分自棄《やけ》とも思えるような声で鳴きだした。哲士は心の底からうんざりしながら、首筋から汗が滴り落ちるのを感じていた。

綵怪

1

夏の雲がビルの谷間にもくもくと湧き出して見える。

空調の効いているオフィスから見た都会の夏空は、実際とはかなり違って、不思議なくらいすがすがしく、遥かに広がる静かなものに見えた。まるで、都会の写真と美しい夏空の写真を無理矢理組み合わせたような印象だ。

「ごくろうさん」

夕方からの会議に間に合わせるようにと、コピーを命じられていた資料を課長に渡すと、右上隅を綴じられた二十人分の資料の山をちらりと見ただけで、課長はすぐに他の書類に目を戻してしまった。

「あの」

身体の前で両手をあわせたまま、そっと声を出す。課長は、そこでようやく「まだいたのか」とでも言いたそうな顔を上げた。気むずかしいことで定評のある課長は、滅多に機嫌の良さそうな顔をしていたことがない。

「資料の中に、細かいグラフになっているものがあったんですが」

「ああ、それが？」

梨紗は、この四十歳に手が届くか届かないくらいの年齢の課長の脂ぎった顔を、ほんの少しの間見つめ、それからうつむいた。

「余計なことかと思ったんですが、数字が読みにくくて分かりづらいかと思ったものですから、その部分だけ、拡大しておきました——あの、余計なことをして、申し訳ありません」

うつむいた視界に課長の手が入ってきて、いちばん上の資料を手に取る。右肩を綴じられた資料の中程に、折り畳まれたページがあることを確認すると、課長は丁寧にそのページを開き、ふん、ふんとうなずいた。

「いや、この方が見やすいよ。ありがとう」

課長は、そこでようやくにこりと笑った。梨紗は緊張した面もちのまま、急いで会釈をすると、課長のデスクから離れようとした。歩き出すと、背後から課長の声が響いた。

「そういう、目立たない気配りが出来るっていうことは、大切なことだよ」

梨紗は急いで振り返り、はにかんだ笑みを見せると、もう一度会釈をした。富田という先輩の女子社員が、つまらなそうな顔でこちらを見ているのが分かったが、梨紗はそのままデスクの間を抜け、オフィスから出た。

——あの課長を笑わせた。

化粧室で、とうとうと水を流しながら石鹸を泡立てている間、梨紗はちらりと鏡を見て、ほんの少し笑った。それから、手を洗うことに神経を集中させ、この三十分程の間についているはずのばい菌を丁寧過ぎるほど丁寧に落とす。

我ながら華奢《きゃしゃ》だと思う手には、薄い皮膚を通して無数の血管が見えている。指も長くて細く、全体として大きいけれど薄い手を、梨紗は気に入っていた。この手は本来、美しいものだけに触れるべき手、清らかなものだけに触れるべき手なのだと、いつも思う。それなのに、世の中はあまりに汚れていて、常にこの、か弱い手を脅かすもので溢れている。だから、梨紗は手を洗わずにはいられないのだ。

「資料をいちいち確認してからコピーとってたの？」

気の済むまで手を洗い、ようやく自分のデスクに戻ると、富田先輩が斜め向かいから声をかけてきた。

「どうりでコピー一つにずいぶん時間がかかると思ったわ」

梨紗は口を固く結んで、ちらりと顔を上げた。富田は皮肉っぽい表情で、梨紗の方を見もせずに口を動かしている。

「今度からは、課長から回ってきたコピーは、全部京極さんに頼んじゃおうかなあ」

富田に何を言われても、梨紗は黙ってうつむいていることに決めていた。

「総合職の人に、一般の仕事までやってもらえるんだったら、私たちはますます楽になるっていうものだもの。こりゃ、早々と結婚話でもまとめなきゃ、そのうち居場所がなくなっちゃうかしら」

オフィスは雑音に満ち、あちこちで人が忙しく動き回っている。けれど、梨紗と富田の周辺だけ、取り残されたみたいに気まずい空気が澱《よど》み始めた。ふいに鳴り出した電話があったが、まだ一回もコールしていないのに、素早く受話器を取る社員がいた。

「ねえ、富田さん、さっき頼んだ確認、しておいてくれた？」

心持ちうつむいて黙っていると、少し離れた席から、富田と同期の熊倉先輩が助け船を出してくれた。

「あ、ごめんなさい。まだ――」

「今日中に連絡とっておかなきゃならないの、急いでくれない？」

「——はい」

再び電話が鳴り、その音を合図のように、気まずい雰囲気は、やがてぼやけて消えていった。梨紗は、小さくため息をつくと、目の前の「清書、頼みます」という付箋を貼られた書類に目を落とした。

梨紗のいる課には、十数人の女子社員がいたが、一般職と総合職、短大卒と四年制大学卒、自宅と一人暮らし、新人と古参などで複雑に分かれており、その時に応じて、敵になったり味方になったりする。今、梨紗に助け船を出してくれた熊倉にしても、今回は梨紗の味方になってくれたというだけのことだ。

——熊倉女史に、借り、ひとつ。

この数年間というもの、ずっと課長のお気に入りとして自分の立場を保ってきたらしい富田を、熊倉は面白くないと思っていたに違いないし、富田にしてみても、その自分の立場を脅かす新人の梨紗の存在を疎《うと》ましく感じるのは当然のことだった。梨紗の勤める会社というのは、そういう世界だった。

——でも、そういうことを態度に出せば損をするのは自分なのよ。

梨紗は、ワープロのスイッチを入れながら、心の中でほくそ笑んだ。もっと、富田の攻撃がひどくなっても良いくらいのものだと思っていた。彼女が梨紗を疎んじたり、嫌みを言ったりすればするほど、梨紗は他の社員に大切にされ、味方を増やしていく。

——課長に、もっと笑顔を浮かべさせるわ。富田さんなんか比較にならないほど、私だけに対して。

無意識のうちにため息をつくと、隣の席の女子社員が、そっと肩に触れてきた。梨紗はびくんとなって彼女を見た。

「気にすること、ないわよ、ね。元気出して」

「——私が余計なことをしちゃったから」

「そんなことないってば。富田さんの嫉妬よ、くだらない。何も、京極さんみたいにか弱い人をいじめることなんか、ないじゃないねえ」

梨紗は自分のことのように怒って見せる同僚に向かって、ひっそりと微笑んで見せ、そのままワープロに目を戻した。

本来、梨紗の所属する課にもワープロはあるのだが、梨紗は嫌というほど指先の触れる物を他人と共有することが、どうにも我慢ならなかった。だから、自分でノートブックタイプのものを買ってきて、オフィスに置いてあった。男子の社員の中には、そんな梨紗の態度を仕事熱心だと評価する声があることも最初から計算に入っていた。

そのワープロに向かって、ゆっくりと先輩社員のレポートの清書をすれば、今日の仕事は終わりだった。梨紗は、オフィスの壁にかけられた大きな時計を見ると、それから姿勢を崩さずに、ゆっくりと指を動かし始めた。

「明日のライブ、梨紗も来るだろう？」

その夜、哲士はベッドの中で梨紗の肩を抱きながら聞いてきた。約束通りに待ち合わせをして、軽い食事をした後で、哲士は、常に自分からは「うん」と答えない梨紗の肩を抱いて、ホテルに向かった。梨紗は答えない代わりに、大した抵抗も示さずにおとなしく哲士に肩を抱かれて歩いた。

一度はベッドから抜け出して、手を洗い、うがいをして、下着をつけたところで梨紗は再び哲士に腕を摑《つか》まれ、ベッドに引き戻されていた。冷房が寒くて、風邪をひきそうだったから先に下着をつけてしまっただけなのだが、哲士は「その方が色っぽい」と言って喜んだ。「すっ裸で大の字になられてたら、見てるだけで腹いっぱいって気になるもんだ」と言われて、梨紗は恵美の普段の生活を見たと思った。

「明日は、ノルぜ、俺たち」

「私は——やめておくわ」

「どうして。亜理子も来るんだぜ」

「——亜理子？　この前までは、『ちゃん』がついたのに」

梨紗は、ちらりと哲士の顔を見ると、大きくため息をついて見せ、自分の肩から哲士の手を外して、するりと起き出そうとした。けれど、再び哲士に引っ張られる。哲士の手が特に大きいわけではなかったけれど、梨紗の細い二の腕は、簡単に指が一周して、まだ余ってしまうくらいだった。

「痛いわ、そんなに強く摑んだら、あとになっちゃう」

「ああ、ごめん」

引き戻されて、改めて至近距離で哲士の瞳をのぞき込むと、彼の目元はふっとゆるんで、無邪気そうな笑みがこぼれる。

「誤解だよ。梨紗の、誤解」

「――私には、分かるのよ」

「心配するなって、おかしいぞ。それとも、彼女が俺のこと、何か言ったの？」

哲士は、梨紗の肩をすっぽりと包み込み、耳元で囁いた。梨紗は、哲士の肩にそっと頭を乗せた。

「いいの。私にそんなことを聞く権利なんか、ないんだもの」

わずかに顔を動かし、梨紗は哲士の首筋を眺めた。さらりとした長めの髪は、わずかに茶色がかっていて、細くて柔らかい。あまり髭の濃くない体質らしく、にきびのあとも見あたらない肌は、梨紗ほどではないにしても、かなり白くて肌理《きめ》が細かく、清涼な雰囲気さえ漂わせている。

「明日、来いよ。俺さ、梨紗のために歌うから、な？」

重ねて聞かれて、梨紗は哲士の肩の上の頭をわずかに振った。ハスキーというのではなかったが、特徴のある、高めの声は、こうして聞いていると心地良かった。

「めぐが、あなたに甘えてるところなんか、私、見られない」

梨紗は小さな声でつぶやいた。

「恐いのよ」

梨紗の肩を抱く手に力がこもった。梨紗は、ますます声の調子を落とした。

「もしも、私たちのことがめぐに分かっちゃったら、私、きっと生きていられない」

哲士は、もう片方の手も伸ばしてきて、梨紗の薄い背中を柔らかく抱き寄せる。

「そんなこと言わないでくれよ。大丈夫だって」

哲士の声はさらに甘く柔らかくなり、その手は、まるで壊れ物でも扱うかのように、そっと梨紗の背中をさすり続ける。下着の上から、哲士の指が梨紗の背骨をなぞるのは、半分くすぐったく、不思議なくらいに気持ちの落ち着くものだった。

「お願いよ。めぐを泣かせるような真似、しないでね。絶対に、あの子を苦しませたり、しないで」

梨紗は、鼻をすすり上げながら、哲士にしがみついた。

「大切な友だちなのよ。私たち、やっとまた会えたの。十年以上も会わなかったのに、本当に奇跡みたいだわ」

哲士の手は、今度は梨紗の髪を柔らかく撫でている。梨紗は、じっと目を見開き、ホテルの内装を観察しながら、時折鼻だけはすすり上げた。

「幼なじみ、か。どんな子どもだったのかな、三人は」

「仲良しだったのよ、本当に。何をするのも、どこへ行くのも、いつも一緒だった。どんなものでも、三人で公平に分けあって」

「いつも一緒に魔法ごっこをやって」

「——え？」

その言葉を聞いた瞬間、梨紗は全身が強ばるのが分かった。

「乾くん、だっけか？　俺に似てるとかいう子に、魔法かけたんだって？」

哲士の腹が小刻みに揺れて、彼が笑っているのが分かる。

「女の子って、面白いもんだよなぁ。めぐなんか、今でも本気でその子を消したと思ってるぜ」

「――めぐが、話したの？」

梨紗は、じっと宙をにらんだまま、哲士の「まあね」という返事を聞いていた。

「めぐ、何て言ってた？」

「別に。大体、俺はあいつの話はほとんど聞いてないからさ。いつだって、何が本当で何が嘘だか分からないんだから。いちいち真剣になんか聞いてられないよ」

耳の奥で、夏草の騒めきが聞こえた気がした。哲士の鼓動と自分の動悸が混ざりあって、余計に梨紗を追い立てる。

「その話は――信じた？」

哲士の腹が、大きく一つ揺れた。

「ああ、信じたさ、信じたよ。ガキの頃の思い出なんて、みんなそんなもんだよ。おおかた小さな三人の魔女たちが、一生懸命に杖でも振り回してたんだろう？　いや、それとも箒《ほうき》かな」

そこで、哲士は梨紗の肩を自分から引き離し、その顔をじっとのぞき込んだ。

「だけど、昔は昔だろう？　まだ今もめぐに気兼ねしてるっていうのか。ただ、幼なじみだからっていうだけで」

梨紗は目を伏せて、もう一度哲士の肩に頭を乗せなおした。今、自分がどんな顔色をしているか、自分では分からなかった。とにかく、哲士がその話にそれほどの興味を抱いていないらしいことだけは分かった。彼は、今のことしか考えないのだ。

「だって——昔から、そうだったんだもの」

「そうって？」

「そういう感じって、時が過ぎても変わらないものなのかしらね。私には、あの二人がいつも心配でしょうがなかったの。だから、つい、自分のことは後回しにしちゃう、そういう癖がついてるのね」

哲士はそこで大きく息を吸い込んだ。胸が上下に動いて、梨紗の頭もそれにあわせて動いた。

「お人好しなんだな。俺から見れば、君がいちばん心配だけどね」

「私？ どうして？」

梨紗は、お気に入りの自分の手を、哲士の胸に乗せたまま、ゆっくりとつぶやいた。

「守ってあげたくなる」という言葉が、耳元で熱く囁かれる。だが、哲士の甘い言葉は上滑りするだけで、もはや梨紗の中には入ってこなかった。洗ってばかりいるおかげで、余計に色が白く、少し荒れて見える、かわいそうなくらいに綺麗な手は、今、つつましやかに哲士の上で、刻々と汚れていく恐怖と、今すぐに洗いたい誘惑と闘っている。

「一人になんて、しておけない感じがするんだ」

「――私は、いいのよ。一人で、いいの」

「痛々しくて、見ていられないよ。俺がずっと傍にいて、守っていてあげたい」

「何、言ってるの。あなたは、めぐの恋人なのよ。めぐを守ってあげて。私は大丈夫だから。今のままで――」

梨紗は、無意識のうちに手を握り拳《こぶし》にしながら、声だけはひそやかに、ゆっくりとつぶやいた。

「ありんこもよ。彼女のことだって、泣かせるようなこと、しないでね」

「だから、彼女とは、別に――」

「ああ見えても、ありんこはナイーヴなのよ。三人の中で、きっとあの子がいちばん傷つきやすいと思うわ」

「そうは、見えないけどなぁ」

「とにかく、私たち三人の友情にひびが入るようなこと、しないで欲しいの。こんなことになったのは、本当に私がいけないんだわ。でも、私、あなたとめぐのどっちを取るって聞かれたら、やっぱり、めぐを取らなきゃならないのよ」

「どうしてさ」

「宝物なの、大切な、宝物なのよ――私は、大丈夫。一人でいるのには慣れてるわ。だから、めぐを泣かすようなこと、しないで。約束して」

梨紗は、繰り返してつぶやいた。

――ロックのライブなんて、冗談じゃないわ。上手なら、まだ我慢のしようもあるけど、あれだもの。

「だから、私、明日は行かれない。ごめんなさい」

梨紗がつぶやいている間中、哲士は梨紗の髪を撫で続けていた。「可愛い人だ」という言葉は、耳を素通りして、わざとらしいホテルの照明に溶けていった。

2

職員室の窓からは、校庭に散らばって、まばゆい太陽の下で、弾けるような元気をふり撒いている子どもたちの姿が見える。

六年五組の担任の藤代は、机の上に置きっ放しになっている湯呑み茶碗をぼんやりと眺めながら、眠くなるようなのどかな子どもたちの声を聞いていた。教室で聞いていると、きんきんと脳天に響くこともあるが、こうして離れた場所から聞いていると、実に平和で心なごむものだった。

「行け行け行け行け!」

「リーリーリー!」

石灰でラインを引いた野球グラウンドでは、高学年の男子が野球をしている。その横では他の少年たちがサッカーをしていた。女子たちは、ドッジ・ボールをしたり、鉄棒をしている子もいれば、ブランコの周辺に集まって、何かのおしゃべりに興じている子もいる。五時間目が体育なのだろう。低学年の子どもたちが、そろいの体操着に紅白の帽子を被って、ちまちまとあちこちに散らばっているのも、微笑ましい光景だ。いや、微笑ましく見えるはずだった。

だが、このところの藤代の目には、その光景は、もはやそれまでのように心和むものには映らなくなってしまっていた。まるで夢でも見ているような、実感のないものとしか映らないのだ。ふと気を抜くと、不覚にも涙が溢れて来そうになる。

つい先週まで、ああして遊び回っていた生徒の一人が消えてしまった。

時間の経過につれ、日を追うにしたがって、悪いことばかりが脳裏に浮かんで来る。乾裕一郎の行方は杳《よう》として知れず、ついに三日前からは、警察は公開捜査に切り替えた。ひょっとしたら、自分はあの少年の面影を、これから一生背負っていかなければならないのだろうかと思うと、疲労とも絶望ともつかない気持ちで、藤代は目の前が真っ暗になった。

「それで――」

藤代は、ついついうつろになってしまいそうな気持ちを振り切るように、微かに頭を振り、目の前に並んで立っている三人の少女を順番に見つめた。三人は、さっきからうつむいたままで、何も言おうとはしない。普段から泣き虫の松田は、もうまつげに涙をいっぱいためている。

「どうして、こんなことになったのか、心当たりはないって言うんだな、うん？」

藤代の言葉に、左端に立っていた京極梨紗だけは青ざめた顔をちらりと上げ、不満そうに唇を尖らせた。

「――知りません」

藤代は、椅子の背もたれに背中を反らせるくらいに寄りかかると、深々とため息をついて、腕組みをした。ただでさえ気持ちが混乱しそうな時に、この少女たちに振り回されるのはかなわない、という気持ちがある。けれど、全ては先週の乾の失踪から始まったことだった。この子たちも、乾の失踪という事件さえ起こらなければ、こんな状態にはならなかったに違いない。

だが、こちらとしては、彼女たちももちろん心配ではあったけれど、とにかく藁《わら》にもすがりたい気持ちでいるのだ。何も、自分の受け持ちの生徒を疑うつもりではなかったが、とにかく今は乾裕一郎を見つけ出したい気持ちでいっぱいだった。

「なあ。『火のないところに煙はたたない』っていう諺《ことわざ》、知ってるかな」

藤代は、うつむいたままの三人を下から見上げながら、ゆっくりと口を開いた。

「まるで、誰にも思い当たるところがないのに、噂だけが立つっていうことは、そうはないことなんだよ」

「――――」

「噂になるっていうことは、多少なりとも、皆に『そういえば』と思わせるようなことを、おまえらがしてきたっていうことじゃ、ないのかな」

藤代は、三人の顔を順番に見つめた。三人とも、顔をこわばらせたままで、うつろとも思えるほどに表情を動かさない。こんな顔にさせてしまっているのかと思うと、藤代は自分がとてつもなく悪いことをしている気分になった。

ふだんから仲の良いこのトリオは、いつもならば、この職員室から見える、大きな桜の木のそばの百葉箱の辺りで、こちょこちょと遊んでいるか、何かを相談しあっては、けらけらと笑っているはずだった。

「これは、とても大切な問題なんだ。乾の居所は、未だに分かっていない。手がかりも何も見つからない。どんなことでもいいから、考えられるすべてのことは考えたいと、周りの大人の皆が考えてる。そのことは、分かるな？」

右端に立っていた松田の目から、ついに涙がぽろりとこぼれ落ちた。

「松田が言っていたみたいな子どもも、今のところは発見されてないんだ」

「でも――私、見たんです。本当に、見たのに、どうして、私が、嘘、ついたみたいな、こと」

「誰も、松田が嘘をついてるなんて言ってないさ」

子どもだとは思っていても、藤代は女の子に泣かれるのは苦手だった。彼女たちは、自分たちでは気づいていないらしいが、毎日毎日、少しずつ変化している。ぷっくりと肉のついた腕も、首から肩へかけての線も、少女たちは少しずつ大人の女へと変身しようとしていた。そんな少女たちが、肩を震わせて泣く姿など、見たいはずがなかった。

「先生はな、とにかく乾を探したいんだ。それだけなんだよ――」

思わずこちらも情けない声になりながらつぶやくと、京極がきゅっと口を結んだまま顔を上げた。

「先生は、私たちのことを疑ってるんですか」

「そうじゃあない。そうじゃあないさ。ただ、どんなに小さなことでもいいから、手がかりが欲しいんだよ」

真ん中でうつろな顔をしていた月本が、口だけを動かして小さな声を出した。

「私たちを、警察に連れて行くんですか」

「まさか。そんなことを考えてるわけじゃない。先生は、クラス皆とは違う意見だぞ。おまえたちのことを疑ってるつもりじゃないんだ。でも、おまえたちも見ただろう？」

藤代は、心の中で幾度も「落ち着け、落ち着け、愛一郎」と自分に言い聞かせていた。そうでなければ、涙が出てきそうだった。

「乾のお母さん、あんなに泣いてたじゃないか。もしも、おまえたちが急にいなくなったとしたら、おまえたちのお母さんだって、あんな風に心配して、悲しむんだ——先生だって、手伝えることがあったら、どんなことをしたって、乾を探したいんだよ。皆、大切な教え子なんだ」

思わず声が詰まりそうになってしまって、藤代は大きく深呼吸をしなければならなかった。三人は、うつむいたまま、もじもじとしている。乾を探すために、少女たちの気持ちを傷つけてはならないことくらいは、百も承知していたが、それでも優先順位としては、比べようがなかった。

「――嘘は、ついてないけど――言わなかったことは、あります。ありんことめぐには、私が黙っていようって言いました」

やがて、チャイムが鳴る寸前になって、京極がぽつりとつぶやいた。青ざめた顔で、唇を震わせながら、やっとのことでそれだけを言うと、あとの二人はぎょっとした顔を上げた。藤代は、思わず身を乗り出して京極の小さな顔を見つめた。

「今、ここで先生に言えるか？」

「――私たち、毎日、おまじない、してました」

「おまじない？――何を」

藤代は、一瞬の意気込みをすぐに後悔しながら、それでも京極の顔を見つめていた。

「――乾くんが、他の男子にいじめられなくなりますように、乾くんをいじめる男子に、罰が当たりますようにって――」

京極が言っている間に、それまでいちばん無表情だった月本が、急に涙ぐみ始めた。

「乾くんが、可哀相だから、おまじないしてあげようって、私がありんことめぐを誘ったんです――皆、私がいけないんです」

京極梨紗は、そう言うと唇をきゅっと噛んだまま、うつむいてしまった。ついに、隣の月本が嗚咽《おえつ》を洩らし始めた。

「私が誘っておまじないなんかしてたから、皆が私たちのことを『魔女、魔女』って言うようになったんです。でも、私たち、乾くんが消えちゃえばいいなんて、おまじないしてません」

乾の行方が分からなくなってすぐに、このトリオはクラスでやり玉に上げられた。クラスメートの失踪という異常事態に、子どもたちも普通の精神状態ではいられなくなったのかも知れない。

普段から空想癖があり、秘密めかしたことの大好きな彼女たちが「こっくりさん」だの、訳の分からないまじないなどに夢中になっているものだから、彼女たちが魔法の一つもかけて、乾をどうにかしたに違いない、という噂が広がったのだ。三人は、皆の前で「こっくりさん」をやって見せたらしいが、かえってそれが逆効果になった。

「あの三人は、わざと十円玉を自分たちの都合のいいように操作して、乾の居所を分からなくさせようとした」

クラスのリーダー的存在ともいえる、兼井という生徒がまっ先に騒ぎだした。一部始終を見ていた生徒の多くは、家に帰ってからその話を家族に聞かせたようだった。そのうち、乾がいなくなった晩に、三人が夜道を転がるように走っていたという目撃証言が、隣町から帰宅する途中だったという一般人から飛び出した。

少女三人は、乾のことを何か知りながら、隠しているに違いない、という噂が瞬く間に広がった。そして、悪いことに、地元で古くから「霊能者」と言われている老婆が、乾のことを「悪魔の手先に誘われて神隠しに遭った」と言い出したのだ。普段は、ごく限られた人にしか相手にされない老婆の一言を、その時に限って誰もが信じた。そして、三人の少女は「悪魔の手先」とまで言われることになってしまったのだった。

それは、乾が消えてしまった日から数えても、ほんの三、四日の間に起きたことだった。集団のいじめ、仲間外れといっても良かった。ただ、今回は問題が問題なだけに、いじめるというよりも、疑惑の冷たい眼差しが、三人の少女をいたたまれないまでに追いつめてしまっていた。

「隣町のお祭の稽古を見に行っただけだもん」

少女たちは、最初の頃は自分たちに向けられた疑惑に正面から挑むように、そう言い続けた。だが、多勢に無勢では勝ち目がなかった。少女たちが何を言おうと、周囲はその言葉を逆手に取って、彼女たちを追いつめていく。その様は、大人の世界以上に残酷で容赦ないものだった。

おまけに、息子を案じる乾の母親が、泣きながら学校にやってきたことを機に、少女たちは完全に孤立することになってしまった。中には「人殺し」とまで言う子どもが出てきて、藤代は生徒の気持ちを鎮め、平静を取り戻させるために、自分の方が限界になりそうだった。

「私が、おまじないに誘ったのが悪いんです」

「私、本当に、黒いズボンの男の子のこと、見たんです」

「私たち、お祭の稽古を見に行ってただけです。三人でホタルを捕りに行ったら、お囃《はや》子《し》が聞こえてきたから」

今、三人は、嗚咽を洩らしながら、または唇を嚙みしめながら、ただ繰り返すばかりだった。

藤代はため息をつきながら三人の少女を見ているより他に方法が見つからなかった。クラスメートが消えてしまったというだけでも、彼女たちの心は深い傷を受けただろうということは、藤代にも容易に察しがつく。しかも、彼女たちは密かに乾のためにまじないまで続けていたのだという。

「私たちは、他は何も知りません。忘れてるのかも知れないねって相談して、三人で話し合っても、思い出しませんから」

やがて、京極が思い詰めた表情で言った。

「そんなに信じてくれないんだったら、私たちは、どうすればいいんですか」

藤代は、背中を悪寒が駆け上がるのを感じた。半袖のシャツから出ている腕が、奇妙にぞくぞくとした。

「——先生は、おまえたちを信じているさ」

「私たちも、消えちゃえって、言われたんです、さっき」

「学校になんか、来るなって」

「魔女なんだから、皆と一緒に勉強なんかするなって」

「死んじゃえって」

「馬鹿なっ！——大丈夫だ、そんなことを言う連中には、先生がちゃんと注意する」

言いながら、自分の中で何かの自信がぐらつくのを、藤代はどうすることも出来なかった。

「いいな——絶対に馬鹿なことを、考えるんじゃないぞ」

噂は、瞬く間に広がっている。これは、もう学校や家庭だけの問題ではなくなっていた。町中が消えた乾の噂で持ちきりで、それにつれて、少女たちも噂の中心になっていることだろう。

ただ、泣きじゃくりながら並んでいる少女たちを前にしているだけなのに、藤代は、心のどこかで「恐怖」に近い感覚を覚えていた。守ってやらなければと思うのに、奇妙に何かがひっかかるのだ。それに、理由もなく背中を駆け上がった悪寒が、どうにも冷たく、憂鬱な不安になって、藤代の中に澱《おり》のようにたまっていくのが分かる。

藤代は、しばらくの間、黙って少女たちを眺めていた。だが、彼女たちの苦しそうな表情のどこにも、嘘を隠そうとしている感じは見あたらない。特に、理不尽な疑惑に、どんなことをしても立ち向かおうとしているらしい京極梨紗の表情には、ふだん以上に毅然とした、挑戦的なものまで感じられた。

何の前触れもなく、一時に噴出したこの事件は、どこまで広がっていくつもりなのだろう。悪い夢が続いているとしか思えない。

「——辛いだろうが、クラスの連中に言われたことは、忘れるんだ——な？」

藤代は、精一杯の笑顔を浮かべ、三人の肩を一人一人、叩いてやった。簡単に忘れられるはずがないことくらいは、百も承知だった。

3

玄関を開けると、森林の匂いが広がっている。ヒノキのチップとエッセンスを使った、森林浴効果のあるポプリの香りが、留守中も梨紗の部屋を清潔に保っていてくれる。

梨紗は、靴を脱ぐ前に、その場でワンピースに軽くブラシをかけ、それからようやく部屋に上がった。

そのまま、まっすぐにバス・ルームに行くと、まずシャワーを浴びて、全身をくまなく丁寧に洗う。その後、今日一日身につけていたすべてのものと、昨夜使った枕カバーとシーツなどを洗濯機にかけて、掃除機は朝のうちにかけてしまうから、簡単にモップで家具や部屋のあちこちを掃除したところで、ようやく気持ちがすっきりとした。

居間にある籐製のカウチに腰を下ろして、ＣＤのリモコンを操作する。やがて、ラフマニノフのラプソディーが流れ始めた。梨紗は、少しの間、音の波に身を委ねることにした。こうして、慌ただしかった一日を洗い流してしまう時、梨紗はいちばん気持ちの落ち着くのを感じた。

三十分ほどもそうしていて、身体の隅々にまで、すがすがしい空気と自分らしいリズムを取り戻したと感じたところで、ゆっくりと目を開き、ようやく立ち上がる。塵一つないフローリングの床を素足のままで歩いて、夕食の支度にとりかかるのだ。居間とダイニングとの境には、大きな水槽が置かれていて、そこでは優雅にネオンテトラたちが泳いでいる。

「今日は、早く帰れたでしょう?」

梨紗の方など見向きもしない熱帯魚に向かって囁くと、そのまま水槽の周りをぐるりと回って台所に行き、フリーザーから冷凍の鰻《うなぎ》の蒲焼きを取り出した。このところの暑さと、急に慌ただしくなった生活リズムの変化のおかげで多少夏バテ気味だったし、今朝から舌の先に小さな口内炎が出来かかっていた。こんな時には、ビタミンBを補給するに限る。

鍋に水を満たして、そのままビニールにパックされた蒲焼きを入れてから、ガスの火をつける。インスタントの吸物を水で溶いて、はんぺんと干し椎茸《しいたけ》を加えてから、それも火にかけ、トマトとアルファルファを手早く小さな器に盛りつけて、サラダを作る。最後に、電子レンジで温めれば良いだけの、一食分ずつがパックされている白飯を「チン」にセットすれば、それで夕食の支度は完了だった。

その時になって、梨紗は初めて水槽の横に置かれている留守番電話のランプが点滅していることに気づいた。いつもならば、帰宅してすぐに確認する癖がついているのだが、とにかく今日は人の声を聞きたくないと思ったのかも知れない。

「今日、残念だったねえ、一緒に行かれると思ったのに。帰ったら、報告してあげるからね、めぐのことも、ちゃんと見張ってるから」

まな板を洗いながらテープに耳を澄ませていると、まずは亜理子の声が聞こえてきた。

ライブというものが、いったい何時頃から始まるものなのか、梨紗は知らない。けれど、そんなことには何の興味もなかったから、梨紗は亜理子の声を聞いて初めて、今日は哲士のライブの日だということを思い出した。ついでに昨晩のことも思い出して、人知れずため息が洩れる。

——ちゃんと見張る、とは。

昔から、梨紗の誘いを断ったためしのなかった亜理子は、二十三歳になった今も、梨紗に誘われるままに、あっさりと夜のアルバイトを始めてしまうくらいに、無防備で単純なところがあった。けれど、幼い頃には、のほほんとして、何だかぼんやりしていることの多い少女だった気がするのに、最近はやたらと忙しそうで、こまねずみのようにくるくると動いている。

——ライブの報告なんか、いらないのに。

鍋の底に、細かい泡がつき始める。沸騰してから五分待てば良いものならば、水と一緒に沸騰させれば、三分で温まるだろう、というのが梨紗の考え方だった。

「梨紗——」

だが、次のメッセージが流れてきた途端に、梨紗はガスの火を細めようとしていた手を止めて、耳を澄ませた。

「もう電話するまいとは思ったんだが、我慢出来なくなってね——君だって、そうだろう？　君だって、僕に逢いたいと思ってるはずだ。僕の自惚《うぬぼ》れじゃ、ないはずだ——頼む。話を聞いて欲しいんだ。決して、悪いようにはしないから、一度、ゆっくりと僕の話を聞いてくれないか」

梨紗は微かに眉をしかめ、息をひそめながら、電子レンジを「2分」にセットして、スイッチを入れた。

——名乗らないところが、彼の自惚れなのよ。私が覚えていると信じてる。

「会って話せば、誤解は解けるはずなんだ。君は誤解してる」

それは、かつて梨紗のために、このマンションの頭金を払ってくれた男の声だった。彼は、月々のローンも払うと言ってくれていた。梨紗の父親と大して変わらない年齢の、梨紗よりも年上の子どもまでいる男だった。

「無事に、暮らして行けているのか？　社会人として、生活できているのかい？　ああ——君のことだから、僕の家庭のことを気遣ってくれているのは、よく分かってるんだ。だけど、僕たちの間にあったものは、そんなにあっさりと諦められる程度のものだったとは、僕にはどうしても思えない。今だって、いったい誰の仕業なのかと思うと、不思議でならないんだ」

瀬戸物の卸問屋を営む家の二代目社長として育ったその男のおかげで、梨紗は、大学生活の後半の二年半ほどは、決して十分とも言えなかった家からの仕送りにはほとんど手をつけずに生活することが出来た。それどころか、本来ならば、彼からの援助だけでアルバイトなどする必要もなかったのだけれど、それでも、梨紗はせっせとアルバイトを続け、貯蓄に励んだ。

「なあ、ひょっとしたら、居留守を使ってるんじゃないのか？　なあ、本当は、いるんだろう。受話器を取りなさい、話を聞いてくれ！　梨紗！　僕は――」

そこで、テープは切れてしまった。

梨紗は小さく舌打ちをし、早足で居間に行くと、CDをもう一度最初からかけなおした。気持ちを鎮めなければならない。しがらみは大嫌いだった。すべては、もう済んだことなのだ。

――大丈夫。あんなことを言ってたって、彼には何も出来るはずがない。

温まった白飯を小さな丼に移して、その上に、ビニールから取り出した蒲焼きを乗せ、支度の出来たすべてをダイニングから居間の方に運ぶと、梨紗はエアコンのスイッチを切って、半分ほど窓を開けた。待ってましたとばかりに涼やかな風が入って、レースのカーテンを大きく膨らませ、窓辺に置かれた背丈ほどの高さのベンジャミンのつややかな葉を揺らした。

「いただきます」

CDを流したまま、テレビのスイッチも入れて、小さな音でニュースを流し、梨紗は一人の夕食を始めた。夏の盛りというものは、もう陽射しは短くなり始めるものだということに、梨紗は最近になって改めて気づいた。昔は、真夏がいちばん昼間が長いと思っていたのだ。七時を回って、すでに辺りは暗くなっている。梨紗は、ひんやりとした木の床に、コーンの薄い座布団を敷き、そこにぺたりと座って黙々と箸を動かした。

このフローリングの居間は十二畳ほどの広さだった。あとは八畳の寝室、ダイニングキッチンにバス・トイレ、ランドリー・ルームという間取りのマンションは、広さの点では、梨紗を満足させているというわけではなかった。それでも、一人で旨いとも不味いとも考えずに黙々と箸を動かしていると、奇妙にがらんとして感じられる。

CDの音楽も、ニュースを読み上げる声も、はるか彼方で響いていた。こうしていると、梨紗は、自分がひどく長生きしている気持ちになった。

――あの時に飛んだホタルは、私の魂だったのかも知れない。

梨紗は、これまでにも何度も考えたことを、もう一度考えていた。

留守番電話に声を残してあった男の自宅に、彼が浮気をしていると密告したのは、実は梨紗自身だった。二代目社長とはいいながら、創設者である彼の父親はまだ健在で、実権は未だに父親が握っているということを、梨紗は男の口からそれとなく聞き出していた。未だに父親に頭の上がらない息子が、自分の子どもよりも年下の愛人を囲っているなどということが分かれば、彼の立場がどういうものになるか、梨紗はずいぶん長い間計算し、あらゆる可能性を考えて、男の父親にあてて密告をしたのだ。

あれは、一世一代の大芝居だった。梨紗は今でもその時のことを考える度に、心臓が高鳴るのを感じる。突然、見知らぬ老人に訪ねて来られて、まるで事情が分からないという表情で、とりあえずは泣いて謝るという芝居を、梨紗はかなり上手にやって見せたと思う。そして、結果的には、男と別れることを条件に、男の父親が残りのローンを払う約束を取りつけた。

——時が、流れたのよ。

簡単な夕食を終え、食器を片づけると、洗い上がった洗濯物を干してから、今度はバスタブに湯を満たす。ぬるめの湯にゆっくりと浸っていると、梨紗は自分の中に薄い緑色の静寂が徐々に広がっていくのを感じた。夜は音もなく流れ、土用に入っているとも思えないほどに清涼に感じられる空気は、透明に梨紗を包み込んでいた。

こういう時間を過ごすのが、梨紗は好きだった。それから、洗いたてのバスローブに袖を通して居間に戻り、ボトルとグラスを手に、お気に入りのカウチに腰掛けて、大きく深呼吸をする。アルバイトもなく、他に誰にも会う必要のない夜は本当に貴重だった。この部屋で、一人でゆっくりと過ごせる時間こそが、梨紗にとっては必要不可欠な、なによりも好きな時間だった。

二、三口のアルマニャックをすすりながら、CDに耳を傾け、読みかけの本を読んでいると、梨紗は再び留守番電話のことを思い出した。心の奥が、ほんの少し波立たないといえば、嘘になる。だが、こうしていると、亜理子のことも恵美のことも、ましてや昔かかわった男たちのことなど、自分とはまるで無縁の世界の存在という気になる。

梨紗は、ハード・カバーの重い本をぱたりと閉じると、傍の丸いテーブルを引き寄せた。その上には、若草色の文様が描かれている、白い箱が乗っている。アンティーク・ショップで見つけたタロット・カードは神秘的な図柄を見せて、今夜も梨紗の質問を待っていた。梨紗は、一度目を閉じ、気持ちを集中させると、カードを手に取って、ゆっくりとシャッフルし始める。

——明日は、どんな一日になるの。

慌てないために、自分のペースを乱されないために、梨紗はいつでも、少しでも先のことを見通したいと思う。マンションを買った時も、男の父親に密告の電話を入れた時も、梨紗は常にカードの予言に従ってきた。

――教えて。私の明日は、何が起こるの。

一度シャッフルしたカードをまとめ始めて、テーブルの上にスプレッドしようとした時、電話が鳴った。

4

肘が痺《しび》れている気がして、腕を振り上げた拍子に、柔らかい感触が自分を包んでいることに気がついた。ぼんやりとした意識の中に、潮騒《しおさい》のように柔らかな、人の話し声が漂いながら流れ込んで来る。

「本当に、あの頃は、どうしてあんなに元気だったのかしらと思うわ」

「そりゃあ、そうよ。引きずるものがなかったんだもの」

「――引きずるって」

哲士は、目を閉じたまま、まだ完全には酔いのさめていない頭で、自分がどこにいるのか考えてみた。痺れた腕をそっと伸ばしてみれば、覚えのない、ひんやりとした木の床の感触があるばかりだ。

「あの――どういうつもりで、そういうこと、言うの」

少し離れたところから聞こえる女たちの声は、徐々に明確に聞き取れるようになり、やがて、哲士は三人の声を聞き分けることが出来るようになってきた。瞼を通して柔らかい光が当たっている。やはり覚えのない、すがすがしい香りが辺りに満ちていた。

「どういうって。うちの店長の口癖。未来しかない子どもは、引きずるものがない分、元気なんだって。大人になって歳《とし》を重ねれば、それだけ過去が積み上がっていくことになるから、そういう過去を引きずって歩く分、疲れるんだって」

――そうか。梨紗の家に来たんだ。

ライブの後、哲士は恵美と亜理子の三人で、しこたまビールを飲んだ。恵美もさることながら、哲士のライブを初めて見た亜理子も、かなり興奮しているようだった。「すごい、本当にすごかったわ」を連発し、亜理子は熱っぽい瞳で哲士を見つめ続けていた。そして酔いが回るうちに、誰が言い出したのか、梨紗を呼ぼうということになったのだ。けれど、電話でいくら誘っても、梨紗は出てくると言わなかったから、酔った勢いも手伝って、哲士たちは半ば強引に梨紗のマンションを訪ねたというわけだった。

「まあね。私には、背負うとか、引きずるとかっていう感覚は、ないんだけどね」

恵美の、ひときわ甲高い声ばかりがはっきりと聞こえてくる。

「強いて言えば、妹が失明した時のショック、くらいかなあ」

「ま、待ってよ。妹さんって――」

「めぐに妹さんなんか、いないでしょう？」

「なぁに、言ってるのよ。私たちより一つ下の妹のこと。ほら、私たちが遊ぶ時、年中泣きながらついてきたじゃない。まあね、妹っていったって、お父さんがよその女に産ませた子だから」

「またぁ、めぐは――」

哲士は、普通のアパートのつもりで押しかけた梨紗の住まいが、想像を遥かに越えて立派なのに、すっかり面食らってしまったことを思い出した。インターホンで梨紗を呼ばなければ、オート・ロックのマンションには一歩も踏み入ることすら出来なかったのだ。土産の缶ビールとジン、シュナップスとつまみなどを提げて、エレベーターを降りる頃には、哲士は悪酔いしそうな気分になっていた。

いくら抱いていても、するりと抜け出してしまいそうな、摑みどころのない梨紗自身のガードの固さを、マンションが象徴しているようにさえ思われた。そして、部屋に通されて、半ば自棄《やけ》みたいに騒いだあと、やたらと眠くなってしまったことまでは覚えている。

「それより、弟さんは元気なの？」

「いやだなぁ、弟なんか、いないよ」

相変わらず、恵美が訳の分からないことを言い出している。哲士も、恵美に妹がいるなどという話は聞いたこともなかったから、またもや彼女がでたらめを言っていることくらいは、すぐに分かった。

「なぁに、あんたたち、私の言うことを信じないわけ？　ちょっと、やめてよ。もうっ、忘れるにもほどがあるよ」

「――そんなこと、言ったって」

「めぐ、いつからそんなに想像力がたくましくなっちゃったのよ」

かちゃり、かちゃりと微かに食器の触れあう音がする。ときどき、グラスの中で氷の触れあう音が涼やかに響く。口調は穏やかなのだが、三人が三人とも、まるで嚙み合っていないのが、こうして聞いているとよく分かった。

「変わったわねえ、めぐも」

「何言ってるのよ。変わったのは、二人の方だってば。なぁに、ひょっとして暗い過去でも、背負ったわけかな？」

「別に、変わってやしないわよ。大人になって、忙しく動いてるっていうだけ」

「まあね、ありんこは、ただ単にのろまだったのが直ったんだから、どうっていうこともないけど。梨紗は、本当に変わったよねえ」

「ただののろまって、ひどい言い方ねぇ。梨紗が変わったのは、確かだけど」

「――自分じゃ、そんなに変わったつもりもないのよ」

男のいない場所で、女同士がどんな会話を繰り広げるものか、哲士は興味半分で、しばらくの間は、起き上がるのを止そうと考えた。亜理子はともかく、梨紗のことを、もっと知りたかった。

「まあ――ほら、うちも、色々あったから」

梨紗の、秋の風みたいな声が、小さく聞こえてくる。哲士は、一人で部屋の片隅にタオルケットをかけられて横になりながら、彼女の細い肩や薄い背中の感触を思い出していた。タオルケットは、洗いたての、花みたいな香りがする。

「昔は、そんなに神経質じゃなかったじゃない」

「それに、もう少しお肉もついてたわね」

「わざと痩せたわけじゃないんだけど」

ひょっとして、このまま哲士が起きなければ、やがて梨紗も諦めて、今夜は泊まらせてやろうと言い出すかも知れない。哲士だけを置いて、あとの二人は帰ってくれれば申し分はないのだけれど、そこまで期待するのは虫が良すぎることくらいは哲士にも分かる。だが、恵美の寝付きの良いことは分かっているし、亜理子もいかにもよく眠りそうな感じだから、そうすれば梨紗と二人きりになるチャンスも巡ってくるかも知れないというものだった。

——そうなれば、俺はまた彼女を抱いて夜を過ごせる。

思わずにやりと笑いそうになって、哲士はもぞもぞと寝返りを打った。

「気持ちよさそうねえ」

「疲れたのよ。何しろ、今夜のステージは、最高にノッてたから」

「そう——残念だったわ。私も行きたかったな」

「そうよ、来ればよかったのに」

「ごめんなさいね、昨日から何だか調子が悪いのよ。夏バテだと思うんだけど」

梨紗の声は、いかにも弱々しくて、本当に体調が悪いみたいに聞こえた。けれど、それが言い訳であることくらいは、哲士がいちばんよく知っている。昨日、哲士の腕の中で言った通り、梨紗は二人に遠慮して来なかっただけのことだ。

「心配な子ねえ。栄養が足りないんじゃないの？」

——誰がいちばんうわてなんだ。

思わず鼻から大きく息を吐き出し、哲士はぼんやりと壁を見つめていた。

亜理子の度胸も大したものだった。恵美の前に現れても、彼女の態度には、これといった変化は見られなかった。急になれなれしくでもされたら面倒だと思っていたのに、彼女はきわめて自然に振るまい、恵美とは常に顔を見合わせて笑いあっていた。

「それにしても、素敵ねえ、この部屋。家賃、幾らくらい、するの？」

「ああ、ここ？　賃貸じゃ、ないのよ」

「あらぁ！　それじゃ、家と一緒じゃない」

またもや恵美がけたたましい声を出し、「やっぱり、マンションは分譲よね」と続けた。

「めぐのところって、マンションだった？」

「なに言ってるのよ、決まってるじゃない。田舎のお父さんたちが、私にアパート暮らしなんか、させると思うの？」

――また始まった。

猫の額どころか、ネズミの額程度の、隣家との小さな隙間にペンペン草の生えている、まるで冴えないボロアパート暮らしの恵美が、どこからそんな見栄を張る気になるのかと思うと、哲士は今更ながらに「ほら吹きめぐ」にうんざりしてくる。

「じゃあ――今度、招待してよ」

「あら、いつでもいらっしゃいよ。天気のいい日なんてね、富士山が見えるのよ。何しろ、マンションの十三階でしょう？　もう、すんごく景色がいいんだから」

恵美の声はますます大きく、甲高くなっていく。喋りながら、時には何かを頰張り、それを酒で飲み下している様子が、見なくても分かる。

ほんの少し前まで、梨紗とも亜理子とも知り合わず、恵美とだけつき合っている時には、それほど感じなかったことだが、最近の哲士には、恵美の一挙手一投足が、がさつで下品なものに感じられて仕方がなかった。賑やかで楽しいと思っていた声は、やたらとうるさいばかりだし、おおらかで伸び伸びとしていると感じたセックスは、芝居がかっていて大味な気がする。何でも大げさに話す癖は、恵美特有の茶目っ気と受け取っていたが、もはや限度を越えている。第一、あの化粧だ。

――何とか、ならねえのかよ。

「めぐって、昔から、そんなに想像力がたくましい子だったかしら」

その時、梨紗の声が聞こえてきて、哲士は再び耳を澄ました。まるで、飾り気のない木綿みたいにさらさらとした声は、高くも低くもなく、こうして聞いていても、繊細で柔らかい。

「あら、あたし、作文得意だったわよ」

「めぐは、ほら、クラスで回覧ノートなんかやると、妙に張り切ったわよね。私の分も書いてもらったこと、あったわ」

「ありんこ、そんなこと頼んでたの」

「回覧ノートねえ、懐かしいねえ」

三人の話題は再び幼い日の思い出話に戻った。

「ほら、三人でおまじないに凝ってたじゃない？　確か、あれのこと、書いたこと、あったよね」

「――そんなこと、あったかしら」

「何よ、梨紗が提案して書いたんじゃなかった？　何年生の時だったか忘れたけど、私たち、魔法使いになりたいなんて書いたような気がするけどな」

恵美は、だいぶ酔っているらしかった。呂律《ろれつ》がまわりにくくなっている。これは、そろそろチャンスかも知れない。このまま酔って眠り込んでくれれば、なし崩し的に梨紗の家で朝を迎えられる。哲士は、祈るような気持ちで恵美が酔いつぶれてくれるのを待った。

「めぐ、その話、哲士さんにしたでしょう」

「何？　魔法使いのこと？」

哲士は梨紗の口から自分の名前が出て、ますます気持ちがたかぶった。

「そうだった？　そんな話、したかなあ」

恵美の声は、もはやとろけそうになっていた。

――眠れ。眠っちまえ。

それきり、部屋は沈黙に包まれた。梨紗か亜理子のどちらかが、「めぐが寝た」というようなことを言ってくれるのを哲士はひたすら待った。

「ねえ、めぐ。そろそろお暇《いとま》しない？　私も眠くなってきちゃったわ」

「あら、そう？　何のお構いもしませんで」

「ちょっとぉ、せっかく面白い話を思い出したところなのに」

「駄目よ。めぐ、明日も仕事でしょう？」

「それに眠たそうじゃない。早く帰って、休んだ方がいいわよ」

それから椅子の音ががたがたとし始めた。哲士は、腹の中で恵美と亜理子にさんざん悪態をつきながら、たった今目覚めたみたいに大きく伸びをした。のっそりと起き上がると、恵美一人が、足をぶらぶらさせながら、まだ椅子に腰掛けていた。

「あ、てっちゃーん、おはよー。帰ろうねえ」

「――本当？」

――こいつ、いっぺん死なねえかな。

大きくあくびをして見せながら、キッチンの方を見れば、梨紗と亜理子とは、しきりに何か囁きあっていた。哲士に気づくと、梨紗はさっと顔をそらし、亜理子は、にんまりと笑みを寄越した。

「おまえさあ」

マンションを出た時には、もう午前二時を回っていた。玄関で哲士たちを見送る梨紗の表情には明らかに疲労の色が見て取れ、無理に作っている愛想笑いは痛々しくさえ見えた。

「ちょっと、図々しすぎるんじゃないの？」

マンションの前で亜理子と手を振って別れた後、タクシーに乗り込むと、哲士は早くもべったりと寄りかかってくる恵美に、憮然とした声で言った。

「いつも、こうしてるじゃない」

恵美は鼻にかかった声で、ますます哲士の腕に絡みついてくる。哲士は、その手を振りほどきたい衝動をこらえながら「違うよ」と言った。

「梨紗ちゃんさ、ずいぶん疲れた顔してたぜ」

「いいの、幼なじみなんだから。大体ねえ、梨紗だってありんこだって、明日は休みなんだって。仕事なのは私一人なんだから」

「でもさ、いくら何でも気の毒じゃないか」

言い終わるか終わらないうちに、哲士は二の腕に鋭い痛みを感じて、思わず「痛てっ」とうめいた。顔をしかめて隣を見れば、薄暗い車内で、恵美の目は異様なほどに光っている。

「てっちゃん、そんなに心配なわけ？　梨紗のことが」

「そうじゃないけどさ」

再び鋭い痛みが走って、今度こそ哲士は恵美の手を振りほどいた。

「やめろって。痛いんだからな、つねるなよ」

思わず語気を荒げると、恵美の目はさらに輝きを増し、じっと哲士を睨んで来る。

「いつからよ」

「何がだよ」

「だから、梨紗とよ。いつからなのよ」

「馬鹿馬鹿しい。みっともないから、やめろって！」

哲士は聞こえよがしに舌打ちをすると、大きくため息をつき、腕組みをして窓の外に目をやった。少しの間、沈黙が流れた。やれやれ、これで少しはおとなしくなってくれるかと思っていると、喉の奥から絞り出すような泣き声が聞こえてきた。

「いくら幼なじみだからって、彼氏まで貸してあげるつもりは、私にはないんだから。私たち、そんな約束はした覚えはないんだからねっ」

それから、恵美は子どものようにわんわんと泣き始めた。ミラー越しに運転手がちらちらとこちらを見ている。哲士は心の底からうんざりしながら、ミラーに向かって苦笑いをして見せ、わずかに汗臭い恵美の頭を抱いて、黙って撫でてやった。

――本当に、いっぺん殺してやりたいよ。ったく。

こんな汗臭い頭は放り出して、あの、心地良い風の吹き抜ける部屋で、さらさらとした感触の木の床の上で、梨紗のことを思い切り抱きたかったと思いながら、哲士は恵美の頭を撫で続けていた。

5

苔のむした築山の陰で息をひそませていると、肩から下げたトランシーバーから声が聞こえてきた。

「敵を発見！　裏の納屋の傍にいる。現在位置を報告せよ、どうぞ」

少女は、黒くて重いトランシーバーを手に取り、教えられた通りにボタンを押すと口もとに近づけた。

「山の陰に隠れてるわ。どうすれば、いいの？」

ボタンを放し、少女はそのまま広い庭を見回した。使われていない家は、どの窓にも雨戸がたてられていて、縁側の下などにも雑草が茂り、踏み石の上に置かれたサンダルも色あせてひからびていた。そこここに、いかにも荒れた雰囲気を漂わせている。

「駄目だよ。最後に『どうぞ』って言うんだってば」

トランシーバーから、再び声が聞こえてきて、少女は急いで「あ、そうか。ごめんね、どうぞ」と返した。

「よし。僕は、通りの方から、目的地に近づく。君は、池の方を回って、敵の背後を突くんだ。どうぞ」

「ええと、了解——どうぞ」

確かに、テレビのドラマなどで、兵隊が「どうぞ」と言っているのは見た覚えがあったけれど、それを、真面目ぶって自分で言うとなると、どうも抵抗がある。だが、少女は自分の耳元で少年の声を聞ける嬉しさに、他のことは我慢しようと思っていた。

築山の陰を抜け出し、石灯籠《いしどうろう》の陰に走る。それから、広い敷地の隅の方に配してある、深い緑色に澱んでいる池に向かって、中腰の姿勢で、辺りに気を配りながら走る。これは、すべて少年から教わった「ポーズ」だった。

「敵は見えたか、どうぞ」

「今、池の傍だけど。いないみたいです、どうぞ」

少女は、重いトランシーバーを抱えたまま、家の陰に隠れた。細かい格子をとりつけてある出窓の陰に隠れ、すっかり乾いてしまっている木の壁に寄りかかる。出窓の下には、いくつかの梯子《はしご》や大工箱のようなものが置かれていて、白く乾いた土には大きな蟻《あり》の巣が掘られていた。

「よし、突撃するぞ！」

ノイズに乗って、トランシーバーからそんな声が聞こえた瞬間、少し離れたところから歓声が聞こえてきた。少女は、声のする方に向かって一気に走り出した。

ちょうど、ありんこが空き缶を拾っているところだった。少し離れたところで、乾くんが嬉しそうに笑っている。

「作戦勝ちだ！」

乾くんは、にこにこと笑って少女を見、細い腕でガッツポーズをして見せた。

「ずるいよ。そっちは、二人で相談してるんでしょう？」

「そりゃあ、そうさ。これが情報戦っていうヤツなんだから。ただの缶蹴りより、スリルがあるだろう？」

少女は、何も答えずに少年とありんこを見比べていた。少年の手には、少女と同じようにトランシーバーがある。この機械を使って、二人だけで話をしたのだと思うと、少女はほんの少しの間でも乾くんを独占した気分になることが出来た。

「私だけ――仲間外れみたい」

ありんこが口を尖らせて言うと、けれど乾くんの顔からは得意そうな笑みが消え、淋しそうな顔になった。

「――そうだね。ごめん」

少年は小さな声でつぶやき、トランシーバーのアンテナを機械の中に押し戻してしまった。少女も、素直に真似をした。少し残念な気がしたけれど、わざとらしいセリフや「どうぞ」から解放されるのはありがたかった。

「それにしても、立派な家だね」

少女は、話題を変えるつもりで、家を見上げてため息をついて見せた。自分だけが渡されていなかったトランシーバーがしまわれたのを確認すると、ありんこもほっとした表情になって、辺りを見回し始める。

「ずっと、使ってないの？」

乾くんも、古い家を見上げながら「うん」と答えた。

「おじさんたちが戻ってくるまでは、このまんまだよ」

「いつアメリカから帰ってくるの？」

「知らない」

乾くんは、少し考える顔になると、「そうだ」とつぶやいた。

「探検しよう。中にも入ってさ」

「だって、入れないよ」

少女が答えると、乾くんはにっこりと笑って「ちょっと待ってて」と走り出した。半ズボンから出ている白くて細い足が、軽やかに土を蹴って行く。茶色い髪が陽の光を受けて跳ね、後ろからでも前髪がなびいているのが分かった。

「探検だって」

ありんこが、少しだけ困った顔でつぶやいた。

「本当は男の子同士で、こういう遊びをしたいんだね」

少女も、それは感じていた。トランシーバーは一人では使えない。自分が「どうぞ」と言ったら「どうぞ」と返してくる相手が必要なのだ。

「もうちょっと、続けてあげればよかったかな」

ありんこは、まだ憂鬱そうな顔をしている。彼女も乾くんに気を遣っているらしいことは、少女にもよく分かった。梨紗はともかくとして、少女も、ありんこも、走り回るのはあまり好きではなかった。

「こういう遊びは梨紗もいる時がいいんだよ」

少女の言葉に、ありんこはしきりとうなずく。

「法事ってなに？」

「よく知らない。前に死んだ人にお経あげたりするんだって、梨紗は言ってた」

「前に死んだ人？　梨紗の家、前に誰か死んだっけ？」

ありんこは不思議そうな顔で言った。少女も、梨紗の家で誰かが死んだということは記憶になかったから、首を傾げて見せた。その時、乾くんがぱたぱたと戻ってきた。

「あったあった」

その手には、色のあせたリボンをつけられた鍵が握られていた。

「前にさ、隠してあったところがあるんだ。やっぱり、そのまんまになってた」

乾くんは得意そうに笑って、「探検しよう」と息を弾ませた。少女とありんこは、おとなしく少年の後に従うことにした。

こうして、少女たちが乾くんと遊んでいることは、誰にも内緒にしなければならないことだった。もしも誰かに知られれば、乾くんは「女とばっかり遊んでる」とからかわれることになるし、少女たちも「乾のことが好きなんだ」とはやし立てられ、いじめられることになるかも知れない。女子の中には、乾くんの密かなファンも多いから、少女たちはクラスの皆を敵に回す可能性があった。

「玄関の横にさ、ヨーロッパの鎧《よろい》みたいなのがあるんだぜ」

乾くんは、嬉しそうに言う。少女は何だか気味が悪いなと思いながらも、乾くんと遊べるのは嬉しかったから、「すごぉい」と相づちを打って笑って見せた。横を向くと、三人の中でいちばん背の低い乾くんの、頭のてっぺんのつむじがよく見えた。その頭の向こうに、ありんこの奇妙に真面目そうな顔があった。

最初は、乾くんが一人で帰る道の途中で、少女たちが待ち伏せをした。乾くん本人に、おまじないの成果が出ているかどうか聞いてみようということになったのだ。乾くんは、半ズボンのポケットに両手を突っ込んで、小石を蹴りながら、一人でとぼとぼと歩いてきた。そして、梨紗が声をかけた途端、警戒心を丸出しにした顔になった。けれど、三人で丁寧に話をすると、乾くんは最初はきょとんとしていたが、やがて「ありがとう」とにっこりと笑った。それは、少女たちが、本当に久しぶりに見た乾くんの、本当に感じの良い笑顔だった。それ以来、少女たちはクラスの連中には絶対に内緒で、放課後に乾くんと遊ぶようになったのだ。

「何だか、悪いことをしてるみたい」

玄関から入ると、中はひんやりとして、湿った黴《かび》の匂いがした。

「悪くないよ。僕のおじさんの家なんだから」

泥棒ではないのだから、少女たちは少し相談した後で、やはり玄関で靴を脱ぎ、そっと家の中に入っていった。

「薄暗いね」

「お化け屋敷みたい」

乾くんの家も大きくて立派だったけれど、本家にあたるおじさんの家は、本当に大きくて古い、家というよりお屋敷だった。乾くんが言った通り、玄関脇には西洋の騎士が身につけるような鎧があった。槍を持って立っている姿は、日本の鎧甲《よろいかぶと》とはまた違った気味の悪さがあった。

「中は、結構洋風なんだ」

外から見た時には気づかなかったが、鎧甲の後ろには、小さなステンドグラスの窓があった。そこから射し込む外の光が、辺りを不思議な色に柔らかく染めていた。少女は、梨紗に今日のことを話して聞かせたら、さぞかし悔しがるだろうと思った。

「昔はね、この奥にお手伝いさんの部屋があったんだ。僕も少し覚えてるけど、階段から落ちて、足をくじいたお手伝いさんがいて、奥の部屋で、一人で歌を歌ってたことがあった」

乾くんはまだ変声期を迎えていなくて、少年のままの細くて高い声だった。少女は、ひし形の小さなガラスをはめ込まれた、淡いグリーンに塗られているドアを見つめていた。中から、女の人の歌う声が聞こえてくるような気がした。

「あ、これ、僕のだ。こんなところにあった」

広い応接間に行くと、古い大きなステレオの上に、飛行機のおもちゃが置かれていた。

乾くんは、それを手に取ると嬉しそうに眺めた。

「二年生くらいの時に、買ってもらったヤツなんだぜ。いつの間にかなくなって、探してたんだ」

トランシーバーとか飛行機とか、やはり男の子はそういうものが好きなのかと思うと、少女はつくづく自分たちと乾くんの違いを感じた。

「ここは、時が止まってる世界なのね」

ありんこは、シャンデリアの下がる室内を眺めまわしながら、うっとりとした声を出す。白く塗られた壁と天井の境あたりには、茶色いシミが浮いていた。

「ここ、いつ頃建てたの？」

「建てたのは、大正の初めの頃だっていってたな」

「大正！」

「大昔じゃない！」

少年は、おもちゃの飛行機を元の場所にそっと戻した。そして、室内をぐるぐると歩き回り、ほうっと深呼吸をする。

「この空気は、三年前の空気だよ」

「大正の頃の空気も残ってるかな」

「あるかもな。押入の中とか、開けないところには残ってるかも知れない」

少女はありんこと顔を見合わせ、どちらからともなく、大きくうなずきあった。まるで、幽霊でも出てきそうな世界は、少女たちの大好きな世界だった。恐いけれど、でも一度くらいは見てみたいと、梨紗も交えて三人でいつも話しているのだ。

「おまじないをするには、もってこいの場所じゃない？」

ありんこが、瞳を輝かせて言った。

「ここなら、乾くんの先祖も守ってくれてるはずだもの。きっと、最高の方法が見つかるわよ」

「今度、梨紗にそう言おうよ」

少女もうなずいて答えた。これだけ熱心におまじないを続けているのに、効き目がないのは何かの理由があるのに違いなかった。だから、最近の少女たちは、少しの間おまじないを中断して、新しい方法を探そうということになっていた。けれど、本当は、乾くんと直接遊ぶようになったから、おまじないなどしている暇がなくなってきたのだということには、少女たちの誰も気づいていなかった。

「ここ、また入れる？」

「そりゃあ、大丈夫だよ」

「決まり！　今度は梨紗も誘って、ここで方法を考えようよ」

少女たちがうなずきあっているのを、乾くんは、くすぐったそうな、不思議そうな顔で見つめていた。乾くんのためにおまじないをしているのに、乾くん本人は、あまり関心がないらしいことは、少女たちにも分かっていた。それでも乾くんが少女たちの言うことをきくのは、本当にいじめられるのが辛いからに違いなかった。

打ち合わせた通り、マンションの前で恵美たちと別れた亜理子は、そのまま梨紗の部屋に戻ってきた。

6

このまま、夜明けまで三人に居座られたのではたまらない、という気持ちもあったし、哲士がいるところで、話題がおかしな方向に行くのもいやだったから、梨紗としては、亜理子が「そろそろお暇《いとま》しましょう」と言い出してくれた時には、心からほっとした。ところが、食器を片づけながら、亜理子は「やっぱり問題あるわよ、めぐ」と囁きかけてきたのだ。ここに来てからの会話にも、引っかかる部分があるし、ここへ来る前のことで報告したいこともある、とにかく少し相談する必要があると言われて、梨紗はしかたなく亜理子を泊める決心をした。結局、一人でタロット・カードを繰りながら過ごす週末の夢は消し飛んでしまった。

「悪いけど、ちょっと電話貸してくれる？」

戻ってくるなり亜理子はそう言い、続けざまに電話をかけ始めた。梨紗は汚れた食器を洗いながら、何気なく亜理子の電話に耳を澄ませていた。一本目は、自宅にかけて留守番電話に入れられたメッセージを聞いたらしい。二本目は彼氏とおぼしき相手に「心配しないで」などという外泊の報告をして、ついでに明日のデートの待ち合わせの場所を変更した。そして今は、また違う男に電話をして、さっきから延々と話している。

「きっとよ。約束ね」

この夜更けにたっぷり十分も、甘えた声で笑ったり、鼻にかかった声で駄々をこねたりして、亜理子は最後にそう言って電話を切った。今度のアルバイトの日に同伴をしてくれと頼んでいたらしいが、会話の内容からすると、ある程度のつき合いの男らしいことは容易に察しがついた。

「やっと同伴が取れるわ。ついでにボトルも入れさせちゃおうっと」

亜理子は嬉しそうに笑った。

「こんな時に、ありんこって、よく来週のことが考えられるわね」

「だって、生活がかかってるもの。大体ね、今の人には、こっちから電話出来ることって少ないんだから。ラッキーだったわ」

梨紗は水の切れた食器を丁寧に拭きながら、小首を傾げて亜理子を見た。亜理子は、わずかに肩をすくめて見せると、にやりと笑った。

「奥さんも子どももいるのに、自宅には電話出来ないじゃない？　たまたま今夜は出張で、よそに泊まってるから、やっと電話出来たの。まあ、時間が時間だから、ぶつぶつ言ってたけど」

「よそ？」

梨紗は、澄ました顔で「盛岡に」と言う亜理子を呆れる思いで見た。いくら深夜だって、そんな長距離の電話をかければ相応の電話料金がかかるに決まっているのに、亜理子は「サンキューね」と言ったきりで、電話代のことは何も言わない。

「その前に電話した人が、彼氏なんでしょう？」

「まあね。彼は、私のバイトのことなんか、知らないもの」

亜理子はそう言うと、一人でくすくすと笑っている。あの愚図でのろまだった亜理子が、複数の男性を手玉に取るようになったかと思うと、梨紗は感心する以上に感慨深い気持ちになった。

「それにしても、こんな素敵な部屋に住んでるなんて、知らなかった。リッチねえ」

亜理子は居間を歩きまわり、梨紗のお気に入りのカウチにどすん、と腰掛けると、大きく伸びをしている。

――それと電話代は別なんだからね、もう。

梨紗は、最後の食器も棚にしまいこんでしまうと、小さくため息をついた。

「あそこのバイトだけで、こういう部屋に住めるとは思えないけどなぁ」

案の定、亜理子の瞳には猜疑《さいぎ》の色がちらちらと見え隠れしている。

「ここだけはね、家が倒産する前に、親が買っておいてくれたのよ」

「何だ、援助してくれる人がいるんじゃないの？」

「まさか」

自分の力で手に入れたものを、親のお陰だと言わなければならない矛盾を不快にも情けなくも感じながら、梨紗は台所の電気を消して自分も居間に戻った。

「じゃあ、まあ、そういうことにしておこうか。お互い、子どもじゃないんだものね」

亜理子は意味あり気に笑うと、改めて室内を見回している。

——いやな子。

梨紗は一瞬、亜理子が中年の嫌みな女になったみたいに感じた。ずっと会っていなかった相手なのだし、たとえ「ウナ・ルナ」でのアルバイトを始めたといっても、それほどの日数がたっているわけではなかったのに、亜理子は確かに変わったと思う。だが、ひょっとすると亜理子にはああいう水が合っているのかも知れないとも思われた。ほんの短い間に、妙な落ち着きやしなの作り方を身につけてしまうところは、才能とでも言うべきかも知れなかった。

梨紗は、さっき一人で味わっていたCDを取り替えて、今度はバッハの無伴奏チェロ組曲をかけた。夜の闇に溶け込むように、チェロの深い音色が広がっていく。

「何だか、陰気な曲ねえ」

亜理子はつまらなそうに言うと「私の方は、頭の中が、まだガンガンしてるって感じだわ」と続けた。

「ふだん、こういうの聴いてるんだ」

本当はカウチに座りたかったのに、亜理子は一向に動こうとしないから、梨紗はしかたなく、いつもはクッション置き場と化している、やはり籐で出来ているロッキング・チェアーに腰掛けた。

「だったら、今夜みたいなのは向いてないわよね。もう、ギンギンのロックだもの」

亜理子の言葉に、梨紗は柔らかく微笑むと、ゆっくりと椅子を揺らしながら、両手を前に差し出して、伸びをした。やはり全身がだるい。出来ることならば、このまますぐに清潔なシーツの間にもぐりこんでしまいたかった。

「上手だった？」

「上手も下手もないわ。ああいうのって、ノリで聴くところ、あるじゃない？　狭い場所にぎっちり人が入るから、とにかくすごい熱気だしね。でも、この前スタジオで聞かせてもらったのよりは、よかったわよ」

つまりは、梨紗がスタジオを訪ねた時に判断した通り、そう上手とは言えない、ということだ。あの時、興奮している恵美の横顔を眺め、哲士を含めてのバンドの連中の様子を眺めながら、梨紗は集団自己満足の塊みたいな印象を受けたものだ。

「それにしても、慌てたわ。急に押しかけて来るんだもの」

梨紗は、顎を突き出して煙草に火をつけている亜理子を恨めし気に眺めた。梨紗の家には灰皿はなかったから、使っていない絵皿を灰皿用に渡してある。その絵皿を、タロット用のテーブルの上に置いて、亜理子は火をつけたばかりの煙草の先で、皿の絵柄をなぞった。

「仕方がなかったのよ。もう、めぐは完璧に酔っぱらって、手がつけられないくらいにはしゃいじゃってるし、哲士さんだって『よし、行こうぜ！』なんて言って、すっかり調子に乗っちゃってるんだもの」

大して反省している様子もなく、亜理子はすぼめた唇から吐き出される煙草の煙が、カーテンを揺らして入ってくる風に揺らいで流されるのを眺めていた。

自分の方にかかってさえこなければ、梨紗も煙草の煙そのものは、そう嫌いではない。チェロの音色と煙草の煙は、互いに絡み合って不思議な味わいを持たせていた。ふと、少し前にもやはりこの曲を聴きながら、夜更けに煙草をくゆらせていた男がいたことを思い出して、梨紗は今の今まで、そんな男の存在すら忘れていたことに驚いた。それは、ほんの短い間つきあっただけの、単身赴任で上京している男だった。

——そういちいち覚えてはいられない。時は流れてるんだから。

「でも、これだけ立派な部屋なんだから、突然訪ねて来られたって、いいじゃない。私のアパートなんか、電話をもらったとしたって、入れてなんかあげられないもの」

亜理子はつまらなそうに言うと、ふうっと煙草の煙を吐き出す。梨紗だって、以前住んでいたアパートならば、亜理子と同じだっただろうと言おうとして、その言葉を呑み込んだ。親に買ってもらったマンションがありながら、そんな安アパートに住んでいた過去があるということは矛盾する。亜理子は気づいてしまっているのかも知れないが、一応梨紗の説明に納得して見せてくれているのだから、その線は守るべきだ。

——一つの嘘は、人を寡黙にするか、または必要以上に饒舌《じょうぜつ》にする。

これまでにも何度も考えた言葉が浮かんで、梨紗は一人でため息をついた。

7

彼らが来る前に、一度片づけたアルマニャックとグラスを持ってくると、梨紗は、二つの小さなグラスに酒を満たした。亜理子は、既にずいぶん飲んでいるはずだったが、この時間になって、それまでの酔いはすっかりさめているようだった。

梨紗が「ねえ」と言う間、亜理子はほんの少しグラスを傾けると「美味しいわね」と笑った。

「あのマンションの話、本当だと思う？」

亜理子は、「何ていうお酒？」などと言いかけていた顔を即座にしかめて「まさか」と吐き捨てるように言った。それから、脇に置いてあったバッグに手を伸ばし、梨紗も見慣れてしまったピンクの手帳を取り出す。

「そんなはずないわよ。住所、知らなかったっけ？」

忙しくページを繰り、亜理子はふんと鼻を鳴らした。

「『第二みすず荘』なんていう高層マンションがあると思う？　何が、十三階、何が富士山なのよ。この部屋を見せられて、とっさに見栄を張りたくなったのよ」

梨紗は、憂鬱そうな表情を変えないまま、小さくため息をついた。

梨紗が、この部屋を手に入れるためにどれほどの努力を要したか、恵美などには想像もつかないことだろう。それなのに、梨紗がやっとの思いで手に入れたよりも高級なものを、あの恵美が簡単に手にしているとしたら、梨紗は悔しさで眠れなくなったかも知れない。けれど、亜理子の言葉を聞いて、梨紗はようやく少し安心した。今日の恵美の発言の中で、梨紗をもっとも動揺させたのが、実はその一言だったのだ。

「どうして、ああも見え透いたことを言うのかしらね。今度、本当にアパートに押しかけてやろうか」

梨紗がくすくすと笑う間も、亜理子はまだ憮然とした表情で、今度は勢い良くグラスを傾ける。その顔には疲労の色はまるで見えなかった。都会とはいえ、街の大半が深い眠りについている、こんな時刻になっても、彼女はまったく元気そうだった。梨紗が「眠くない？」と聞くと、亜理子は「全然」と首を振って「平気。起きてる方が好きだから」と続けた。

「大体ね、失明した妹がいるなんて、とんでもないことまで言い出すんだもの。弟さんが聞いたら、怒るわよね」

そして、話題は再び恵美のことに戻った。

「冗談にもほどがあるわよ。あの調子で私たちのことを攪乱《かくらん》しようとしてるのよ」

亜理子は、宙をにらみながらきっぱりと言ってのけた。梨紗は、一旦力を抜いてしまった身体を起こすのもだるくて、首だけを斜めに傾けて、亜理子を見ていた。

「それで、てっちゃん——哲士さんに話したって、本当なの？」

梨紗も、身体は疲れていたけれど、神経はぴりぴりとしていた。

「——らしいわ」

「梨紗、いつそんなことを聞いたの？」

梨紗はグラスを傾けて、芳醇《ほうじゅん》な酒の香りを楽しんでいるふりをしながら、やはりそこを聞かれたかと思った。

「昨日ね、彼から電話をもらったのよ。今日のライブに来ないかって」

「ふうん——」

亜理子は何か言おうとして口を閉ざし、そのまま考える顔をしている。梨紗は、こういう時には口数は少ない方が良いと知っているから、それ以上の説明はしないことにした。ただ、ゆっくりとグラスを揺らしながら「申し訳ないけど、私はロックは駄目なのにね」と言った。

「それで、何て？」

「小さい頃、哲士さんに似てる男の子に魔法をかけて遊んだそうだねって」

「そんなこと、言ったの！」

亜理子は眉をつり上げ、ほとんど立ち上がりそうになった。

「それで、哲士さんは？」

「笑ってたわ。『小さい魔女が三人か』、とか何とか言ってたと思うけど」

亜理子は、「魔女ねえ」とつぶやくと、それきり宙を見据えたまま、口をつぐんでしまった。

「やっぱり、あの子、危ないわ――」

ずいぶん長い沈黙の後で、亜理子はおもむろに背筋を伸ばし、鼻から大きく息を吐き出した後で口を開いた。

「完全に約束違反よ。それを、あんな風にとぼけるなんて、どうかしてる。今日、ここに来る前だって、そうだったんだから」

「今日、めぐ、何か言ったの？」

梨紗は、重たく感じられる頭を首に力を入れてやっと立て直すと、亜理子が口を開くのを待った。亜理子は、また大きく一つ深呼吸をして、短くなった煙草を絵皿にこすりつけた。

「――急によ。急に、『乾くんてアメリカに行った親戚がいたよね』って」

全身を薄い膜のように包んでいた眠気が、ぱちんと弾けて取れた気がした。梨紗は、出来るだけ大きく目を見開いて、亜理子の顔を見つめた。亜理子は、その梨紗の表情をうかがうようにして、それからせかせかと次の煙草を取り出す。けれど、すぐには火をつけなくて、ただ指の間に挟んでいるだけだった。

「てっちゃん――哲士さんもね、アメリカ、行ってたんだって。中学の時まで」

頭の中がめまぐるしく動き出そうとする。けれど、まずは亜理子の話を最後まで聞く必要があった。だから何だというのだ、という思いは、当然のことながら梨紗の表情に表れているはずだったが、梨紗は黙って亜理子の顔を見つめ続けていた。

「『似てるわけよね、従兄弟《いとこ》なら』って、そう言うのよ、めぐ」

そんなはずがないということは、梨紗は百も承知している。もしもそうならば、哲士が黙っているはずがないのだ。だが、もしも、という思いもあった。もしも、それが本当ならば――。もしも、恵美と哲士とが何かを企んで、相談の上で言っていることだとしたら――。もしも、哲士が従兄弟なのだとしたら。

「――従兄弟なの？」

梨紗は震えそうになりながら、やっとそれだけを聞いた。こんな話はしてはいけない、こんな話題は駄目だと思うのに、大きな渦が自分たちを巻き込み、少しずつ引き込んでいく。そこから逃げるわけにもいかなくなっている。亜理子は大きくかぶりを振って、それから煙草に火をつけた。

「――全然。てっちゃんの田舎は福井よ。中村に住んでたことなんかないし、親戚もいないって――めぐがいない時に、聞いたことあるのよ、私」

梨紗は、そこでようやく大きく息を吐き出した。「てっちゃんの田舎は福井」というひと言に、亜理子と哲士の関係が匂う。何度も言い直してはいるが、亜理子にとっては、哲士は既に「てっちゃん」になっているのだ。哲士は否定していたが、梨紗の勘は当たっていたということだ。

「でも彼ね、普段、めぐの話はあんまり真剣に聞いてないみたいなのよね。しょっちゅう夢みたいなことを言ってるから、何が本当で何が嘘なのか、いちいち考えるのは面倒だって」

それはつい昨日、梨紗も哲士から聞いたことだ。けれど、初めて聞いたみたいに、ゆっくりとうなずいて見せることは忘れなかった。

「だいたい、それほど長いつき合いじゃないのよ、あの二人。もともとは、めぐがてっちゃんたちのバンドのおっかけだったんだって」

それは梨紗には初耳だった。

「おっかけ、ねえ」

梨紗は、自分の生活とは無縁とも思える言葉を聞かされて、改めて恵美との距離の隔たりを感じた。しょせんは単なる幼なじみ、それ以降の生活は、あまりにも違っているということだ。

「哲士さんは、それ以上は知らないと思う？」

「たぶん——。私も、いつか聞いてみたことあるのよ。『カミカクシって知ってる？』って鎌かけてみたけど、『何、それ』って」

本来ならば、こういう話はもっと声をひそめ、そっと囁きあうべきものかも知れなかった。けれど、距離があいているおかげで、梨紗は必要以上に神経を尖らせることも、感情を高ぶらせることもなかった。それは亜理子も同じらしく、おそらく生まれて初めて、こんなに落ち着いた気持ちで、この話題に取り組んでいるのを、半ば楽しんでいるようにさえ見えた。

頭の中で、ホタルの飛ぶ光景が浮かぶ。暑く、風のない夜、ホタルは幻のように闇の中を漂った。

「でも、時間の問題っていう気もするわね。少なくとも、あの子の名前まで出してるわけだし」

梨紗は床を微かに蹴り、椅子を揺らした。フローリングの床に傷がつかないように、椅子の足の部分にはタオルを巻いてあるから、籐のきしむ音だけが、微かに響いた。亜理子は、ぼんやりと揺れる梨紗を見守っていたが、やがて、ぽつりとつぶやいた。

「めぐ、私に言ったのよ。小さい時には、何でも三人で分けたよねって。手柄も失敗も、何でも」

「――――」

梨紗は、黙って椅子を揺らしていた。手柄を分けてやったのは、主に梨紗だった。そして、失敗を分けあうことがあれば、その原因を作ったのは大抵恵美か亜理子だったではないか。居残りで当番をさせられたり、漢字の練習を二百回書かされたり、朝早く登校してグラウンドをマラソンさせられたり、それらを全部、梨紗は文句も言わずつき合ってやっていた。

「その後、めぐ、言ったわ」

「――なんて？」

「『乾くんは、分けられなかったけど』って」

「何よ、それ！」

思わず小さく叫んで、梨紗は椅子から身を乗り出した。亜理子は、おびえたような表情で、黙って梨紗を見つめている。

「――どういうつもりで、そんなことを言うの？」

梨紗の声はチェロの音色に乗って、亜理子の耳元に届くまでに、大変な時間がかかる気がした。

「分からないわ。ただ、そう言ったの」

亜理子の声も空気に溶けて、風のように梨紗のもとに届いた。ベンジャミンのつややかな葉は、窓からの風に細かく揺れ続けている。

「あの子の名前は出さない約束よ」

「名前だけじゃないわ。全部よ、全部！」

梨紗は、ふと幼い頃に読んだ「雪女」の話を思い出していた。美しい女房をもらい、子どもにも恵まれて幸福に暮らしていた男は、ある冬の夜に雪女との約束を破ってしまった。もう何年も昔の話だから、良いだろうと思ったのだ。

――ダレニモ話シテハイケナイト言ッタデハアリマセンカ。

その瞬間、美しい女房は雪女に変わり、泣きながら去ってしまう。本当ならば命を奪うところだが、子どもが哀れで、それは出来ないと言い残して。

――アナタハ、トウトウ約束ヲ破ッテシマイマシタ。モウオ傍ニハイラレマセン。

約束には、時効などありはしないのだ。一度交わした約束は、守られなければならない。それを、梨紗はほんの数か月前まで信じてきた。いや、亜理子だって、恵美だって、守り続けていると信じていた。

「やっぱり、約束そのものを忘れてるっていうことかしら」

「――あそこまでとぼけられたら分からないけど。とにかく、危ないわよ、あの子」

亜理子は思い詰めた表情でつぶやいた。梨紗は、椅子から身を乗り出したまま、膝の上で両手を組み、自分の裸足の足元を見つめていた。思わず、足元がぐらぐらと崩れていく幻想を抱いてしまう。今、踏んでいる床の下で生活する人、その下の住人、そのまた下の住人の床までも突き抜けて、自分がすとんすとんと落ちていく気がした。

「駄目よ――そんなの、絶対に!」

梨紗は声を押し殺したまま、それでも鋭く言った。

「そうよ、まずいわ。この約束だけは、忘れてもらっちゃ困るのよ」

亜理子も真剣な表情でうなずいている。ぐいとグラスを干すと、肩で大きく息をした。

だが、もしも――もしも、本当に恵美があの約束を忘れているのだとしたら、わざわざ思い出させることは、ほとんど墓穴を掘るようなものかも知れない。いや、忘れているはずがない。全てを忘れているとしたら、何故、今ごろになって亜理子や梨紗に連絡を寄越したのかが分からないではないか。

「――あの子、わざと哲士さんを私たちに紹介したんじゃないかしら」

梨紗は、そっとつぶやいてから、ゆっくりと顎を上げた。亜理子の表情はますます強ばり、まるで目をそらすのが恐ろしいかのように、ひたすら梨紗を見つめていた。

「確かに彼は——似てると思うわ。似てるから、あの子は彼に近づいたのかも知れない。そして、それから私たちを探したのかも知れないのよ」

「何のために？」

「——分からないけど」

梨紗はようやく背筋を伸ばして、元のように椅子の背に寄りかかった。再び、籐の椅子は緩やかに揺れた。

「——復讐、だったりして」

亜理子がふいにつぶやいた。梨紗は今度こそ本当に二の腕を震えがかけ上がるのを感じた。

「私たちに？　何を復讐しようっていうの？　私たちが、めぐに復讐されなきゃならないようなことがある？　それとも哲士さんが、本当に従兄弟だとでもいうの？」

梨紗は、柄にもなく自分が感情的になってしまいそうになるのを、もはやどうすることも出来なかった。ぞくぞくと悪寒が走る。心の奥底にずっと封じ込めていたあの頃の思い出が、ばらばらに砕けたステンドグラスのように自分の中で弾ける。

「めぐはね、いつも文句言ってたわ。仲良し、仲良しって言ってるけど、梨紗はいつでもいちばん美味しいところを持っていっちゃう――」

「そんな！　そんなこと、ないわ！」

けれど、亜理子は梨紗を半ば責めるような、ふてぶてしいほどに落ち着いた表情で言葉を続けた。

「だけど、あの子のことにしたって、梨紗がいない時には、めぐの方が私なんかよりもずっと近づいては、いたのよ。缶蹴りをするんだって、大抵私がオニをやらされてた。私、結構仲間外れの気分だった」

「――」

「それが、梨紗が加わってるときには、あの子も脇役に回っちゃうわけよ。梨紗は、私たちの中ではいちばん背が低くて、あの子――今さら、いいわよね？――乾くんとは、お似合いに見えたわ」

思い出すまいとしてきた風景の破片が、少しずつ寄せ集まって何かの形を作ろうとする。梨紗は、胸を締めつけられるような気分で、何とかその景色を見るまいとした。

「だって、私たち、約束したじゃない。独り占めはやめようねって。あの子は――乾くんは、私たち皆で守ってあげるんだからって――」

「でも、めぐは、いつもライバル意識を持ってたみたいよ。私は、皆が言うように、のんびりしてたし、あの頃はまだ『好き』とか『きらい』とかっていうのが、あんまりぴんと来てなかったけど、めぐは、そうじゃなかったのよ」

そうだったかも知れないと、梨紗は思った。甘えん坊で愚図な亜理子は、梨紗と恵美が密かに散らしていた火花などにはまるで気づいていなかったのかも知れない。けれど、梨紗自身だって、あの当時は本気で恵美と張り合うつもりなど、まるで持ってはいなかったのだ。ただ、三人の中では、自分がいちばん大切にされるべきだと思っていたし、彼にいちばん近い存在でいたいと思っていたし、自分こそが、彼にいちばんふさわしい相手だと思っていた。

「——めぐ、あなたと彼のこと、疑ってるわよ」

「彼？」

「だから。てっちゃん」

梨紗は、椅子の背にもたれて、ゆっくりとした揺れに身をまかせながら窓辺のカーテンを眺めていたがその言葉に亜理子の方を見た。

「——私は構わないわ。ありんこのためには、その方がカモフラージュ出来るんじゃない？」

亜理子の表情がぱっと動いて、それから瞬く間に頰が染まった。梨紗は、内心でやっぱりとつぶやきながら、出来るだけさりげなさを装って、再び揺れるカーテンへ視線を戻した。

「——遊びよ。私には、れっきとした彼氏がいるんだから。それに、一回だけよ、今のところ」

少しして、亜理子の弁解がましい声が聞こえてきた。梨紗は、カーテンを見つめながら、「いいのよ、そんなことはどうでも」と答えた。さすがの梨紗でも、すぐに亜理子の顔を正面から見る勇気はなかった。もしかしたら、目の奥にでも、唇の端にでも、ちらりと本心が出てしまっていたら困る。

——同じじゃないの、まるっきり。

「ねえ、言わないでよ。お願いだから」

亜理子は哀願する口調にさえなって、ひっそりと言った。梨紗は、カーテンを見つめたまま、あらかじめ笑顔を作っておいて、それから出来るだけ落ち着いた様子で首を動かした。

「だから、私をカモフラージュに使えばいいのよ、ね？　あの子が私を疑っている間は、ありんこからは注意がそれてるはずでしょう？　こういうことは、なるようにしかならないわ――でも、めぐは、私にはありんこと彼との仲は怪しいって、何度か電話で言ってるのよね」

――つまり、お互いにカモフラージュしあうっていうことだわ。勿論、ありんこは無意識のうちに、だけど。

「だったら、最初から私たちに紹介なんかしなければよかったじゃない？　そんなにあれこれ心配しなきゃならないんだったら」

亜理子は急に挑戦的な口調になって、苛立ったような声を上げる。

「だから、それがめぐの作戦なのかも知れないのよ。わざと、そうしてるのかも知れないじゃない」

「作戦――」

亜理子の顔からはなかなか不安の色が消えなかった。けれど、梨紗の表情がいつもと変わらないことを確認すると、やがて、少しずつ諦めたような、開き直りとも取れる落ち着きを取り戻していった。

――人の物を欲しがるのは、悪いこと。

梨紗は幼い頃から、よく母にそう言われて叱られた。人形でも、新しい学用品でも、梨紗はすぐに人の持ち物を欲しがる癖があった。一旦、手に入れてしまえば、それは途端に魅力を失って、色あせて見えると分かっているのに、何度でも人のものを欲しがった。

梨紗は、再び椅子を揺らしながらカーテンを見ていた。亜理子と梨紗との間に、恵美の知らない秘密が増えていく。だが、考えてみれば、幼い頃からそうだったのだ。仲良しの三人組には、実は三人共通の秘密というのは少なかった。いつも、誰か一人が弾き出されて、他の二人の間で交わされる秘密の方が多かった。

「梨紗は、本当に何でもないの？　てっちゃんとは――」

「私、貧乏な男は嫌いだもの」

「そう――じゃあ、そこが違うのね。子どもの頃とは」

亜理子は肩をすくめると「私も、貧乏はいやだけどね」と笑った。

「いっそのこと、逢わなければよかったのよね、私たち」

梨紗は、ひっそりとつぶやいた。ふいに一羽のカラスが、窓よりも下の方を鳴きながら飛んでいくのが聞こえた。もうすぐ朝になる。亜理子は情けない顔でこちらを見ていたが、やがてうなずいたのか、うつむいただけか分からない姿勢になって、がっくりとカウチに寄りかかった。

「あの子、どこかに行ってくれないかしら」

「駄目よ。今更、あの子がどこに行こうとも、私たちの不安は消えないもの」

「じゃあ、どうすればいいと思う？」

再び、カラスの声がする。この辺りはカラスの通り道になっているのかも知れない。いつも夜明け近くになると、多い時には、かなりの数のカラスの声がするのだ。窓を閉め切っていれば、それほど気にはならないのだが、今夜はとうとう窓を開けたままで一晩過ごしてしまったから、朝の餌を探して飛び立つカラスの声は、容赦なく室内に満ちていた雰囲気を壊していく。

「このままだと、あの子は、どこに行っても私たちを不安にさせる――」

梨紗は、ぎし、ぎしと椅子を揺らしながら、少しずつ白んで来た窓の外を眺め、歌うようにつぶやいた。夜明けのグレーの空の色を見るのは、久しぶりだ。

「消えちゃえば、いいのにね」

ふいに亜理子がつぶやいた。ぎし、ぎし、という椅子の音が、急に大きく聞こえた気がした。

8

そこは、いつも町を見下ろす丘から、さらに山の方へ入ったところにある雑木林の中だった。一見すると薄暗い森に見えるのだが、松や杉の立ち並ぶ林を抜けて、もう少し踏み込んで行くと、急にぽっかりと明るい世界が開けた。

ブナやケヤキの木が多いその一帯には、緑色のつややかな葉を通して、陽の光が柔らかくちりばめられていた。あまり太くはないが、背の高い木々は、のびのびと枝を広げて、丘の上から見れば、ふつうの森にしか見えないのに、中に入ると地上は意外なほど広々としており、木々の枝葉は天然の天井のようだった。ぽっかりと開けている空間の中央あたりに大きな切り株が一つあって、その周囲にはコケがグリーンのカーペットみたいに広がっていたり、ヤブレガサと教えられた、不思議な姿の植物が生えていた。ホタルブクロやアキノノゲシが咲き乱れ、木漏れ日がスポットライトのようにところどころを照らしていた。

「本当に大丈夫かな」

二人の少女は、各々の家から持ってきた小さなシャベルで、さっきから懸命に穴を掘っていた。

「軽いいたずらだもん。大丈夫だよ。怪我しないように、底にたっぷり枯れ葉を敷いておけばいいよ」

土は思ったよりも固くて、色々な根が張っていたから、少女たちの作業はなかなかはかどらなかった。既に膝丈くらいまでは掘ったが、少女たちは、全身が隠れるくらいの深さにしようと最初に相談していた。

さわさわと木々が揺れて、上空には涼しげな風が吹き渡っていると知らせている。時折、見たこともないきれいな蛾《が》が、音もたてずに不思議なくらいに静かに舞い飛んで、少女たちに近づいて来た。二人は汗まみれになりながら、せっせと穴を掘り続けた。

「おーい」

ふいに松林の方から、高く澄んだ声がした。少女たちはシャベルを握った手を止めて表情を輝かせ、その声の方を見た。

「おーい」

「こっち、こっち！」

二人は顔を見合わせて、それから大きな声で返事をした。やがて、倒れている太い木の幹を乗り越えて、乾くんが現れた。肩に大人の使う大きなスコップを担いで、乾くんはにこにこと笑いながらやってきた。

「おじさんちの、持ってきた」

乾くんは、穴の中の少女を見ると、得意そうにスコップを下ろし、掘り返された土の山にぐさりとさして見せた。

「これで、早いよ」

「そうだね。じゃあ、交代で、それで掘ろう」

少女は乾くんは来ないのだろうかと、本当は心の中でがっかりしていた時だったから、余計に嬉しくなって、穴から飛び出した。

「めぐ、びっくりするよね」

「するする。泣くかも知れないね」

少女たちは、再びそう言って、笑いあった。

「少し、休んでていいよ。まずは、僕が手本を見せるから」

乾くんは男らしくそう言うと、大人の真似をして、両手にぺっぺっと唾を吐きかけてスコップを握り、穴にぽんと飛び降りた。二人の少女は、汗を拭いながら、しばらく乾くんの仕事ぶりを見守ることにした。

「ああ、こんなに虫にくわれちゃった」

ありんこが、膝の裏や二の腕の内側を見ながら、悲しそうに言う。虫に刺されているのは少女も同じだった。

「あ、ほら」

すると、地面にスコップを斜めに差し込み、それに足をかけてぐいぐいと押していた乾くんが、思い出したように半ズボンのポケットから小さな瓶を取り出して、少女に向かって投げた。

「あ、キンカン」

「気がきくぅ！」

少女たちは歓声を上げて、「くさぁい！」「しみるぅ！」と騒ぎながらキンカンをあちこちに塗った。その間も、乾くんはせっせと穴を掘っている。白い顔が瞬く間に赤くなって、顎から汗がぽたぽたと滴になって落ち始めた。少女の目から見ても、乾くんの穴の掘り方は、決して上手とは言えなかった。けれど、それでも小さなシャベルでこちょこちょと掘るよりはずっと早い。

「疲れたら、交代するよ」

少女たちは切り株に腰掛けて、乾くんを見守っていた。ゆでダコみたいに真っ赤になりながらも、乾くんは「まだまだ、平気だよ」と答える。考えてみれば、乾くんが病気をしたのは、もう一年以上も前のことなのだ。相変わらず色が白くて、何となく弱々しく見えないこともないけれど、それでも身体は健康に違いなかった。

「作戦を練らなきゃね」

やがて少女は、ぼんやりと木々の緑を見上げているありんこに言った。

「作戦？」

「そうだよ。どうやって、めぐに穴の上を通らせるか。参謀会議」

「何だか最近、戦争ごっこみたいな言葉が増えてきたね」

ありんこに言われて、少女は思わず肩をすくめて笑ってしまった。そういえば、乾くんと遊ぶようになってから、「作戦」とか「攻撃」とか、そんな言葉をよく使うようになった。何しろ、乾くんはそういう遊びが好きなのだ。少女は、乾くんが大切にしている戦闘機のプラモデルを見せてもらってから、夏休みには自分でも作ってみようかと思っているくらいだった。

「参謀会議だったら、僕も加わるから、ちょっと待ってよ」

腕で汗を拭いながら、乾くんが慌てた顔を向ける。少女は、にっこりと笑うと切り株から立ち上がり、「交代するよ」と言った。

「思ったより、土が固いね」

「そうでしょう」

「手が真っ赤だ。かゆいや」

乾くんは、そう言いながら少女にスコップを手渡した。たった今まで乾くんが握っていたスコップを渡されて、少女は何だか嬉しくて恥ずかしかった。

「梨紗が疲れたら、私が代わるからね」

ありんこが、申し訳なさそうな顔でこちらを見る。梨紗は、せっせと穴を掘り始めた。実際に自分でやってみると、乾くんよりも上手に掘れる気がした。

「作戦実行は、来週の土曜日？」

穴の傍に立って、梨紗の作業を見守っていた乾くんが言った。

「あ、来週の土曜日は、私、駄目だ」

少女は、急に顔を上げて手を休めた。

「その日、法事があるんだよ」

「法事？」

「家の用事？」

乾くんとありんこの両方に聞かれて、少女は口を尖らせてうなずいた。「おじいちゃんの法事」というのが、少女自身にも、どうもぴんと来ないのだ。おじいちゃんなら、今も高松でぴんぴんしているのに、そして、少女にとっては、そのおじいちゃんこそが、おじいちゃんのはずなのに、もう一人、少女が生まれるずっと前に死んでしまったおじいちゃんがいると言われても、理屈では理解できても、どうも納得がいかない。ただ、本家に行くと、大きな仏壇の上にかけられた額の中から、ぼんやりとこちらを見ているように見える人が、少女のお父さんのお父さんだということだった。その人は高松のおじいちゃんよりもずっと若くて、あまり幸せそうに見えなかった。

「授業が終わったら、すぐに帰って来なさいって言われてるの」

少女は、再びスコップを動かしながら言った。それから、少し考えて、すぐにまた手を休めた。

「私がいない間に、このことをめぐに言ったら駄目なんだからね」

穴の傍に立っていた乾くんと、切り株の上のありんこを見ると、二人は少しだけきょとんとした顔をしたが、それでもすぐに、神妙にうなずいた。

「これは、めぐをびっくりさせるための作戦なんだから。三人の秘密だからね」

「分かった」

「了解」

「約束ね」

そこで、少女は穴の中から乾くんに向かって小指を差し出した。乾くんは、少し照れた顔をしたけれど、おとなしく自分の小指をからませてきた。ありんこが慌てて走ってきて、自分の小指もそこに絡める。

「きった！」

「鍵しめた！」

「鍵のんだ！」

三人は勢いよく腕を振ると、ぱっと手を放してにっこりと笑いあった。少女は、小指に残った乾くんの指の感触を味わいながら、再び穴を掘り始めた。

本当は、来週の土曜日のことを考えると、憂鬱だった。自分がいない間に、ありんことめぐは乾くんと何をして遊ぶのか、どんな話をするのか、少女の陰口など叩かないかと思うと、不安でたまらなくなる。

――でも、乾くんだって、本当は残念だと思ってるはず。

何しろ、めぐもありんこも、飛んだり跳ねたりする遊びは、実はあまり好きではない。だから、乾くんがやりたいという遊びに積極的に賛成するのは、いつも少女だった。少女が「うん、やろう」と言えば、あとの二人はおとなしく従うだけのことだった。その少女がいなければ、乾くんだってつまらないに違いない。

せっせと穴を掘りながら、少女は乾くんが「やっぱり梨紗がいないとつまらないな」と言う姿を想像して、独りでにやにや笑ってしまった。そして、ふと顔を上げれば、いつの間にか乾くんは傍を離れていて、ありんこと何かの草を摘んで遊んでいた。

「ありんこ、タッチ！」

少女は何か考えるよりも前に、思わず大きな声を出していた。小さな紫色のアザミを手に、乾くんと笑いながら話していたありんこは、驚いた顔で振り返ると、小走りに近付いてきた。

「疲れた？」

「手が痛くなっちゃった」

少女は、自分の中でほんの一瞬、ありんこに対して「憎らしい」という感情がわき起こったことに驚き、それを恥ずかしく思いながら、「じゃあ、タッチね」と張りきった顔をしているありんこにスコップを渡した。

「結構、たいへんだなぁ」

乾くんも近づいてきて、だいぶ深くなった穴を見下ろしている。

「悪戯《いたずら》も楽じゃないね」

「悪戯じゃないよ、作戦だもん！」

少女は穴から出ながら、泥がついてすっかり汚れてしまった手でスカートをぱんぱん、とはたいた。ありんこは「うんしょ」とか「よいっ」とか言いながら、懸命に穴を掘り始めている。少女は何だか急にありんこの顔を見たくないと思った。

「今のうちに、底に敷く枯れ葉を集めておこうか。それと、穴をふさぐ小枝も」

「よし、行こう」

少女は、乾くんの返事を聞くとすぐに走りだした。穴の中からありんこが何か言ったみたいだったけれど、聞きたいとは思わなかった。

夕暮れ近くなって、巨大な落とし穴は完成した。まずは底にたっぷりと枯れ葉を敷き詰めて、三人で順番に飛び降りてみた。

「結構、気持ちいいね」

「これだけ深いと、びっくりするね」

「でも、怪我はしないよね」

最初はまん丸にするつもりだったのに、いつの間にか穴は小判形になってしまっていた。少女は、穴にぽんと飛び降りると、底にぺたりと座ってみた。何となくひんやりとしていて、途中の壁には、切断された根っこがあちこちから飛び出している。見上げれば、夕暮れ前の優しい水色になっている空が、高い高い木々の枝葉の間から見えた。

「何だか、落ち着くな」

少女は、穴の縁から顔を出している乾くんとありんこに向かって言った。二人はにこにこと笑いながら少女を見守っている。梢を渡る風の音がして、乾くんの髪が揺れた。穴の中には風は入って来なかった。

「さて、じゃあ、穴をふさごう。これが、結構難しいんだ」

「苔のついてる土を乗せるんでしょう？」

「それがいちばん目立たないからね」

少女は、「うんしょ」と言いながら穴からはい上がり、乾くんがあらかじめ図に書いて説明してくれたように小枝を草のつるで十字に縛っていった。乗ったら簡単に折れなければならないけれど、土の重みで折れるのは困る。それは、考えていたよりも難しい問題だ。

「他の人が落ちたりしない？」

「秘密の場所なんだから、他の人なんか、これまでに来たこと、ないじゃない」

「ウサギとかタヌキが落ちてたら、面白いね」

三人はそんな話をしながら笑いあった。この穴に落ちる時の、めぐの驚いた顔と声が思い描かれて、ついつい笑ってしまう。きっとめぐのことだから、大げさな悲鳴を上げて、それから膨れ面になって怒るだろう。けれど、少女たちが笑っているのを見れば、自分もすぐにつられて機嫌を直すに違いなかった。

「落とし穴作ったのなんか、初めて」

ありんこも、うきうきとした顔で言った。

「作ったことはあるけどさ、こんなに大がかりなのは初めてだ。前に、庭に小さいの作って、お母さんが片足突っ込んで、うんと叱られた。洗濯物ぶちまけちゃって、全部洗い直ししなきゃならなくなって」

乾くんの話を聞いて、少女たちは、また笑った。乾くんのお母さんは色が白くて面長の、「お母さん」というよりも「女の人」という雰囲気の綺麗な人だった。いつだったか、ＰＴＡの集まりの時に、あんまり綺麗な人がいるものだから子どもたちは全員で驚いたのを覚えている。誰かが「乾のおふくろだ」と言っているのを聞いて、感心したものだった。あんなに綺麗なお母さんが、洗濯物をぶちまけて落とし穴に片足を突っ込んでいる様というものが、どうにも想像できなかったけれど、それは、面白い景色だっただろうと少女は思った。

「これだけ大きい穴だと、何回も使えそうだね」

「でも、これは秘密の場所なんだから。いろんな人に教えるわけにいかないよ」

注意深く穴をふさぎながら、少女たちは相談しあった。言葉も出ないくらいに熱心に、そっと枯れ葉を乗せたり苔のついた土を乗せている乾くんの横顔を眺めながら、少女は、こういう日がずっと続けばいいのにと思った。

「あんまり先にならないように、しようね」

ぽつんと、ありんこが言った。

「雨が降ったら、まずいかも知れないしね」

乾くんは、苔の表面をそっとなぞりながら答えた。少女も、出来るだけ早く「作戦」を実行したいと思っていたから、ありんこに向かって「うん」とうなずいた。

「今度の土曜日が駄目でも、なるべく、早くね」

ありんこは、もう一度念を押すように言った。彼女にしては珍しく、何かに急いでいるみたいな感じがして、少女はありんこの顔を見つめた。今さっきまで、三人でにこにこと笑いあっていたのに、ありんこの表情はすっと曇って、彼女は小さな声で「あのね」と言った。

「私、転校するの」

「え――」

「どこに？」

思わず手を休めて、少女と乾くんはありんこを見つめた。ありんこは、泣き笑いみたいな顔をして「山口だって」と答えた。

「いつ？　すぐ？」

「――二学期が始まる前。お母さんは、夏休みは、こっちにいてもいいって」

たった今、このまま時が止まれば良いのにと思ったばかりだったのに、少女は裏切られたみたいな気分になって、そのまま黙ってしまった。さっき、ありんこの顔なんか見たくないと思ったことを、心の底から悔やんだ。

9

二杯目のジンを飲み干したところで、肩をぽんと叩かれた。

「珍しいわね、てっちゃんの方から連絡をくれるなんて」

隣に腰掛けた亜理子は、アルマニャックなんか注文すると、さっそく煙草を取り出して火を点けている。以前はマイルドセブンだったはずだが、ふと見ると、細巻の長い煙草に変わっていた。

「煙草、かえたの」

「あら、気がついた？　案外、細かいんだ」

亜理子は、ふうっと煙を吐き出すと、にっこりと笑って流し目を送ってくる。

「急に逢いたいなんて言うんだもの、私、他の約束、キャンセルしてきたのよ」

哲士は「ごめん」とつぶやきながら、バーテンダーにグラスを掲げて見せ、無言で三杯目を注文すると、前のめりになるくらいに深々とカウンターに肘をついた。

「謝ることなんか、ないけどさ。で、何かあった？　今日はバンドの練習日だったんじゃないの？」

亜理子は、自分の前に置かれた小さなクリスタルのグラスを、ちん、といわせて哲士の前のグラスに当てると、澄ました横顔でグラスを傾ける。

「バンドどころじゃ、ねえんだよ」

哲士は力の抜けた声で答えた。我ながら、情けないほどの声しか出ないと思ったが、仕方がなかった。「どうして？」という亜理子の声さえも白々しく聞こえる。

「俺――バンドやめなきゃならないかも知れない」

哲士は、運ばれてきたジンを一口含むと、ため息と一緒にやっとつぶやいた。

「どうして？」

「めぐがさ、そうしろって――」

亜理子は、「だって」と小さな目を精一杯に見開いている。哲士は顔を歪《ゆが》め、亜理子が続きを言おうとするのを手で制した。亜理子の言おうとしていることは分かっている。恵美はバンドをやっている哲士に惚れたのではなかったか。その恵美が、そんなことを言うはずがないではないか。恵美は、一番のファンではなかったのか。大体、ロックに命をかけていると明言していた哲士が、何を言われたのかは知らないが、そうも簡単にやめられるものなのか。

「事情がさ、変わってさ」

「何の？　めぐの？　てっちゃんの？」

亜理子は苛立った表情を見せ、煙草を乱暴にもみ消した。哲士は少しの間、恨めしい気分で亜理子の手元を見つめていたが、やがて深々とため息をついた。

「――出来たんだと」

こんなへまは、生まれて初めてのことだった。これまでどんな女の子と遊んでも、相手をはらませるようなドジな真似は一度だってしなかったのだ。それが、よりによって、この関係もそろそろ終わりにしようと思っていた矢先に、出来たというのだ。

「出来たって――本当？」

「だからさ、この際結婚してくれって」

「めぐが、そう言うの？」

亜理子は、最初呆気に取られた表情をしていたが、やがてその目には軽蔑の色が浮かび、口元には皮肉っぽい、笑みとも歪みとも分からないものが現れた。

「あの子の、得意のアレじゃないの？」

「それが、今度に限って、本当みたいなんだ。気持ちが悪いとか言ってさ、病院に行ったっていうんだから」

哲士は、何度ついてもつきたりないほどにため息を繰り返し、頭を抱えてしまった。これで人生は終わりだという気がする。自分が親父になるなどと、これまでに一度たりとも考えたことはなかった。することをすれば、そういう結果も「有り得る」とは知っているけれど、そういう事態が自分の身に降りかかってくるなどとは、思ってみたこともなかったのだ。

「——どうするの」

「どうしようもねえだろうが。本人は産むって言ってるんだから」

「責任を取るっていうこと？」

「——だから」

「結婚するの？　バンドをやめて、めぐと？」

「だから!」

思わず、その辺にあるものを投げつけたくなる。こんなみっともないことは、友人の誰にも言うわけにいかなかった。スマートに遊んでいることで定評のある哲士が、よりによって女をはらませて、その結果、家庭を築かなければならなくなったなどということをバンドの連中が知ったら、物笑いの種だ。その上、バンドを抜けるとでも言い出せば、それこそ彼は「裏切り者」と呼ばれる可能性だってある。

「あいつを、諦めさせる方法はないかと思ってさ——亜理子とか梨紗ちゃんは、俺よりもあいつに詳しいんだから」

「冗談言わないで。幼なじみだっていうだけよ。最近のあの子のことは、てっちゃんの方がずっと知ってるはずでしょう?」

哲士は頭を両手で抱えたまま、呻くように「そうだけどさ」と言うのがやっとだった。

昨日、その話を恵美から聞かされてからというもの、哲士の頭の中では「破滅」「おしまい」「絶望」などという言葉ばかりがぐるぐると渦巻き続けている。本当は梨紗に連絡をしたかったのだが、彼女ならば、ただ淋しそうな顔で「おめでとう」などと言うだけに違いないと思ったから、しかたなく亜理子を呼び出したのだ。嬉しいどころか、自分としては災難以外の何ものでもない気持ちでいるのに、あの梨紗に「幸せにしてあげてね」などと言われたら、哲士はそれこそ逃げ場所がなくなってしまう。

「まいったよな──ったく。まいった」

あまりの情けなさに、亜理子の顔をまともに見る勇気も出なかった。亜理子はゆっくりとグラスを傾けながら、ひたすら黙って何かを考えている。その指には、小さな石が薄暗いライトの中でもきらきらと光っていた。

「そりゃあ、俺にも責任のあることだから、その責任を取れって言われたら、それまでなんだけどさ。しょうがないんだけどな」

言い訳がましく一人でぶつぶつと言っている自分の姿が、バーのカウンターの正面にある、ブロンズのミラーにぼんやりと映っている。情けない、いじましい姿だった。自慢の髪型さえ、何だかぺたりとしていてみっともなく見える。それに反して隣の亜理子は、片肘をカウンターについたまま、微動だにせずに同じ姿勢を保っている。白地に赤い小さな水玉の飛んでいるワンピースは、彼女をいつもよりあか抜けて綺麗に見せていた。手にしたグラスを見つめる表情には毅然とした雰囲気さえ漂い、哲士がこれまでに見たことのある亜理子とはひと味違うという気がする。

「似合うな、それ」

思わず言うと、亜理子はその時だけ嬉しそうに「そう？　おろしたてよ」と笑った。

「せっかく、てっちゃんの方から連絡くれたと思って、お洒落してきたの」

「ああ、いいよ。すごく」

――ああ、駄目だ。口説いてる場合じゃないんだ。

哲士は、急いで頭を振った。出来ることならば、何かの冗談であって欲しい。こうしていれば、世界は何も変わっていないのだ。それなのに、この世の中に、あの恵美の腹に、新しい生命が宿っているという。知らないと言うつもりはないが、それでも哲士の知らないうちに、勝手に生命になりやがって、勝手に成長している奴がいるなんて、気持ちの悪い話だった。

「あのね」

どのくらいの時間、そうしていたか分からないくらいにぼんやりとしてしまっていると、ふいに亜理子が口を開いた。哲士は力の出ないままで、どろりとした目を亜理子に向けた。

「あなたは、産んで欲しくないのよね」

哲士は、注意深く、ほんの少し顎を引いて見せただけだった。亜理子が何を言おうとしているのかが分からない限り、はっきりとうなずいて見せる勇気もなかった。

女というものは、子どもに関しては別人になるものだと、以前誰かに聞いたのだ。あなたってひどい人ね。血も涙もないの。責任をとるのが本当よ——たとえば、そんなことを矢継ぎ早に言われたら、それこそ哲士は今日この場で、死刑の宣告を言い渡されるようなものだ。

「でも、めぐは産む気になってるのよね」

恵美が自分の女房になって、暑苦しい素顔を見せ、妙に所帯じみて、下手をすると一生まとわりついてくる姿を想像して、哲士はますます気分が沈んでいった。恵美一人だってうんざりするには十分なのに、おまけにガキまでいたら、哲士は生活に追われ、年中神経を苛立たせて、瞬く間に疲れ果ててしまうだろう、音楽への情熱も、若さも、全てすり減らされて、簡単にボロ雑巾のようになってしまうに違いない。

「要は——」

だが、亜理子の声は何の感情も含んでおらず、これまでの彼女とは別人のように落ち着いている。哲士は、自分の無力さに打ちひしがれたまま、汗をかいたグラスを弄《もてあそ》んでいた。

「めぐが、いなくなってくれれば、いいのよね」

「——」

哲士は一瞬、亜理子の言葉の意味が分からなくてぼんやりとしていた。

「そりゃあ、あいつがどっか行ってくれれば、どんなに楽かと思うよ。だけど、あいつが一人で、子どもを産んで育てるなんて、とても言うとは思えないしさ――結局、どこに行ったたって、俺はあいつと子どもに縛りつけられることになるんだよな」

亜理子は、ちらりと哲士を見て、それからグラスに残っていた高い酒をぐいと飲み干すと、「電話をかけてくるわ」と立ち上がった。いつになくきっぱりとした表情で、哲士の顔をひたと見つめると、一瞬視線をそらして何かを考え、再び哲士を見つめる。

「本気で、思ってるんでしょうね。あの子が、いなくなってくれればいいって」

「めぐが、どっかに行ってくれる方法でも、あるの」

「とにかく、電話をかけてくるわ。お酒、飲み終えておいて」

亜理子はてきぱきと指図をすると、くるりときびすを返して、店の入り口近くに置かれている公衆電話に向かった。

――めぐが、どっかに行ってくれる。

もしも、それがかなったら、どんなに身軽になることだろう。哲士は、解放された自分の姿を想像して、少しの間うっとりとした。きんきん声を聞くこともなく、べたべたと付きまとわれることもなく、自由気ままになれたら、どんなに楽しいことだろう。ああ、そのためならば、多少の犠牲は厭《いと》うまい。もしも身軽になれたら、今度からは少しは心を入れ換えて、清く正しく生活しよう。

——梨紗に、ふさわしい男にでも、なるか。

哲士は、電話にカードを差し込んでいる亜理子の後ろ姿を見守りながら、残りのジンを一息に飲み干した。とにかく、亜理子が何かを考えてくれているらしい、という意外な事実が、一時の気分だけでも、哲士を絶望の淵から救い出してくれそうだった。

店を出ると、亜理子は哲士よりも数歩先を歩き、迷うことなく車道に出て手を上げ、タクシーを止めた。時刻は八時を過ぎたばかりで、街にはまだ仕事帰りのサラリーマンやOLが溢れている。いくら飲んでも酔えないと思っていたのに、哲士は、何だかぼんやりとしてしまって、ただ素直に亜理子に従うばかりだった。まだまだ電車のある時刻に、いかにも当然というようにタクシーを止める亜理子の姿は、おろしたてという服のせいもあるかも知れない、何だか見知らぬ女のように見えた。

「どこへ?」

走り出した車の中で、哲士は煙草を取り出しながら聞いた。亜理子は、にやりと笑って「いいところ」と答える。まさか、こんな時にホテルにでも行くのではないだろうと思いながら、哲士は半ば諦め気味に煙草に火をともした。丸一日も恵美のことを考え続けて、頭はすっかり疲れてしまっていた。これ以上は、何を考えるのも面倒だ。

「まずは、作戦会議よ」

「作戦会議？」

「そう。あの子をどうするか。ちゃんと作戦を立てなきゃ」

揺れるタクシーの中で、亜理子は再び笑みを浮かべ、そっと哲士の腕に自分の手を絡ませてきた。哲士は一瞬ぞくっとして、反射的に亜理子の手から腕を振り解《ほど》き、それから弁解がましく、今度は自分から亜理子の肩に手を回した。亜理子は、いとも簡単に哲士の肩に頭をもたせかけると「大丈夫よ」と囁いた。哲士はため息をつきながら、窓の外を流れる町並みを眺めていた。

——お礼奉公。

ふと、そんな言葉が浮かんでくる。

「あれ、ここ——」

ところが、タクシーを降りた瞬間、哲士は再び亜理子の肩に回そうとしていた手を慌てて引っ込めた。亜理子は、妙に落ち着いた表情でマンションの入り口にあるインターホンを押すと「着いたわ」という。

つい十日ほど前、酔った勢いで押しかけてしまった、そこは梨紗のマンションに違いなかった。あれから、哲士は毎日のように梨紗に電話している。けれど、彼女は常にそっけなく「忙しいの」と言うばかりだった。「逢いたい」と言っても「無理よ」と言われ、「行ってもいいか」と聞いても「駄目よ、いけないわ」などと断られた。その梨紗のもとに、こともあろうに亜理子に連れられて、のこのこと出向いた自分が、この上もなく滑稽で不格好に思えて、哲士は思わず亜理子を恨みたくなった。

「二人より三人の知恵よ。私たちは、こうしていつでも皆で問題を解決してきたの」

亜理子はエレベーターの中でそう言うと、素早く哲士の首に手を回して、唇を押しつけてきた。混乱しかかった頭で、哲士は亜理子の吸う煙草の匂いを感じていた。

「さっき、めぐから電話をもらったわ」

玄関に出てきた梨紗は、今日は白地に淡いブルーや紫の花が咲き乱れているプリント地の、ノースリーブのワンピースを着ていた。その表情はいつもと同じように静かで、ほんの少しの淋しさをたたえている。哲士は、満足な挨拶も出来ず、その顔を正面から見つめることも出来なかった。四角い襟ぐりからは、哲士の大好きな白い肌と鎖骨が浮いて見えて、丸い小さな肩もむき出しになっている。「どうぞ」と言われ、先に奥に消えようとする背中は、大きく布がクロスしていて、その隙間から、いつかベッドの中でみつけたホクロがのぞいていた。

「ほら、早く」

背後から亜理子に急かされて、急に泣き出したいような気分になりながら、哲士は森みたいな匂いのする玄関でスニーカーを脱いだ。

水の中のふたつの月

1

町は、どこもかしこも火事みたいに真っ赤に染まっていた。まるで赤いセロファンを透かして見る景色のようだと思いながら、少女たちは少しの間黙って歩き続けていた。

「また叱られるよ、こんな時間になっちゃって」

めぐがふいに情けない声を出した。

「早く帰って、弟の面倒みろって言われてたのに」

それは、めぐの口癖だった。いつだって、遊んでいる最中には言わないくせに、帰り際になると、そういうことを言い出すのだ。

「いいよ、私たちのせいにして」

梨紗は、いつもより幾分沈んだ声で言った。少女も、一応めぐの方を見て「うん、いいよ」とだけ言った。

「でも、ノートも何も持ってないから、宿題やってたって言っても信じてもらえないよね。ああ、どうしよう」

少女は、いつもほど真剣に、めぐの言い訳を考えてあげる気になれなくて、一人で「どうしよう」を繰り返すめぐを無視するような形で、梨紗と並んで黙々と歩いた。

「そうだ。三人で夏休みの共同研究の打ち合わせをしてたっていうことにしようかな」

「ああ、そうしなよ」

「それがいいよ」

「よかったぁ。勉強してたって言えば、怒らないんだ、うちの親」

めぐは急に晴れ晴れとした声で言った。「共同研究」なんて、どうして思いつけるのだろうと、少女はいつものことながら、めぐの思いつきの良さに驚いてしまった。

「じゃあね、また明日ね」

やがて、一つの曲がり角に差し掛かると、めぐは少女たちに手を振った。少女も梨紗も、何となくおざなりに「ばいばい」と手を振り、ほんの少しの間だけ、赤い風景の中を歩いていく友だちの背中を見送った。小さなコウモリが忙しく飛び回っているのが、赤い景色の中の黒い点みたいに、あちこちに見える。

めぐは帰ったから、少女は本当は、梨紗にいつ例の作戦を決行するのか聞きたかった。もうすぐ夏休みに入ってしまう。昨晩、少女の父は引っ越しを早めることは出来ないものかと母と話していた。少女は「いや」を連発したものの、両親の困った顔を前に、心の中では諦めなければならないかも知れないと覚悟をした。「お父さんの仕事の都合なんだから」と言われてしまえば、それ以上のことは言えないのだ。もしも引っ越しが早まってしまったら、少女はせっかく苦労して作った落とし穴が役に立つところを見損なうことになってしまう。

「あ——」

「何とか、しなきゃね」

だが、少女が間合いをはかって口を開きかけた時に、隣を歩いていた梨紗が、いつになく思い詰めた表情で、ため息と一緒にぽつりとつぶやいた。

「何とか——って？」

「このままだと、乾くんはそのうち死んじゃうかも知れない」

「死んじゃうの？」

「そういう人のこと、本に出てたこと、あったじゃない」

梨紗の言葉に、少女は思わず身震いをした。

「乾くん、可哀相」

少女もつぶやいた。やはり、落とし穴作戦の話など、している場合ではない。お父さんには、夏休みの間はどうしても引っ越したくないと言えば良い。せめて、八月の下旬までは皆と過ごしたいと言えば、小学生最後の夏休みのことを、少女の両親は考えてくれるはずだった。

「乾くん、信じたかな」

「信じたんじゃないかな」

「信じないはず、ないよね」

梨紗は真っ直ぐに前を見つめたまま、難しい顔をしていたが、「お多福屋」という万《よろず》屋《や》の前に差し掛かったところで「そうだ」と言った。

「この十円、使っちゃわなきゃ」

二人はぱたぱたと「お多福屋」に駆け寄り、店先に置いてあるケースから、小さなアイス・キャンディーを二つ買った。普段、子どもたちから「爺さんみたいな顔の婆さん」と言われている店のお婆ちゃんに「早くお帰りよ」と言われながら、少女たちはアイス・キャンディーを持って、近くの小さな空き地に寄った。大人の背丈くらいの、コンクリートで出来ている土管がごろごろしている空き地は、雨の日に遊ぶにはもってこいの場所だった。欠けた土管やブロックを足場にして、最後にはいちばん大きい土管に飛び移り、丸くカーブしている上に座ると、少女は梨紗と並んでアイス・キャンディーをなめ始めた。額に涼しい風が当たった。

一昨日の月曜日、先週の土曜日は缶蹴りの後で乾くんのおじさんの家を探検したという話を聞かせると、梨紗は最初「ずるい、ずるい！」を連発して、目をつり上げて怒った。けれど、その家の応接間はこっくりさんにもってこいの場所なのだと説明すると、すぐに瞳を輝かせ、さっそくその場所でやりたいと言い出した。そして授業が早く終わる水曜日の今日、もう一度乾くんと四人で、あの家に行ったのだ。

最初、少女は「今日じゃなきゃ、駄目かな」とためらった。まだ誰にも言う勇気はなかったけれど、実は日曜日の夕方に、少女は初潮を迎えていた。学校でも家でも説明されてはいたのだが、それは突然やってきて、少女はすっかり慌ててしまった。自分の身体で何が起きているのか、よく分からなかったし、「大人になった証拠」というものの、ちっとも綺麗でも楽しくもなくて、何だか不愉快で恥ずかしいと思った。もうほとんど終わってしまってはいたが、それでも、少女は、そのことが誰かにばれてしまうのではないかと思うと不安でたまらなかった。

「だめ、だめ！　早く決着をつけて、二学期からは乾くんのことをいじめたりするヤツなんか出ないようにしなきゃならないんだから」

「夏休みの間に、強い子に変身出来るかも知れないんだよ。乾くんのためなんだから」

だが、少女の変化に気づかないめぐと梨紗は、口を揃えて言った。二人のうちのどちらかでも、もう初潮を迎えているのだろうかと、少女はそのことばかり考えた。めぐは、少女よりも太っていて身体も大きいのだから、ひょっとしたら始まっているかも知れない。でも、梨紗は小さいから、たぶんまだだろう。めぐが既に初潮を迎えていたら、二人でそんな話も出来るだろうが、負けん気の強い梨紗はまた悔しがるかも知れない。それに少女一人だったら、二人におかしな目で見られるかも知れない。あれこれと考えると結局、少女は誰にも言えなくなってしまった。

「ありんこ、何か、用事があるの？」

「ううん。何もないよ。何もないけど」

少女は慌てて首を振り、急いで笑顔を作った。その時になって初めて、自分だけは元気になった乾くんを見られないのだと気づいた。乾くんのために、ずっとおまじないをしたり、こっくりさんをしたりしてきたのに、効果が見られないのは、つまらなかった。

少女たちは、こっそりと手紙を書き、誰にも見つからないように見張りを立てておいてから、乾くんのげた箱に手紙を入れた。まだ、少女たちと乾くんが仲良くしていることは、クラスの誰にも気づかれていなかった。

「本当に、ここでやるの？」

一目散に家にランドセルを置いてきて、再び集合した少女たちに、手紙に書いておいた通りに、おじさんの家の門の前で待っていてくれた乾くんは、居心地の悪そうな顔で言った。

「恐い？」

「恐くはないけど。僕も、一緒にやらなきゃ駄目かな」

乾くんは、少しだけ恥ずかしそうに言うと、「僕のことを聞くんだろう？」とつけ加えた。

「あんまり、信じられないんだよね。だから、僕が混ざってないのに、もしも僕のことをちゃんと答えられたら、僕だってこっくりさんを信じられると思うんだ。そうじゃなかったら、やっぱりインチキってことになるから」

乾くんは、少し言いにくそうだったけれど、それでも一生懸命になって少女たちに説明をした。彼の言うことはもっともだ、と少女は思った。

「そうか。乾くんが入らない方が、正しいことが分かるかもね」

「四人で指を乗せるのは、難しいかも知れないしね」

「じゃあ、乾くんは見てるだけでいいよ」

少女たちの言葉に、乾くんはようやくほっとした顔になり、それから「いつもの場所」に隠してある鍵を取りにいった。めぐと少女が家の中のことを説明しようとすると、梨紗は「自分の目で見るんだから、言わないでよ」とまたふくれた。

「いちばん、ショックだったのは乾くんだよね」

アイス・キャンディーをなめながら、少女は冷たい息を手のひらに吹きかけながらつぶやいた。こっくりさんをしていて、あんなに恐ろしいと思ったことは初めてだった。十円玉はするすると紙の上を滑り、想像も出来ないくらいに気味の悪い言葉を少女たちに投げつけてきたのだ。

「でも、乾くんは『あれだ』って、言ってたもんね」

梨紗もアイス・キャンディーをなめながら、深刻そうに言った。こっくりさんは、自分のことを、明治時代に生きていた乾くんの四代前の先祖だと説明した。少しの間、乾くんの希望通りに質問を続けようとしていたのに、十円玉は、少女たちが何の質問もしない前に勝手にするすると動き始めて、言葉を作り始めた。

「ひ、ようきのく゛あいはいいのか」

十円玉が動いた通りに読み上げると、乾くんは「そんなことも知ってるの！」と感心した声を上げた。十円玉は、少女たちの人差し指を引っ張るみたいに勝手に「はい」の場所に行った。

「わしもはらはよわかった」

十円玉が、そんな言葉を作った時には、四人は声を揃えて笑った。それで、乾くんはこっくりさんを信じたらしかった。

だがまさか、乾くんに悪霊がとり憑《つ》いているなどとは、少女たちの誰もが考えもしないことだった。十円玉は、平仮名の文字の間を滑っては止まり、滑っては止まって、「とりついている」と言った。少女たちは固唾《かたず》をのみ、その「とりついている」ものの正体を聞き出した。乾くんの表情はみるみる堅くなって、紙みたいに白い顔になってしまった。

「あれだ。あれの、ことだ――」

それは少女たちも乾くんから聞いたことのある、お化けだった。去年、病気で入院していた時、乾くんは夜中に病院の窓の外に現れたお化けを見たというのだ。なかなか寝つかれなかった乾くんは、ベッドから起き上がることも出来ず、窓からこちらを見ているお化けをずっと見返していなければならなかったと、話してくれたことがあった。少女たちは、ほとんど悲鳴を上げそうになって「でもね、考えてみたら、僕が入院してた部屋は、三階なんだ」という言葉を聞いていた。

こっくりさんは、乾くんに悪霊がとり憑いていると言った。その悪霊の正体を見きわめようとすると「びょういん」という言葉が出たのだ。

「病院で見たお化けですか」

「はい」

「そのお化けが、乾くんにとり憑いているんですか」

「はい」

重苦しい空気に包まれながら、少女たちは、見てはならないものを見てしまったような気持ちに襲われた。あの時、乾くんは、唇を嚙みしめて必死に何かに耐えているみたいに見えた。

「悪霊って、何に弱いんだっけ」

丸い芯棒だけになりつつあるアイス・キャンディーを手に、少女は梨紗を見た。さっきよりも夕やけの朱は薄れて、いつのまにか夕闇が辺りに漂い始めていた。

「何だっけ。お塩と、綺麗な水じゃない？」

梨紗は、なめかけのアイス・キャンディーを宙に浮かせたまま、暗記してきた宿題でも思い出そうとするみたいに、空を見上げて言った。藤色に染まった細長い雲が、淡い水色の空に一つだけ浮かんでいた。

「乾くんを、お塩と水で清めればいいのかな」

「それだ!」

少女がつぶやいた言葉に、梨紗はくるりとこちらを振り向いた。梨紗の背景にも薄い闇が忍び寄ってきている。ふと、土管の陰から見知らぬ妖怪や幽霊が顔を出しそうな気がしてくる。どこに誰がひそんでいるか分からない、どこからどんな魔物が襲いかかってくるか分からない、そんな気にさせる夕闇だった。少しでもお尻の位置がずれたら、そのまま滑り台みたいに下に落ちそうになる土管の上で、少女は梨紗と二人だけ、取り残された気持ちになった。

「それだよ。乾くんを、お塩と水で清めるんだよ。誰にも見られないように、誰も知らない場所で!」

「誰も知らない場所って——」

少女は、アイス・キャンディーのせいか、急に涼しくなって、横縞のTシャツから出ている腕がぞくぞくとするのを感じた。額に吹きつける風さえも、ぐっと冷たく感じられた。空き地から少し離れた農道を、小さなトラックがごとごとと走って行くのが見える。トラックの前から照らされている二本のライトは、薄闇に向かって差しのべている二本の手のように見えた。

「それは、これから考えなきゃ。悪霊さえ祓《はら》えれば、乾くんは誰にもいじめられなくなるし、もしかしたら病気だって悪霊のせいだったかも知れないんだから」

「乾くん、約束守るかな」

「守るよ。そう言ってたじゃない」

こっくりさんで出た結果については、決して誰にも話さないこと。少女たちと乾くんとの、四人だけの秘密にすること。それが約束だった。乾くんは、こっくりさんの結果にかなりショックを受けていた様子だった。

「大丈夫だってば、乾くんのせいじゃないんだから。そんなことで、私たちは乾くんのこと、恐がったり気味悪がったりしないよ」

少女たちは、口々にそう言って乾くんを慰めた。悪霊を祓いさえすれば、元の乾くんに戻るのだ。けれど、ばいばい、と手を振った時の乾くんは、何だかいつにも増して小さく見えた。自分に悪霊が憑いていると知って、元気でいられるはずはないのだが、少女は乾くんが気の毒だった。いくら本当のことでも、あまりにずばりと言い当ててしまうこっくりさんと、それを正面から突きつけて見せた自分たちが、何だかとても残酷に思えた。

梨紗の部屋は、今日は窓を開けておらず、エアコンが入っていた。この前泊めてもらった時と同じように、そこは亜理子のアパートとは比べものにならないくらいにきちんと片づいており、広々とした部屋は、それほど強い冷房を入れなくても涼しく思えるくらいだった。

いったい、どれくらいの費用をつぎ込んでいることだろうと、亜理子はこの前と同じことを思った。椅子一つにしたって、結構高そうなものが置かれているし、運ばれてきたティーカップとソーサーのセットは、きちんとした揃いの高級磁器だし、スプーンにしても繊細な模様の入っている銀製品だった。

「綺麗好きなのねぇ」

あまりじろじろと部屋を眺め回していたら、梨紗と目が合ったので、亜理子は笑いながら感心して見せた。梨紗はわずかに微笑んで「性分なのよ」と答える。控えめに見せてはいるけれど、薄い唇と、細くとがった顎の辺りには、明らかに誇らしげな雰囲気が漂っている。

――どれくらいの男をだましてるんだか。

まるで、ドラマに出てくるＯＬの住まいのようだった。くるくると銀のスプーンをかき回すと、ティーカップからは、アップル・ティーの香りがほのかに立ち昇り、流れているのは、今夜はピアノのクラシックだった。このままそっくり、亜理子の大好きなドラマのセットにだって使えそうだ。

「それで、めぐ、何だって？」

いつまでたっても誰も口を開かないから、やがて、亜理子からめぐの名前を出した。紅茶の湯気を吹きながら、梨紗は「うん」と言い、ほんの少しの紅茶をすすった後で「はしゃいでたわ」と続けた。

「病院に行ってきたって。『これで、私もお母さんよ』って言ってたわ」

その言葉が終わるか終わらないうちに、隣の哲士が深々とため息をついた。亜理子は、横目で哲士を見ながら、自分も紅茶をすすった。

「今度は、本当みたいね」

再び沈黙が流れる。確か、ショパンあたりだと思ったが、聴いたことはあると思う曲が次々に流れてくる。梨紗は、カップにそっと両手の指を添えて、何か考える顔をしていたが、やがて、一つ決心したように顔を上げた。

「哲士さん——さっき、ありんこから電話で聞いたんですけれど、めぐと結婚するつもりはないって、本当なんですか？」

梨紗に聞かれて、哲士は顔を歪め「いや」と言ったまま、口をつぐんでしまう。

「正面きって、はいそうですとは言えないわよ」

亜理子が助け船を出すと、哲士はまたため息を洩らし、わずかに下唇を突き出して、ティーカップを見つめている。

さっきの電話で、亜理子は梨紗に言ったのだ。理由はどうであれ、恵美を何とかしたいという気持ちは、これで哲士も加えて三人の共通の意思ということになった。

「味方は多いほうがいいわ」

亜理子が電話口で囁《ささや》いたとき、梨紗は「そんなことを言ったって」と言葉を失ったようだった。

「哲士さんに、何て言うつもりなの？　ありんこ、哲士さんに話すつもりなの？」

「まさか。約束は約束よ、誰にも言いやしないわ。でも、めぐを何とかしたいっていう気持ちは同じなんだから、彼を計画に誘いこまない手はないと思わない？」

「でも——」

店内が賑やかなせいもあっただろう。梨紗の声は、電話口で消え入りそうだった。けれど、亜理子は梨紗が何を言おうと聞く耳を持つつもりはなかった。

「せめて、確かめるべきよ。めぐが何を企んでるのか、それとも、本当に忘れてるだけなのか」

　こういう時、昔の梨紗だったら率先して計画を練ろうと言い出したはずだ。今だって、彼女の中身は何も変わっていないと、亜理子は少しの間に見抜いている。彼女は、昔とは全く異なる鎧《よろい》を身につけ、昔以上に恐いことを考えられる人になっているはずだ。そうでなければ、二十歳そこそこの年齢で、こんなマンションを手に入れるなどという芸当の出来るはずがないのだ。

　昨日は「ウナ・ルナ」のアルバイトの日だったし、今日、梨紗は「疲れている」と言ったけれど、亜理子は半ば強引に「これから二人で行くから」と押し切った。こんな話をよそでするわけにはいかないでしょうと言えば、梨紗も「そうだけど」と答えるより他になかったのだ。

「ねえ、てっちゃん」

　亜理子は哲士の手にわざと自分の手を置いて声をかけた。哲士は、バーで落ち合った時以上にしょげかえって見えた。酔いは醒めているらしかったが、その目にはまるで生気がなく、ガラス玉みたいに見える。

「実はね、私たちも、めぐのことでは悩んでたのよ。もちろん、てっちゃんの悩みとは、種類は違うんだけどね」

言いながら梨紗を見ると、梨紗は表情を押し殺したまま、手にしていたカップをかちゃりと、ソーサーに戻している。痛々しく見えるくらいに細い腕の白い肌を通して、静脈が手の甲から肘に向かって走っているのがはっきりと見える。

「俺は――何も、あいつを傷つけたいとは思わないんだ。でもさ、結婚なんて、まだとても考えられないし、こんな時に子どもなんか産んだって、俺には親父としての責任なんて果たせないと思うんだよな。何ていうか、そういう、二人で将来の話をするような関係じゃないつもりだったし」

哲士は、やっとそれだけを言うと、深々と椅子にもたれて、その長すぎるくらいの足を組んだ。亜理子が口を開こうとしたとたん、梨紗が先に話し始めた。

「私たちだって、めぐを傷つけたくはないんです。私たちの大切な幼なじみ、親友なんですもの。でも――」

そこで小さく一つ深呼吸をする。鎖骨の浮いている薄い胸が、予想以上に大きく上下するのが見えた。

「こんな言い方をしたら失礼かもしれないけど、たとえば、哲士さんが結婚を承知したとしても、今の状態で、親子三人で生活するのは大変なんじゃないですか?」

哲士は、喉の奥で唸《うな》るような声を上げて目を伏せている。亜理子は、哲士には男としてのプライドなどないのだろうかと内心で苛立ちながら、二人を見比べていた。

「哲士さんの悩みも分かるんですけれど、ご自分の責任なんだし。むしろ、私は一度の過ちで人生を決めてしまおうとしているめぐの方が、不幸なんじゃないかと思うんです。こうしてお知り合いにはなったけれど、私にとってはめぐの方が近い存在ですから、そう思うのは当然だと思うんですよね」

哲士は、大きな身体をすっかり縮めてしまって、何も言い返せない様子だった。

「もしも、ここでめぐが一人で子どもを産んだとしても、赤ちゃんだって可哀相だし――あなたのためっていうよりも、めぐの人生のために、今回は諦めた方がいいんじゃないか、と私は思います。つまり、結局は子どもは諦めさせた方がいいっていう点では、同じなんですが」

梨紗の、高くも低くもない声は、流れてくるピアノの音とうまく調和していた。

「それに、今のめぐが子どもを産んでいいものかどうか――実は、そこのところが、私たちの心配事でもあるんですけれど、ねえ?」

梨紗に言われて、亜理子はそこでようやくうなずいた。哲士は、話の内容が分からないとでも言うように、半分ぼんやりとしたままの顔でちらりと梨紗を見、それから亜理子を見た。

「半年なり一年なりつき合ってきた人に、こんなことを聞くのは気の毒かも知れないけど、てっちゃんは、めぐって変だと思ったこと、ない？」

梨紗の後を引き受ける形で亜理子が言うと、哲士は相変わらず冴えない顔色のまま、頭をごそごそと掻いた。一瞬、梨紗の表情が強ばった。

「私たちが魔法使いごっこをしたとか、しないとか、そんな子どもじみた嘘なら、べつにいいわよ。でも、笑えない嘘だって山ほどあるはずじゃない、そうでしょう？　てっちゃんは、あの子と話してて、あの子が何を考えてるのか、分からなくならないの？」

「ああ——俺は、それほど真剣に聞いてたこともないし。あいつのホラは、もう、いつものことだから」

「それが、おかしいっていうのよ。第一、昔のあの子は、そんなに嘘つきじゃなかったのよ。それなのに、久しぶりで会ったら、あんなに見え透いた嘘ばかりつくようになって——」

「ありんこが転校した当時のことも忘れているみたいだし、その他にも、何だか記憶がめちゃくちゃになってるみたいなんですよね。たとえば、私たちが小さい頃に交わした約束も、すっかり忘れてるみたいで――」

梨紗は気を取り直したように話しながらも、ちらちらと哲士の周囲を見ている。髪の毛でも落ちていたらどうしようと思っているに違いなかった。けれど、そんなことに気づいてる気配もない哲士は、いつになく真面目な表情で、まっすぐに梨紗を見つめていた。梨紗は、視線だけはそらしながら、それでも哲士に見つめられていることを十分に意識している仕草で、片手でそっと鼻をおさえた。内心でどう思っていようと、梨紗は取りあえず相手が男性ならば、一度は気を惹《ひ》きたいらしかった。そして、梨紗の腹の中も読めないまま、男たちは簡単にその雰囲気にだまされるのだ。そのテクニックは、亜理子は「ウナ・ルナ」で散々見ている。

「約束って？」

哲士はついさっきまでガラス玉みたいだった瞳にわずかな力を取り戻し、梨紗を見つめている。亜理子は、舌打ちしたい気分に駆られながらも、梨紗が何を言い出すものかと、内心でひやひやしていた。

「それは――子どもの頃のことだから、大したことじゃないんですけれど。でも、ありんこと私は、ちゃんと覚えてるんです。それくらい、しっかりと約束したことなんです。何しろ親友だったんですから。それなのに、めぐだけが何だかおかしくなってしまっていて、あれが本当に私たちの親友のめぐかと思うと、悲しくなってしまって」

「私たちはね、あの子の記憶を、はっきりさせたいと思ってるの。あの子のあの嘘のつき方は、まるっきり病気だわ。記憶の問題と、嘘をつくのと、関係があるんじゃないかって話し合ったのよ」

梨紗に負けじと亜理子が話し始めた時、ふいに電話が鳴った。三人は一瞬びくりとして互いの顔を見合わせた。梨紗は「失礼」と言って音もなく立ち上がると、わざわざ台所の方まで行って受話器を取った。恵美からの電話ではないかという不安があったから、亜理子も哲士も自然に無言になって、耳を澄ませた。

「今、お客様がみえているんです——いえ、本当です——ちがいます。あなたにお話しする必要はないと思いますが」

梨紗の細い声が聞こえてきた。よそよそしい対応からしても、恵美からの電話ではないらしい。少しの間、ぼそぼそと何かを話した後、最後に「困ります。もうやめてください」という言葉が聞こえて、梨紗は電話を切ったらしかった。その後、激しく水を流す音がして、首を伸ばせば、熱帯魚の泳ぐ水槽の向こうで、梨紗が手を洗う姿が見えた。

亜理子は、その姿を眺めながら、この間梨紗と二人で迎えた夜明けのことを思い出していた。恵美が消えてしまう方法はないものだろうか。二人の話題はそこに落ち着いた。

それは、遠回しではあったけれど、「消えてしまう」方法ではなく「消してしまう」方法の相談だった。

「――この辺りで、ホタルの見えるような場所、あるかしら」

やがて、席に戻ってきた梨紗が三人のカップに二杯目のアップル・ティーを満たしたところで、亜理子は注意深く二人を見比べながらつぶやいた。自分で口にしながら、背中を悪寒が駆け上がるのを感じた。

「東京で？」

「少しくらい離れてても、仕方がないけれど」

梨紗は、無言で亜理子を見つめている。薄い皮膚一枚をかぶせただけみたいに見えるその顔の、瞳だけが異様に光って見えた。亜理子は、全ての意思を伝えようとするつもりで、目だけでゆっくりとうなずいて見せた。

「探せばあるかもしれないけど。この時期に見られるかどうかは、分からないな」

哲士は二人の無言のやりとりには気づかなかったらしく、「ホタルかぁ」と天井を見上げてつぶやいている。

「いいのよ、いかにもホタルが見えそうだな、と思える場所なら」

亜理子は、紅茶を一口飲むと、厳粛なほどの面もちで、梨紗と哲士とを見比べた。

「ほら、聞いたことない？　失われた記憶を取り戻させるには、ショック療法みたいなものがいいって」

「それとホタルと、どういう関係があるの」

哲士はまだ合点がいかないという顔をしている。亜理子は、そんな質問に対する答えまでは考えていなかったから、慌てて梨紗を見た。

「その、私たち、六年生の時に、三人でホタルを捕りに行ったことがあるんです。その時、ちょっとしたことがあって――ひょっとしたら、その辺りからめぐの記憶があやふやになってるんじゃないかと思って」

「そうそう、そうなのよ。その時に、めぐが暗い場所で転んだの。川に落ちちゃって、すごく泣いて、たいへんだったの。だから、あの時のことを思い出してもらえれば、記憶もすっきりするんじゃないかしら」

亜理子も急いで相づちを打った。耳の底でせせらぎの音が聞こえたような気がした。心なしか梨紗の顔が赤く染まっている。あの夜転んだのは、本当は梨紗だった。

「そういうショックで、流産もするものか？」

分かったような分からないような、まだぼんやりとした顔の哲士は、紅茶をすすりながら素っ頓狂なことを言い出したから、亜理子は思わず鼻から大きく息を吐き出した。

もどかしさが腹の奥から捩《ねじ》れながらこみ上げてくる。大体、自分の恋人が妊娠したからと、それを何とか始末させたいからといって、恋人の友だちに連絡を寄越すというのは、どういう神経のなせるわざなのだろうと思う。茶色い髪に白い肌、そして、繊細な顎の線。それらは、全部あの子にそっくりだった。従兄弟と言われても、本人と言われたって、信じてしまうかも知れないくらいに似ている。だが、こうして改めて見てみると、哲士の体格とは無関係の、どことなくはかな気な弱々しい雰囲気こそが、いちばん似ているのだということに気がつく。

——弱いのよ、弱いんだ。

「精神的なショックもあるだろうけど、とにかく肉体的な衝撃がなかったら、駄目なんじゃないかしら。冷えたり、高いところから落ちたりすると、流産するってよくいうけどねえ」

亜理子の答えに、その哲士の喉仏が大きく上下に動いた。ピアノの静かな曲が流れている。亜理子は、瞳の奥を光らせたまま口をつぐんでいる梨紗を見、もう一度改めて哲士を見た。

「ホタルはね、水の綺麗なところじゃなきゃ、見られないでしょう。つまりは、渓流の傍とか、山奥とか。それから？」

そう言っても、哲士はまだぼんやりとしていた。

「――夜。月の出ない、蒸し暑い夜が、いいのよ」

梨紗がゆっくりとつぶやいた。

3

手帳を眺めながら、ぼんやりとしているとハンドルを握っていた手が伸びてきて、ぱたん、と手帳を閉じてしまった。驚いて顔を上げると、恒平の厳しい横顔があった。

「忙しいのは分かるけどさ、そうやって、僕と逢ってる時に他の日のことばっかり考えるの、やめてくれないかな」

ハンドルを握りながら、恒平はいつになく冷ややかな調子で言った。道路は渋滞に差し掛かっていて、車は少し動いては、すぐに止まってしまう。

「だって、色々と考えなきゃならないことが、あるのよ」

亜理子は膨れ面になって、閉じられてしまった手帳を再び開いた。隣から覗き込まれても分からないように、亜理子の手帳は全てが暗号になっている。亜理子にしか分からない記号やマークが、真っ黒に書き込まれていた。

「こうしている間に、頭を整理したいの」

実際、最近の亜理子の予定はめちゃくちゃになってしまっていて、何度も手帳を見なおして、頭を整理しなければ何が何だか分からなくなりそうな日が続いていた。

「亜理子の心は、いつだって先の方にばっかり向いてるんだな」

恒平は、大きくため息をつくと、唇を尖らせてしまった。言われてみれば、そうかも知れない、と亜理子は思った。予定は立てている段階がいちばん楽しいのだ。その予定が実行される頃には、確認的な意味しか持たなくなってしまっていることの方が多い。

「最近の亜理子、変わったよ」

「何が？」

「何となく。前は、いくら忙しいって言ってても、雰囲気が違ってたよな」

恒平の声は、どことなく寂しげに聞こえた。亜理子は、「そんなこと、ないわ」と言ったまま、シートに頭をもたせかけて窓の外を眺めた。気まずい沈黙が流れる。カセット・デッキからは、亜理子がせがんで恒平に用意させた軽いテンポの曲が流れていた。

恒平には、何も知らせてはいなかった。アルバイトのことも、幼なじみと、どういうつき合いが復活しているかも、亜理子が今、何を考えるので夢中になっているのかも。まだ、田原の方が亜理子のことを知っていると言って良いくらいだ。

「僕は、亜理子のことを何よりも大切に思ってるんだよ」

「ありがとう」

「ほら、そういう突き放した言い方だ」

だが、その田原とも、「ウナ・ルナ」への同伴を頼んで以来、付き合い方が変化してきていた。彼は、亜理子が店で動き回る姿を見て「僕が独り占めするのも悪いみたいだな」と冷ややかに言った。以来、彼は少しずつ亜理子から遠ざかろうとしている。亜理子のアルバイトのことを会社には黙っていることを条件に、二人の関係を清算したいと思っているらしいということは、何となく亜理子にも伝わってきていた。まだボトルがある間くらいは、亜理子の申し出を受けて同伴に応じてくれるかも知れないが、田原はそのボトルがなくなったら、別れたいと言い出すに違いなかった。その時には、亜理子は笑って「いいわよ」と言うつもりでいる。何も、それ以上しがみつきたいと思う相手でもなかったし、つまり、潮時ということだ。

「亜理子の気持ちはいつも僕を素通りしてるみたいだ。一緒にこうしてたって、他のことばかり考えてるんだもんな」

「そんなこと、ないわ。ごめんね、本当にこのところ、ばたばたしてるの」

亜理子は、そこで急いで方針を切り替えた。ずっと膨れ面でいるのは、この際得策とは言い難い。チェンジ・レバーを握っている手にそっと自分の手を重ねもう一度「ごめんね」と言うと、恒平の表情は幾分柔らかくなった。

「何が、そんなに忙しいの」

もともと温和な性格の彼は、いつでもこうして自分から亜理子に歩み寄ろうとしてくれる。亜理子は、その単純さに半ばほくそ笑み、半ば感謝しつつ、わざと眉をひそめて見せた。

「ほら、前に話した幼なじみのことなのよ。色々と悩みがあるらしくって、聞いてあげてるの。もう少ししたら、ちょっとは落ち着くと思うんだけど」

「だったら、どうして僕にも話してくれないのさ。亜理子の幼なじみだったら、僕だって逢ってみたいのに」

「だから、何だかひどく取り乱しちゃってるの。私だって、恒平くんのことを二人に自慢したいんだけど、とてもじゃないけど、今はそんな段階じゃないのよ。とにかく、一人は別れ話が出てる真っ最中だし、もう一人は、変な男につきまとわれてるみたいだし。普通に幸せにしていられるのは、私だけなんだもん。そんな二人に私たちのことを見せつけるわけにいかないじゃない？」

亜理子が一息に言うと、恒平はようやく少し納得した表情で「女の友情もたいへんだね」と言った。亜理子は、ほっとため息を洩らして、再び手帳に目を落とした。素直で単純な恒平は、嘘でも何でも、こうして話してやりさえすれば安心するらしかった。

「そろそろさ、具体的に考えない？」

再び車が動き出す。前方には、黒々と見える緑の茂った山が見え始めていた。だが、ようやく窓の外の景色が流れ始めたかと思うと、すぐに止まってしまう。亜理子たちの車を追い抜いて、路肩近くを走っていくオートバイのタンクがぴかぴかと光って見えた。亜理子は、灼熱の太陽に焼かれて、今にも溶けそうに見えるアスファルトの道路をぼんやりと眺めながら「何を」と聞いた。

「僕たちの、これからのことさ」

「これから？——今日の帰りのこと？」

わざととぼけた。面倒な話が始まりそうだということくらい、すぐに分かった。けれど、今はそういうことは考えたくない。目の前にある、一つの大きな目標をクリアしてしまうまでは、とても他のことに目を向ける余裕などないのだ。

恒平はちらりと亜理子の方を見ると、またため息をついた。白いかのこのポロシャツを着て、からし色に近い生成《きなり》のズボンを穿いている恒平は、この前二人で海に行った時の日焼けもすっかりさめて、白く堅い表情をしていた。

「亜理子は、真剣に考えてないの」

「何を？」

「僕たちのことさ。僕たちの、将来のこと」

恒平は、半分言いにくそうに、けれど意を決したように言った。そこまで言われてしまえば、それ以上とぼけるのは無理だった。

「考えてないわけないわ。でも、まだつき合ってからそんなにたってないし」

恒平は「そうかなぁ」とつぶやき、わずかにブレーキペダルから足を離した。惰性で、車はのろのろと前の車の尻に近づく。

「私、もう少し仕事を続けたいと思ってるのよ」

「それは、亜理子の自由だよ」

「でも私、そんなに器用じゃないもの。家事と仕事を両立できるかどうかなんて、正直、自信ないし」

「——何だ、案外しっかり考えてるんじゃない」

恒平は「二人で相談していけばいいじゃないか」と笑った。亜理子は、自分も曖昧な笑みを返すより仕方がなかった。

「何も、すぐに結婚しようとは言わないさ。でも、貯金だってしなきゃならないし、色々と計画的に進めないとさ」

恒平は、亜理子の膝に手を伸ばしてきて、キュロットから出ている亜理子の腿を軽く撫でた。少し汗ばんで、熱い手のひらだった。

「私も、貯金しなきゃね」

亜理子は、しみじみとした声を出して素直に答えた。アルバイトを始めてからというもの、買い物癖がついたらしくて、貯金はむしろ減っている。

「だからさ、たとえば大きい旅行なんかは控えようよ。この程度のドライブだったら、僕はいつだって連れて来てあげる。ホタルが見たいんだったら、どこだって探してあげるから」

恒平は、柔らかい笑みを浮かべて、亜理子の腿を撫でている。ホタル、と聞いた途端、亜理子の心臓は一瞬きゅん、と縮んだ。条件反射のように、その言葉はいつでも亜理子を緊張させる。

「そこ、本当にホタルが見られるの？」

「そういう話だよ。でも、今の時期じゃあ、もう遅いかも知れないって」

「じゃあ、場所を確かめておいて、来年は来ようね」

言いながら、一人でどきどきしているのを、亜理子は恒平に気取られまいと必死だった。そんな場所に行きたいはずがないではないか。ホタルなんか大嫌いだった。二度と見たいとは思わない。

やがて、何とか渋滞を抜けると、車は山道にさしかかった。窓を閉め切っている車の上からも蟬時雨が降り注いでくるのが分かる。木漏《こも》れ陽の下を、前方を行く車が時折日光を反射させながら滑るように進んで行く。恒平の車も一定の距離を保って、カーブの連続する道を、その車について行った。

午後の、いちばん気温の高くなる時刻に、車は目指す場所についた。そこは、大きな岩の転がる急流からは少し下流になって、ちょうど流れの穏やかになっている場所だった。川の両側には岩が迫《せ》り出している部分もあれば、うっそうと生い茂る木が水面近くにまで枝を垂らしている部分もある。黒光りする岩の間から、清水がほんの小さな滝を作っている場所もあった。

「ここへ流れ込んでる小さな川が、ホタルの繁殖地だっていう話なんだけど」

恒平は、車を下りると「気持ちいいなぁ」と言って大きく伸びをした後、そう説明した。亜理子は車を止めた場所から、ガードレールをまたいで雑草をかき分け、大きな木の生えている岩の上に出て、少しの間、周囲を見渡した。車で河原へ下りられる場所もあるらしい。観光地というわけではないはずだが、ワゴン車が数台並び、ご丁寧にテントまで張って、残り少ない夏休みを楽しむ二、三組の家族連れの姿があった。子どもたちのはしゃぐ声や、上流の水の音が、遠く幻のように響いて来る。

足元を見下ろせば、数メートル下を流れている川は、ちょうど亜理子の立つ岩の下で大きく蛇行しており、岩の底に食い込んで来ていた。そろそろと首を伸ばしてみると、澄んだ水がしゃらしゃらと石の上を滑っているのが見えた。水の透明度が高いから、正確な深さは分からないが、三、四〇センチというところだろうか。上から見下ろしただけでも、川床の石たちが白く、鋭く尖っているのが分かった。中には漬物石にも大きすぎるくらいの石もあり、水が白く泡立ってぶつかる程度の岩もある。

昼間はこんなに明るく、子どもの声も響いているが、夜は真っ暗になることだろう。そして、川音だけが不気味に響いているはずだ。

「少し川に入って遊ぼうか」

ふいに背後から声をかけられて、亜理子は飛び上がるほどに驚いてしまった。振り向きざまに、思わず足がよろけそうになる。

「危ないっ！」

とっさに恒平の手が伸びてきて、亜理子は腕を捕まえられ、素早く抱き寄せられた。足元から転げ落ちた石の音が、ちゃぶ、ちゃぶ、と聞こえた。

「どうしたんだよ。大丈夫？」

「びっくり――びっくりしただけよ」

けれど、亜理子はしばらくの間、恒平にしがみついたままで離れることが出来なかった。ほんの一瞬のことなのに、心臓は破裂しそうなほどに早く打ち、足も震えている。頭のてっぺんから、冷たい汗が一気に吹き出すのが分かった。少しの間、そうして恒平にしがみついたまま、亜理子は水の流れる音を聞いていた。やがて、どうにか胸の高鳴りが静まってきたところで、亜理子は引きつった笑顔を見せ、恒平から離れた。

「疲れてるんじゃないの？」

「私？　何に？」

「いや、何にっていうんじゃなくて。亜理子が。亜理子が、疲れてるんじゃないのかと思って」

――いやだ。そういう意味。

自分の神経が、思った以上に緊張しているのを感じて、亜理子はいよいよ強ばっている頬を無理に引っ張り上げ、懸命に笑って見せた。

「大丈夫よ。ねえ、向こうから、河原に下りてみようよ」

恒平の手を取り、再びガードレールをまたいでアスファルトの道をすたすたと歩きながら、亜理子は冷たい汗が首筋を伝うのを感じていた。

4

黒い綿ジャージーのワンピースを着て、玄関の扉から現れた顔は、まったく化粧を施されていなかったから、梨紗は思わず、「あらっ」と言ってしまった。化粧をしている時とは、まるで別人なのだが、それは紛うことのない、幼い頃の恵美の顔だった。

「びっくりしたのよ、お店に行ってみたら休んでるっていうから」

見舞いのつもりで買ってきた果物を差し出すと、恵美は「サンキュ」と笑った。素顔を見慣れていないから、顔色が良いのか悪いのかは分からない。青むくれしているように見えないこともないが、目が腫《は》れぼったいのは、ただ単に化粧をしていないせいかもしれなかった。

「何となく、気がくさくさしたから。たまにね、やるんだ」

梨紗の前に立って部屋に戻る恵美の後ろ姿は、髪を一つに結わえて、いかにも物憂げに見える。梨紗は、珍しい思いで初めて訪れたアパートに上がった。

「昨日ね、店長とちょっとやり合ったわけよ。それに、そうそう毎日、ブスの客相手に愛想ばっかり振りまけないっていうの」

「あら、それでなの？　具合が悪いんじゃないの？」

奥の部屋に案内されて、畳の上に適当に腰を下ろすと、梨紗はそこで改めて恵美の顔を見た。本当に幼なじみと再会したのだ、という気持ちが、その時になってようやく実感としてこみ上げてきた。

「この通り、ぴんぴんしてるって。ただ、皆が休んでる時に自分だけ働いてると思うと、腹が立つ時っていうのが、あるわけよ」

恵美はけろりとした表情でそう言うと、何となく黄ばんで見える大きな前歯を見せて「にっ」と笑った。それから台所に立ち、ごそごそと何かやっている。梨紗は「お構いなく」と声をかけた後で、なじみのない室内を見回した。

六畳間に、同じくらいの広さの台所のあるアパートだった。和室の半分近くはベッドが占領しており、残りの半分に他の家具が集中している。壁に寄せて置かれている小さなテーブルには、ところせましと大小の化粧品の容器が並び、その奥の金粉の混ざっている緑色の砂壁に、大きな鏡が立てかけられていた。テーブルを挟んで、右側にはテレビやビデオが並べられ、左側にはビニール製のファンシー・ケースがある。妊娠や出産に関する本の類でも散らばっているのではないかと思ったのだが、予想に反して、あるのはレディス・コミックなどのマンガ雑誌ばかりだった。とりあえずはエアコンが効いているから暑くはなかったけれど、何となくむせかえるような匂いが満ちている。それは、ところせましと並べられている化粧品と、台所のゴミの混ざりあっている匂いだった。

——これが、めぐの世界。

壁といわず、柱といわず、気が向いたところに外人モデルのポートレイトや絵はがきが貼られている。それらの中で、恵美の勤めている化粧品会社のものらしいお洒落なカレンダーが、いちばん大きな装飾品になっていた。

グレーのサテン風の光沢のあるベッド・カバーには皺が寄り、その上には二、三個の動物の縫いぐるみがころがっていた。梨紗は、ベッドの幅と同じ長さの大きな枕を横目で眺めながら、立ち上がって窓に近づいた。

通りに面して建っているアパートだったから、陽当たりはそう悪くないらしく、今も西陽が射し込んで来る。レースのカーテン越しに、四角い物干しに干された下着やシャツがかすかに揺れているのが見えた。その向こうの庭とも呼べないほどの小さな空間には、幼い頃は確か貧乏草と呼んでいたヒメジオンが、乾いた地面からにょっきりと伸びていた。他に見えるのはブロック塀と、その上に置かれたジュースの空き缶、通りの向こう側の家々、それに電柱だけだった。

どこかで赤ん坊の泣く声がする。絞り出すみたいな、今にも息が止まりそうな弱々しい泣き声だ。

「ああ、まただ。二階よ。クーラーないんだよね」

台所から苛立った声がする。梨紗は、窓辺に寄りかかり、面白くもない景色を眺めるのをやめて台所の方を見た。

「暑いから辛いんでしょう。可哀相ね」

「うるさくて嫌になるわ、ぴいぴい、ぴいぴい」

コーラのペットボトルを片手に提げて、恵美は子ども時代と変わらない顔に、アンバランスなくらいに老けて見える、ふてぶてしい表情を貼りつけて戻ってきた。

「こっちが疲れて帰ってきたって、昼も夜もお構いなしにあれなんだもの。ほんと、嫌になっちゃう」

恵美はいかにも迷惑そうに言うと「ちょっと気が抜けてるかもしれないけど」と言いながらコーラを注いだ。

「これが自分の子どもだったら、我慢出来るんでしょうけどね」

「そりゃあ、そうね。よそのガキだから、うるさいのよ」

梨紗は、どこかの粗品らしい二つのグラスに満たされていく黒い液体を見ながら、自分も窓辺から離れた。コーラは確かに気が抜けているらしく、泡はほとんどたたなかった。

「富士山、見えないわね」

窓から離れ、改めて畳の上に正座しながら、梨紗は出来るだけ控えめに恵美を見た。妊娠初期の友人に対して、どんな態度を取れば良いのかが、よく分からない。

「富士山？」

恵美は、一瞬きょとんとした顔になり、それから大きな前歯を見せて笑った。

「当たり前じゃない。今時、この東京で富士山が見える場所なんか、そうそうあるはずないでしょう？　相当高い場所に行ったとしたって、空気が汚くて駄目よ」

けれど、恵美は一向に動じた様子もなく、澄ました顔でコーラを一口飲むと、「あら、やっぱり気が抜けてる」と言った。そんな答えが返ってくることは予想していたことだから、梨紗は柔らかく微笑んだまま、自分もグラスを傾けた。それはコーラというよりも、黒い砂糖水みたいだった。

梨紗は、その甘い液体を飲み下しながら、わだかまっていた不安がすんなりと解消されていくのを心地良く感じていた。とにかく自分の目で確かめずにはいられなかったのだ。恵美は、マンションなんか持ってはいない。普通のアパートに暮らしているだけだ。

「ほら、駄目よ、煙草なんて」

テーブルに置かれた煙草入れから煙草を取り出し、慣れた手つきでライターを握る恵美を、梨紗は慌てて手で制しようとした。だが、恵美は梨紗から顔をそむけて素早く火をつけ、顎を上に向けて澄ました顔で煙を吐き出す。

「いいの、いいの。我慢すると身体によくないし」

「我慢した方がいいわよ。お腹によくないわ」

「少しくらい、平気だって」

デパートの化粧品売り場を訪ねて恵美が休んでいることを知った時には、梨紗は、てっきり悪阻《つわり》が始まっているのかと思った。だから、梨紗は夜までの予定を変更して、見舞いがてらに恵美のアパートを訪ねるつもりになったのだ。あらかじめ電話をした時にも、恵美は案の定暗い声を出していたから、これはいよいよ本物か、と思った。

恵美は、普段も黒っぽい服が多いが、今日も黒のロー・ウェストのたっぷりとしたワンピースを着ている。早くも腹部を圧迫しないための配慮だろうかなどと考えながら、梨紗は少しの間、我慢して気の抜けたコーラを飲んだ。

「結局、今年の夏は里帰りしなかったの？」

煙草を指に挟んだまま、また台所に行った恵美は、流しの辺りでごそごそと音を立てながら大きな声を張り上げてくる。

「しなかったわ。めぐは？」

梨紗も少しだけ身を乗り出して暖簾《のれん》の下から見えている足に向かって声を出した。

「私も帰ってない。飛行機代だって馬鹿にならないから、そう年中は帰れないよね。まあ、今度の冬はね、少し長めに帰ろうかとも思ってるんだけど。ちょうど、ばたばたする時期だと思うし」

——出産のことを言っているの。めぐ、いなかで子どもを産むつもりなの。

やがて、冷蔵庫のドアを閉める音がして、恵美は今度は麦茶のペットボトルを持ってきた。麦茶があるのなら、最初から麦茶を飲みたかったと思っていると、恵美はコーラを飲み干したグラスに、そのまま麦茶を注いでいる。梨紗は「失礼」と言うと恵美と交代して台所に立った。

流しに飲みかけのコーラを捨てていると「やっぱり気が抜けてるとまずいね」という恵美の声がする。梨紗は苦笑しながらグラスを洗い、ついでに自分の手も丁寧に洗い直した。足元にあるコンビニエンス・ストアーの手提げ袋には、出来合いの弁当の空箱やカップ・ラーメンの容器、割り箸などのゴミが溢れかえっている。同じような袋がごろごろしていて、その他に、コーラやジュースのペットボトルが十数本は並べられていた。

「皆で帰れたら面白いだろうと思うんだけど、考えてみると、ありんこだけは帰る場所が違うしね。何だか不思議な気がするわ」

こんな状態では、どこからゴキブリが出てくるか分からないと考えると、思わず全身に鳥肌がたつ。慌てながらも、抜き足差し足に近い歩き方で部屋に戻ると、恵美はグラスについた汗を指でこすり、濡れた指でテーブルに何かの模様を書いていた。

「私たちにとっては、故郷っていえば中村しかないけど、ありんこにとっては、もうあそこは故郷じゃないんだもんね」

「一度も行ってないって言ってたわね。引っ越して以来」

「でしょう？　ありんこにとっては、もう『行く』っていう感覚なわけだ。私たちには『帰る』場所なんだけど」

梨紗は自分で麦茶を注ぎながら、ゆっくりとうなずいた。それは、梨紗にとっても同じことなのだ。東京に出てきて、まだ五年が過ぎただけだったが、梨紗はもう二度と高知で暮らすことはないだろうと思っている。年に一度か二度、里帰りすることはあったとしても、それは年々「行く」という感覚になりつつある。

「まったく、この東京でまた逢えたなんて、本当に奇跡だわ。ありんこが店に来なかったら、梨紗とだって、今、ここでこうしてなんかいなかったはずだものね」

今度は香ばしい麦茶を気持ち良く飲みながら、梨紗は、片手の指に煙草を挟んだまま、もう片方の手では、子どもみたいに水で落書きをする恵美を見ていた。

「私だって、まさかめぐから電話をもらうなんて思ってもみなかったわ。結局、小学校を卒業して以来なんだもの、ありんこと変わらないのよね」

煙草の煙が目にしみたのか、そこで恵美は急に顔を上げ、わずかに目を細めて、眉間に皺を寄せた。それから、目をしばたたかせて顔を歪めながら煙草をもみ消す。

「だって――梨紗には電話したらいけないと思ってたのよ、私」

「どうして？」

梨紗は、いつもと同じように静かな表情で恵美を見ていた。また赤ん坊の泣き声が聞こえてくる。ちり紙交換のトラックが、間延びしたテープを流しながら窓の外をのろのろと通った。

「梨紗、私のことを怒ってると思ったから」

「私が、めぐのことを？」

恵美は急に神妙な面もちになって、一つ深呼吸をすると口を尖らせた。

「だって――」

「何よ、言って」

「私だけ、私立の中学に進んじゃったでしょう？　梨紗の家が、あんなことになってるなんて、私、知らなかったから。だから、きっと梨紗は私に裏切られたと思ってるだろうなって」

梨紗は、一瞬ぽかんとしてしまった。だが恵美は神妙な顔で「ごめんね」とつぶやき、媚《こ》びるように上目遣いで、梨紗の顔をのぞき込んでくる。

「そんなことで私が怒ってると思ってたの？」

梨紗は心の底から驚いて、わずかに口を尖らせている恵美を見つめた。

勉強の嫌いだった恵美は、成績も芳《かんば》しいとは言えなかった。だから、恵美の両親と担任が相談して、高校受験の苦労をせずに済むようにと、程度は低いけれど、中・高一貫になっている私立の学校へ行かせることにしたのだと、梨紗は記憶している。そんな子どもが、クラスに五、六人はいたはずだった。

「誤解だわ。私、全然」

梨紗は笑いながら恵美を見た。恵美は「でも」と言ったまま、まだ口を尖らせている。

「だって、私が私立に行くって決まってから、梨紗は全然、口もきいてくれなくなったし」

梨紗は呆気に取られて恵美を見ていた。話をしなくなったのは、そんな理由からではなかったではないかと言いたかった。第一、梨紗の家が破産したのは、梨紗が高校生の頃だ。

「話さなくなっちゃったのは、ありんこもいなくなって、何となく、だったはずよ」

梨紗は、それだけを言った。けれど、恵美は梨紗の言葉など耳を傾ける様子もなく、不満そうな表情のまま「でも、私の方だって裏切られた気分だったんだからね」とつぶやいた。

「あんなに仲良くしてたのに、ありんこは急に消えちゃうし、梨紗は私と口をきいてくれなくなるし。六年生の時って、本当に何だかおかしかったと思わない？」

「――――」

「あのクラスだって、最低だったじゃない？　皆がばらばらで、刺々《とげとげ》しくて。担任が悪かったのよね、きっと」

「――藤代先生？」

「そうそう、藤代っていったっけ。あいつが最低だったんだわ」

梨紗は、久しぶりに昔の担任を思い浮かべて、物悲しい気分になった。いつでも白い布の帽子を被って、昔の書生さんのような雰囲気の漂う藤代先生は、今にして思えば文学青年風の、結構インテリっぽい人だった。だが、こちらを見つめる眼鏡の奥の目が、ひどく悲しそうに見えていたことまでを思い出して、梨紗は急いでその思い出の扉を閉じようとした。

「梨紗は、ひいきされてたから、いい思い出の方が多いんだろうけどね」

だが恵美は容赦なくその扉をこじ開けさせようとする。梨紗は表情を押し殺したまま、そんな恵美の顔を見た。三人揃って、あんな風に職員室に呼び出されたことさえあるのだから、いい思い出ばかりとはとても言い難い。

結局、小学校の最後の二学期間というもの、梨紗は亜理子には転校され、恵美とも口をきかなくなって、一日として気持ちは晴れることなく、すっかり孤立した存在になって過ごした記憶がある。二学期からの藤代先生は、教室内に二つの空席を残したままで授業を続けた。四十七人で始まった六年五組は、卒業まで四十七人でいたいのだと、先生は言っていた。

「ねえ、ありんこって、藤代先生に憧れてたでしょう。知ってた？　あの子、好きだったのよ」

恵美がふいに突拍子もないことを言い出したので、梨紗はまたもや驚いて恵美を見てしまった。恵美は自慢気な笑みを浮かべている。

「あの子の家にね、藤代先生が何回か通ってたことがあるのよ。個人的に何かあったんじゃないかねえ。ありんこって、ああ見えて案外早熟なところ、あったから」

「――どういう、意味？」

恵美は、「きゃははは」と笑いながら、身体を大きくのけぞらせた。

「あの子って、ぼんやりしているみたいで、結構抜け目のないところ、あったじゃない？　妙に女っぽいっていうか。ふだん、滅多に泣いたことなんかないくせに、藤代先生の前でだけ、泣くんだもんね」

梨紗は呆れてしまって、言葉も見つからなかった。梨紗の家にだって藤代はやってきた。それは、恵美の家も同じだったはずだ。時には、三人の親が集められることもあったではないか。それを、恵美は本当に忘れてしまっているというのだろうか。第一、あの時思わず涙を流したのは、亜理子だけではなかった。

――やっぱり変だわ。この子、変よ。

「梨紗なんか、気がつかなかっただろうけど、あの子一学期には生理が始まってたし、とにかく、女なのよ、お、ん、な」

だが恵美は一人でまくしたてている。少しずつ顔が紅潮して、話す速度が早くなってきている。それが恵美の特徴らしかった。酒が入っていなくても、とにかく話に勢いがついてくると、何を言い出すか分からなくなるらしい。

「今だって、てっちゃんに言い寄ってるのよ、あの子」

「——まさか」

「本当だってば。てっちゃんねえ、迷惑だって困ってた。こんなことなら、紹介なんかするんじゃなかった」

赤ん坊の泣き声が耳についてきた。さっき泣き出した時から、いつの間に泣き止んでいたのか分からないが、今また、ひときわ大きな声で泣いている。部屋が暑いわけではなかったけれど、梨紗は何だか息苦しく、汗をかいているような気分になった。それなのに、身体の奥はぞくぞくとしている。

「まあね、それもこれも、てっちゃんの方が悪いんだけど。ありんこのせいじゃないと思う。てっちゃんが、もっとしっかりしてくれればいいのよ。私たちは、何て言ったって、親友なんだもん」

一本消しては、またすぐにつぎの煙草に火を点けながら、恵美は天井を見上げて「うるさいなぁ」と言った。赤ん坊は、悲鳴に近い声を上げて泣き続け、ほとんど声がかれてしまっていた。

——本当に、母親になろうっていうの。

梨紗は言葉もなく、ただ黙って恵美を見ていた。今度は網戸と物干し竿を売る車が、部屋の前を通って行った。

5

山の方から雷の音が聞こえてきた。それまでは、そよとも動かなかった北向きの窓のカーテンが、急にふわりと膨らんで、湿っぽいひんやりとした風が吹き込んでくる。裏庭の大きな椿《つばき》の木が、急にざわざわと騒ぐのが聞こえてきた。

「――夕立が来そうだね」

それまで、本棚に寄りかかって、黙って膝を抱えていた少女がぽつりとつぶやいた。ベッドに座ったまま、足をぶらぶらとさせていた少女も、顔を上げてカーテンの揺らぎを見ている。

オレンジ色のカーペットの上には、さっき店で働いている人が持ってきてくれたコーラとコップ、それに綺麗に皮を剝いた梨が、丸い盆に乗せられたまま、手をつけられずに置かれている。コーラは少女たちの大好物だったけれど、さすがに二人とも、今は手をつける気にはなれなかった。

すっとドアが開いた途端、二人の少女は強ばった顔を上げた。だが、入ってきたのが部屋の主だと分かると、二人は急に安心と心配の入り混ざった顔になる。窓から入る風が、開かれた扉に向けて大きく吹き抜けていった。

「どうしてる？」

「何か、聞こえた？」

二人は、そっとドアを閉めて部屋の中央にぺたりと座った少女の顔をのぞき込んだ。少女は大きく深呼吸をすると、取りあえずコーラを一口飲んだ。その動作を、あとの二人がじっと見守っていることは十分に承知している。

「乾くんのおばさんが、泣いてた」

やがて、少女はもう一つ深呼吸をしてから小声で言った。

「うちのお母さんたちも、皆、もらい泣きしてる。藤代先生も、泣いてるみたいだったよ」

少女の言葉に、ありんことめぐは口をつぐんだままうつむいてしまった。また、ごろごろと雷の音がした。さっきよりも、もっと強い風がカーテンをばたばたと乱した。部屋の下の物置の屋根にぱら、ぱら、と雨の当たる音がしたかと思うと、次の瞬間には、ざあっという音が辺りを包んだ。

「雨が入ってきてる」

ありんこが控えめな声で言った。少女は急いで立ち上がり、窓に近づいた。窓枠近くに、大きな雨粒がぼたぼたと当たっている。物置の屋根の上は激しい雨で煙って、いつもならばその向こうに見える山も、今は見えなかった。物置の横の椿の木も、風に大きく揺れている。もう一度、今度はかなり大きな音で雷が鳴った。振動で、窓のどこかがびりびりと震えた。

窓を閉めると、ばたばたと騒いでいたカーテンの音が止み、とたんに蒸し暑さが戻ってくる。部屋は雨に降り込められた。

「とにかく――」

そのまま机に向かう椅子に腰をおろすと、少女は二人を見比べた。ベッドに座っていためぐが、すとん、とカーペットに膝をついて、梨に手を伸ばしているところだった。

「私たちは、約束を守るんだからね」

ひそめた声に力をこめて、少女はめぐとありんこを見た。めぐにつられて、自分も梨に手を伸ばそうとしていたありんこの動作がぴたりと止む。

「――分かってるよ」

「分かってる」

二人は、悪いことでもしているみたいに、そっと梨にフォークを突き立てる。屋根を叩く雨の音と家を震わす雷の音が、この場面をいつになく劇的に見せていた。梨を口に含んでいるところが、今一つぴんと来なかったけれど、それでも、三人が誓いを新たにするにはぴったりの天気といえた。

「誓おう、ちゃんと」

少女は厳粛な気持ちで言った。それから、机の引き出しを開けて、マッチとロウソクを取り出す。

「マッチの誓いね」

「一生、守るのね」

ありんこは、急いで梨をのみ込むと、スカートのポケットからハンカチを取り出して手を拭いた。それに合わせてめぐも目を白黒させながら、慌ててフォークに残っていた梨を頬張る。少女は、二人が机の傍に集まるのを待って、うやうやしい手つきでマッチを一本ずつ配ると、ロウソクに火を点けた。

「一生、何も思い出さない。一生、誰にも話さない。一生、あとの二人を守る」

少女たちは、これまでも毎日のように繰り返した誓いの言葉を呪文のようにつぶやき、灰皿の上に立てたロウソクの上で、三方からマッチの頭を突き合わせ、それを、そっとロウソクの炎に近づけた。ぼっと青白い炎が上がった瞬間に、三人で息を吹きかける。マッチの頭はお互いにくっついて、三角形が出来上がった。

少女たちは、少しの間無言でマッチを見つめ、それから一度くっついてしまったマッチをそれぞれに引き離して、一本ずつを丁寧にティッシュに包み、二人はスカートのポケットに、少女は秘密の宝箱にしまいこんだ。その時、雷が一際激しく轟《とどろ》いて、ありんこが「きゃっ」と小さく悲鳴を上げた。

「どこかに落ちたのかな」

誰ともなくため息をついて、三人はまた部屋の中に散らばった。何度誓いを立てても、本当は心の波立ちがおさまらないのは、誰もが一緒だった。誓っても、誓っても、不安はやってくるのだ。

それから一時間以上も、少女たちはそうして何もせずにいた。階下では、少女たちの母親と、乾くんのお母さん、そして藤代先生が、ずっと何かを話し合っている。いったい何を話し合っているのか、それが、少女たちにどのような影響を及ぼすのか、まるで想像がつかなかった。

「もう一度、見てくれば？」

めぐが心配そうに少女を見る。

「見つかったら、叱られるもん」

だが、今度は少女はそう答えて動かなかった。ありんこは、一人で膝をかかえたまま、ぼんやりと天井を見上げて雨音に耳を澄ませていた。少女も、それにならって耳を澄ませた。

そうして雨音を聞いていると、雨水が集まって川に注ぎ込む様子が目に浮かんだ。増水し、濁った川は、いつもよりも激しく岩を嚙み、渦を巻くことだろう。そして、全てのものを流し去り、最後には海にまで押し出してしまうのだ。

それから、森の中の秘密の場所も思い浮かぶ。森に入ると、雨の音はふだんと違って聞こえた。地面を叩く雨音、木の葉や草を叩く音、そして木々から落ちる滴の音が、それぞれに違った調子で聞こえてくる。だから、少しの雨でもうるさいくらいに聞こえるのに、実際には枝に守られて濡れることは少ない。そして、辺りからは草の匂いや土の匂いが満ちて、不思議な秘密めいた雰囲気に包まれる。少女は、そんな森が大好きだった。けれど、あの森には、ずっと行っていなかった。もう二度と行かないと、三人で誓ったからだ。

「りぃちゃん」

ずいぶん長い間ぼんやりしていると、突然、階段の下から少女を呼ぶ声がした。少女は一瞬心臓が縮み上がって、声を出すことが出来なかった。次に、とんとんと階段を上がってくる足音がして、少女たちは一斉に緊張した。

「皆、ちょっと来てちょうだい」

控えめにドアをノックする音に続いて、少女の母親が顔を出した。少女は、何だか久しぶりに見たような気がする自分の母親の顔から、何かの合図を読みとろうとした。けれど、母はすぐに顔を引っ込めてしまい、結局は何を感じることも出来なかった。

「そこに、お座りなさい」

三人でのろのろと階下に下りると、応接間には五人の大人がいた。ソファーは大人たちが占領しているから、少女たちはおとなしくカーペットの上に正座した。

「皆、ごめんなさいね」

最初に口を開いたのは、乾くんのお母さんだった。ハンカチを握りしめて、目も鼻も真っ赤になっている。女優さんみたいに綺麗な人だと思っていたのに、少しの間にすっかりやつれて、お婆さんのようになってしまった。

「辛い思いをさせてしまって、本当に、ごめんなさいね」

おばさんは、もう一度そう言って、ハンカチで鼻をおさえながら、少女たちに向かって深々と頭を下げた。隣にいた藤代先生も、眼鏡を外して目頭を抑えている。

「急にね、こんなことになったものだから、おばさんたちも、大人の人たちも皆、慌てちゃったのね。何とかして、どんなことをしてでも、裕ちゃんを探したくて、それが、あなたたちをこんな風に傷つけることになるなんて、考える余裕もなかったの」

少女たちは、唇を噛みしめたまま、黙ってうつむいていた。さっきまでけろりとしていたはずなのに、めぐが堪まりかねたみたいに鼻をすすり上げ始めた。

「皆に、嫌な思いをさせたね」

一度鼻をすすり上げる音がして、藤代先生の声が聞こえてきた。語尾がわずかに震えている。その話し方は、学校で聞く時とはまるで別人のようにしみじみとしていた。

「先生も、君たちのことを忘れてたわけじゃない。いつだって、皆の気持ちを大切にしたいとは思ってたんだ。皆、先生の大切な生徒だからね――だけど、乾が、こんなに何日たっても見つからないなんて、そんなことがあるなんて――」

先生の言葉はそこで途切れた。そっと顔を上げると、先生はまた目頭を抑えてしまっていた。

「学校で、先生から皆に説明して下さるって。クラスの子たちが、おかしな噂をしたり、あんたたちをいじめたりしないように、ちゃんとお話しして下さるって」

「辛かったかも知れないけど、乾くんのことを考えてあげて、皆のことを許してあげるのよ」

少女の母たちも、口を揃えて言い始めた。

「乾くんは、きっと帰ってくるわ。おばさんたち、そう信じてるの。だから、あなたちもね、乾くんのお母さんの気持ち、分かるわね？」

少女は、喉の奥に痛いものがこみ上げてくるのを感じて、何度も唾を飲み下したけれど、あんまり我慢しているうちに、唇が震えてきてしまった。

「もう、こっくりさんなんかに凝るんじゃないのよ。あんなことをするから、皆におかしな目で見られるんだからね」

ありんこのお母さんの声がした時、ありんこが急に泣きだした。それにつられたみたいに、少女の目からも涙が落ちた。人前で泣くのなんか大嫌いなのに、スカートの上にぽたり、ぽたりとしみが出来ていく。

「転校前にこんなことになっちゃって、本当にごめんなさいね、亜理子ちゃん」

乾くんのお母さんは、声をつまらせながらも優しい言い方をしてくれた。

「裕ちゃんは、男の子だからね、学校でどんなことがあったかとか、誰と遊ぶとか、細かいことは話さないのよ。だから、皆に仲良くしてもらってることなんて、おばさん、ちっとも知らなかったの——帰ってきたら、少しは叱らなきゃ、駄目ね」

雷は、だいぶ遠ざかったようだった。もう家を震わせることもなく、微《かす》かにごろごろと唸るのが聞こえるだけになっている。

「本当に、しょうのない子よね。皆に、こんなに迷惑をかけて、梨紗ちゃんたちに心配させて。おばさん、本当に、ちゃんと叱るからね。裕ちゃんの分も、ね、謝るわ。だから、許してやってね」

わーん、と声を上げて、ありんこが少女にしがみついてきた。少女も思わず声を上げて泣いてしまった。抱き合って泣いていると、めぐも加わってきて、一際大きな声を上げた。

「泣かないで。本当に、おばさんたちがいけなかったの。謝るわ、ね」

「乾くん、乾くん、可哀相だよ」

泣きながら、少女は思わず声に出して言っていた。めぐとありんこも、少女にしがみつきながら口々に「可哀相」を連発し、さらに大きな声で泣いた。周囲から、大人たちのすすり泣きも聞こえてくる。泣くほどに、耳鳴りがして、顔が熱くなった。けれど、頭の中はどんどんと静まり返っていくのが分かる。そうだ、ありんこはもうすぐ転校してしまう。引っ越した先で誓いを破ったりしないように、後でもう一度念を押しておく必要があると思った。

緩やかなチェロの音色を聞きながら、梨紗は素肌にひんやりと木の床の感触を味わっていた。自分の家の床だったけれど、こうして頬をつけたことは、これまでになかった。目を閉じて、うっとりと音の海に身を浸していると、どこまでも漂っていかれそうな気持ちにさえなってくる。

6

「酔っぱらったかな」

ゆっくりと目を開けると、そこには哲士の柔らかい笑顔があった。梨紗は、微かに鼻を鳴らすような声を出し、再び目を閉じた。ほんの二、三杯の水割りを飲んだだけだから、酔っているとも言えないくらいだが、それでも全身をアルコールが熱くかけ巡っているのは感じられる。

「大丈夫？」

哲士は再び耳元で囁いた。

「――いけない人」

梨紗は、薄いタオルケットを身体に巻きつけて、床の上を転がった。開け放した窓からは心地良い風が絶え間なく吹き込んで来て、街の明かりが天井をほの白く浮かび上がらせている。

額にかかる髪をかきあげて、ぼんやりと天井を見上げていると、哲士も傍まで滑ってきて、また梨紗の肩に手を回す。

「いけないよな――自分でも、そう思うよ」

「そう思うのに、こんなことしてるの？」

「こうしてるのが、いちばん自分らしいんだ」

哲士は、囁きながら梨紗の首筋に唇を這わせてきた。梨紗は、もう一度ごろりと床の上を転がり、身体にタオルケットを完全に巻きつけてから起き上がった。そのままタオルケットを引きずってカウチに腰を下ろし、今度はカウチの上に足を伸ばして、グラスに残っていた水割りを少し飲む。

「人魚みたいだ」

哲士は床に寝ころんだまま、肘枕をしてこちらを見ている。梨紗は、哲士に細く長い首を見せるように、大きく頭をのけぞらせて喉の奥で笑った。

彼は、こうしてほの白い闇の中で眺めると、まさに申し分のない外見を持っていた。筋肉質とまではいかないが、無駄のない身体には、まだ首筋や肩、胸の線に、わずかに少年の面影を残している。これで中身がしっかりしていたら、かなり良い線をいくと思うのだが、神様はそれほど不公平ではないらしかった。

「俺ね、誓ったんだ」

その哲士は、肘枕をしたままでこちらを見ている。

「そう——何を？」

梨紗は、哲士が恵美にしているように、少しずつ彼の言葉を聞き流す癖がついて来ていた。彼は、梨紗がどんな曲を聴いていても、それに関しては何のコメントも寄せなかった。クラシックには興味はないのかも知れないが、あまりにも何も言わないから、梨紗はそれだけでもう、物足りなさを感じ始めている。それ以外にも、何を話していても物足りないのだ。

「めぐのことが片づいたら、俺、心を入れ替える」

梨紗は、溶けて小さくなってしまった氷を口に含み、かりっと音をたてて嚙みながら、誓うという言葉も嚙みしめていた。

「ありんこのことは、どうするの」

わざと意地悪く聞いてみた。哲士は、頭を支えていた手を外して、ごろりと床に転がってしまう。

「今は、まずは、めぐのことだろう？」

「それは、そうだけど。めぐのことが片づいたら、心を入れ替えて、真面目にありんことつき合う？」

実際、梨紗は、それでも一向に構わなかった。独占したいという欲望よりも、人のものを密かに奪っている楽しみの方が遥かに大きい。第一、哲士などを独占したところで、梨紗にとっては何のメリットもありはしないのだ。

「意地悪言うなよ」

哲士はそう言うと、身体に弾みをつけてひょいと起き上がり、下着をつけただけの姿で傍にやってきた。カウチに乗せている梨紗の足を持ってどかすと、まずは自分が座って、改めて自分の膝の上に梨紗の足を乗せる。梨紗はされるままになりながら、じっと哲士の横顔を見つめていた。

「それにしてもさ。本当に、うまくいくかな」

「だって、何とかしなきゃならないでしょう？」

哲士は自分で濃い水割りを作りながらため息をついた。そして、膝の上の、梨紗の身体を巻き込んでいるタオルケットをまさぐって梨紗の足を探し出すと、足の裏に作りたての水割りを満たしたグラスをつける。梨紗は「冷たい」と足を縮め、少しだけ声を出して笑った。

「その声が、好きなんだ。ほっとする声」

哲士はしみじみとした声でつぶやき、氷の音をさせながらグラスを傾けた。

「ちゃんと始末してくれさえすれば、こんなことする必要もないのにな——ちょっと、手荒だよな」

「——主義に合わない？」

哲士の横顔の向こうには、水槽が青い照明に照らし出されていた。ポンプで送り込まれる空気が絶え間なく細かい気泡になって揺れながら水面に上がっていく。

「——そういう訳でもないさ。しょうがないんだから。だけど——」

哲士は、いつになく真面目な声で言った。

「君と亜理子とは、めぐに何を話すつもりなんだ」

「何をって？」

「君の説明を聞いてても、亜理子に聞いても、どうもよく分からないんだよな。めぐに、何を確かめたいんだか」

梨紗はカウチにもたせた背を大きく反らし、深々と深呼吸をした。今が何時頃なのか、見当もつかない。とにかく、二人で夕食をとって、部屋に戻ったのは十時頃だった。それから無理に酒を飲まされて、最初は寝室に入ったのだが、それからシャワーを浴びて、また酒を飲んで、ごろごろとしているうちに、すっかり夜は更けていた。眠気が、少しずつ梨紗の頭をぼんやりと包み始めている。

「確かめるなんて。私たちは、あの子のことが心配なだけよ」

「だから、何が心配なんだか、それが俺にはよく分からないんだよ」

男たちは等しく、いつでも梨紗の部屋で過ごしたがった。そして誰もが、部屋に入りさえすれば、それで梨紗を独占したような気持ちになるらしかった。梨紗としては、誰が使ったか分からないようなホテルに入るよりも、気分的にはずっと楽だったから、最初は頑《かたく》なに断り続けていても、ある程度のところで、男を部屋に入れるのを承知することにしていた。その方が男の気持ちを強く惹きつけるということも、いつの頃からか知っている。

「男の人には分からないかも知れないわね。私たちの仲って、女同士の友情でも、特別なのよ」

「特別な、幼なじみ？」

「そう。特別だから親友なの」

哲士は、タオルの上から梨紗のすねを撫でながら「分からねえな」とつぶやき、また水割りを流し込む。

「明日は、ありんことドライブでしょう？　早く帰らなくていいの？」

梨紗は、腰を回転させてカウチにきちんと座り直すと、哲士の手からグラスを取って自分も少し飲んだ。

「そんなに飲んで、大丈夫か」

「冷静に見えても、結構動揺してるのよ、私」

つい油断して、いつものペースで酒を飲んでしまったことに気づき、梨紗は慌てて言い訳をした。だが、哀れなほど愚かな哲士は、その言葉を疑うそぶりすら見せずに、梨紗のむき出しの肩を抱き寄せる。

「下見に行くだけだから。俺、君には嘘はつかないよ」

「――じゃあ、ありんこと寝ても、いちいち報告するの？　残酷だわ」

梨紗は、哲士の肩に頭を乗せたまま、そっとつぶやいた。哲士の癖は、抱いている女の髪に触ることだった。そういう癖を持つ男が多いことも、梨紗は知っていた。

「そんなこと、しないって。誓うって言っただろう？」

「誓わないで。そんなことを勝手に誓ったら、ありんこが可哀相だわ」

「――だから分からねえんだよな。女の友情ってのは、本当にわけが分からねえよ」

この節操のない男は、明日の今ごろは、間違いなく亜理子と過ごしていることだろう。だいたい、誓うなどという言葉を軽々しく使う程度の男なのだ。誓いの重さも、誓いを守る苦しさも、この男には分かってはいない。

「来週の今ごろ、私たち、どうしてるかしら」

「さあ。どうだか。まあ、どうにかなってるだろうさ」

梨紗は、この男は果たしてこれから始まろうとしていることを、少しは真剣に考えているのだろうかと思った。下手をすれば恵美を大怪我させてしまうか、またはそれ以上の最悪の事態だって起こるかも知れないような計画に、いともあっさりと乗ってしまう哲士は、本当に何も考えていないのかも知れない。

「『落とすぞ』って言ったら、めぐだって諦めてさ、素直に堕《お》ろすって言うかも知れないしな」

その言葉に梨紗は慌てて頭を起こし、暗がりの中の哲士をにらみつけた。

「駄目！　そんなこと言ったら、脅迫したことになっちゃうじゃない。後になって、何か言われたら、どうするの？」

哲士は「ああ、そうか」と間が抜けた返事をする。梨紗は、心の中で舌打ちをした。もしも、梨紗と亜理子の計画に不安材料があるとしたら、それは、この哲士の軽薄さだった。

「まあ、大丈夫だよ。一メートルくらいの高さから落とすだけなんだから、『ああ、ごめん、ごめん』で済んじまうよ」

哲士は、ぐいと酒を飲みながら、わざとらしいくらいに明るく言った。本当に、そんなに簡単なことで済むかどうか、梨紗には見当がつかなかった。

「めぐにはちょっと気の毒だけど、しょうがねえからな」

「めぐに話したりしたら、駄目よ」

梨紗はなおも心配になって哲士を見た。哲士は「分かってるって」と軽く笑い、また梨紗の頭を抱き寄せる。

「俺だって馬鹿じゃない。ロックと梨紗のためなら、何だってするよ」

——あなたのロックと私を一緒にしないで。

「嬉しい。きっと、うまくいくわね」

梨紗は、いつまでもべたべたと身体に触れられるのは好きではなかった。適当なところで、さっさと帰ってもらって、早く一人でゆっくりと休みたかった。

7

「きっと、うまくいくわよ」

少女は、乾くんと並んで太い松の木の幹に腰掛けながら、そっとつぶやいた。ほんの偶然から、少女と乾くんは、その日、二人だけで逢っていた。なぜだか、偶然にそういうことになったのだ。少女は、絶えず心臓がどきどきと波立つのを感じ、めぐや梨紗に何だかひどく悪いことをしているような、それでいて、とても幸せな気分だった。

「心配、いらないわ」

「別に、心配なんかしてないよ」

少女は、乾くんに心臓の音を聞かれやしないかと心配しながらも、出来るだけ優しい言い方をした。乾くんは、少女よりも細い足をぶらぶらと揺らしながら、少しだけ憂鬱そうに見えた。

それは、無理もないことだった。何しろ、一度こっくりさんに入ってきた乾くんの御先祖は、その後、もう一度乾くんのおじさんの家でこっくりさんをした時にも現れて、少女たちの考えている通り、悪霊を祓うべきだと言ったのだ。そして、その方法もちゃんと教えてくれた。

「月本、いつ引っ越すの」

「八月の二十日頃」

「もう、こっちには戻らないの」

少女は、乾くんが別れを惜しんでくれているのだと思うと、嬉しさで身体が痺《しび》れそうだった。乾くんの悪霊祓いに夢中になっていて、梨紗もめぐも、そんなことは聞いてもくれない。それなのに、乾くんだけは、ちゃんと覚えていてくれるのだ。

「分からないけど――でも、遊びに来られるわ。冬休みとか、春休みとか」

「そうか。じゃあ、遊びに来いよな」

本当は、自分のことで頭がいっぱいなのだろうに、少女のことを気遣ってくれているのだと思うと、少女は、このまま時が止まれば良いのにと思わずにいられなかった。引っ越しなんかしたくない、そして、出来ることならば、この大きく曲がりながら生えている松の木からも、降りたくなかった。

「本当に悪霊が取れたら――」

乾くんは、ぽつんとつぶやいた。少女は、乾くんのどんな小さな一言も聞き洩らすまいと、全身を耳にしていた。

「どんなふうに変わるのかな。急に景色が違って見えたりするのかな」

乾くんは、遠くを見る目になりながら、小さくため息をついた。半袖の白いシャツは、乾くんによく似合っていた。かっちりとした白い衿と、肩についているフラップは、彼を本当のパイロットみたいに見せた。

「よく分からないけど。でも、兼井の態度なんか、絶対に変わるよ」

「兼井？」

「急に乾くんにぺこぺこしだしたりして」

少女の言葉に、乾くんは半分不安そうだったけれど、それでも嬉しそうに笑った。

今日も、乾くんは学校で兼井たちにいじめられた。席を離れている間に、机の中の物を全部まき散らされて、その上、体操着を「大」の方のトイレに突っ込まれたのだ。乾くんが頬を赤く染めて、水浸しになった体操着を便器から拾うと、男子達は「汚《き》ったねー！」「臭《く》っせー！」とはやし立てた。少女は、クラスの皆に混ざって、遠巻きにその様子を見ながら胸が潰れる思いだった。

「いい加減にしなさいよね、男子！」

クラス委員の平林さんが大きな声で言ったけれど、男子はインディアンみたいな声をひゅうひゅうと上げるばかりで、平林さんの言うことなんか、まるで聞いていなかった。

乾くんは終始うつむいたままで、便器から拾い上げた体操着を掃除用具を洗うための大きな流しに持っていくと、ざぁざぁと水を流して洗った。後ろから見ていても、乾くんの耳が真っ赤に染まっているのが分かった。

けれど、学校で何があっても、それを口にしないのが、少女たちと乾くんとの間の暗黙の了解だった。

「そうしたら、仕返ししてやりなよ」

「仕返し？」

「兼井たちをさ、やっつけてやれば？」

「——いいよ、そんなの。僕は、そういうこと、嫌いだから」

乾くんに言われて、少女は恥ずかしさに真っ赤になってしまった。乾くんの方が、少女よりもずっと優しくて、ずっと大人に見えた。


「大丈夫、きっとうまくいくわよ」

——そう。あの日の私も、今と同じ台詞《せりふ》を言ったんだった。松の幹に腰掛けて、後にも先にも一度だけ、あの子を独り占めした日だった。あの子よりも大きい自分が恥ずかしくて、あの子よりも先に大人になる自分が恥ずかしかった。あの日の私は、今よりもずっと小さくて可愛かったのに。

亜理子は、哲士の横顔を見つめながら、ふとそんなことを思い出していた。あの日、どうして亜理子は乾くんと二人だけで逢っていたのだろう。その辺りのことは、よく覚えていなかった。たぶん、亜理子が掃除当番で、乾くんは他の当番で、帰りが一緒になったからかもしれない。いや、学校の帰りまでは、なるべく一緒にいないようにしようと相談してあったのだから、他の理由だっただろうか。

「道順、ちゃんと覚えた？」

静かに目を閉じている横顔に、亜理子はそっと囁きかけた。眠ってしまっているだろうかと思ったけれど、哲士は低い声で「ああ」と返事をした。

「きっと、うまくいくわ」

亜理子は、シーツの下の身体を哲士にすり寄せて、その腕に自分の腕を絡ませた。胸をぴったりと二の腕につけると、哲士はわずかに目を開けて、ゆっくりと亜理子の方を見た。

「あそこ、高さはどれくらいだったっけ」

「一メーターか、一・五メーターくらいだと思うわ。大した高さじゃないわよ」

「――そんなもの？　何だか、結構高いみたいな感じがしたけどな」

亜理子は、哲士の肩に頰を寄せながら「暗かったからでしょう」と答えた。頭の中で、石がちゃぶちゃぶ落ちる音が聞こえた。同時に、足元から震えが上がって来そうな気がして、亜理子は思わず哲士の腕に回した手に力をこめた。「さてと」と、哲士が一つ息を吐き出した。

「飯、食いに行かないか」

言うが早いか、哲士は素早くベッドから起き上がり、シャワー・ルームへ向かった。亜理子は、黙ってその後ろ姿を見ていた。亜理子だって本来はぼんやりするのは好きではない。けれど、自分よりも先に相手がさっさと動き出すと、それも妙に味気ない気分になる。ふだん、恒平にこういう思いをさせていたのかと思うと、亜理子は少しだけ、恒平に申し訳ない気分になった。それと同時に、昨日逢ったばかりの彼が急に懐かしく思えてくる。

――まあ、いいわ。来週が終われば、また何かが変わってくるんだから。

亜理子は、大きく伸びをすると、自分も起き上がった。昨日に続いて、今日も同じ道を走ったから、頭の中には完璧に道順が入っている。食事をしながら、哲士が完璧に道を覚えているかどうか、確認する必要があった。

そのホテルのシャワー・ルームはガラス張りになっていたが、今はロール・スクリーンを下ろしているから、シャワーを浴びている哲士のシルエットだけが見えている。亜理子は、彼がまだゆっくりとシャワーを浴びているのを確認して、素早く枕元の電話に手を伸ばした。

「下見は済んだわ」

数回のコールの後で出た声に、亜理子は声をひそめて報告をした。梨紗は電話口で「いい場所？」と言った。

「完璧。多少の物音だって、あそこなら川の音に消されるわ」

「人通りとか、周囲の様子とかは？」

「大丈夫。昨日のうちに、大体歩き回っておいたし、今日も少しは見て回ったから」

亜理子は、声を殺したまま早口に説明をした。梨紗は、それでは自分が行く必要は本当にないかと念を押すように言って、亜理子が「信用してよ」と答えると、ようやく安心したようだった。

「めぐの方は、頼んだわね」

亜理子がそう言った時、哲士のシルエットがバスタオルに手を伸ばした。亜理子は「じゃあ、後で」と言って、急いで受話器を戻した。

「なに食べる？」

髪を拭きながら出てきた哲士に、亜理子は明るい声をかけた。哲士は「焼き肉、かな」と言いながら、さっさと下着をつけ始める。

「そうね。スタミナつけてもらわなきゃ」

亜理子は、ぜい肉のついていない哲士の身体を眺めながら、にっこりと笑って見せた。本当は、亜理子はパスタかエスニック料理を食べたいと思っていた。こんな時、恒平ならば、まず先に亜理子の食べたい物を聞いてくれる。改めて見れば、首から上と身長はだいぶ違うけれど、体格的には、恒平だってそう見劣りはしないと思いながら、亜理子は哲士と競争するみたいに身支度を始めた。

昨日、急に将来のことなどを言われたせいかも知れない。亜理子は今日一日、何をしていても恒平のことが頭から離れなかった。一応、おざなりのような雰囲気で、こうして哲士とホテルに来ていながら、やはり頭の中では恒平のことを考えていた。

——大丈夫。きっとうまくいく。

松の木に腰掛けて、あの時風に吹かれながら胸をときめかせていた少女は、どこへ行ってしまったのだろうと、ふと思う。二つの月が、水の中でおぼろげに揺れている風景が目に浮かんだ。

8

車のヘッドライトは、闇に浮かぶガードレールばかりを照らし出し、曲がりくねった道を進んで行く。ディーゼルのエンジンはうるさく響いて、あまりサスペンションも良くないから、車は小さな石ころを踏んだ程度の衝撃も、馬鹿正直なほどにシートに伝えてきた。カーブの度に、足元をジュースやコーヒーの空き缶がころころと転がった。ペダルの下に入り込まれては困るから、哲士はその缶を乱暴に踏みつけ、信号待ちをしている間に、ドアを開けては蹴り落とした。車は、バンドのメンバーから借りた古いワゴン車だった。

「こんな季節になって、まだホタルなんて見られるの？」

助手席から、恵美が嬉しそうな声を張り上げてくる。かなりのボリュームでロックのテープをかけているし、エアコンの調子が悪くて窓を開け放しているから、いちいち大声を張り上げなければ相手に聞こえないのだ。

「そういう話なんだけどな」

夜道を見つめてハンドルを握りながら、顔だけ恵美の方を向いて答えると、恵美は

「へえっ！」と感心した声を上げる。

「東京でホタルが見られるなんて、思ってもみなかった！」

風に髪を乱しながら、恵美は「最高！」などと声を上げて笑っている。哲士は、何度となくジーパンの腿に手のひらをこすりつけながら、ハンドルを握っていた。普段は、そんなことはないのだが、何度拭っても手に汗をかいてしまう。その時、後ろから肩を叩かれ、耳元で亜理子の声が大きく響いた。

「もう少し、ボリュームを下げてくれません？　スピーカー、後ろにあるから、うるさくてたまらないわ」

「ああ、ごめん」

「それから、梨紗が少し寒いって」

哲士は急いでテープのボリュームを最小にしぼり、恵美にも言って窓を閉めた。途端に静けさが広がった。ぱりん、と良い音をたてて、隣で恵美が菓子を食べている音が妙に大きく響く。哲士は急に息苦しさを覚えて、あまり効かないと分かっているエアコンのスイッチをひねった。

「そうよね。仕事が終わってからだって、こういう遊び方もあるのよね」

恵美は嬉しそうに独り言を言うと、身体を捻《ひね》って菓子の袋を後ろの二人に回している。

哲士は、前を行く車のテール・ランプだけを見つめて、なるべく何も考えないようにしようと思った。

これだけ車が振動を拾っているのだから、その衝撃で恵美が腹を痛くしてくれないものかと思う。そうすれば、こんな苦労はせずに済むのだ。

――頼む。そうなってくれよ。

哲士は半ば祈るような気持ちでハンドルを握っていた。そうすれば、手荒な真似はしなくて済む。子どものことさえ何とかなれば、もう少しの間、つき合っていたって良いと思うくらいだ。

「さすが、梨紗の考えることは違うよね。私なんか、こういうこと、ちっとも思いつかなかったもん」

恵美は、妙な沈黙を守っている後ろの二人にも、無邪気に話しかけている。その度に、亜理子か梨紗の声が短く返事をした。哲士は、喉が乾いて、下腹が少しずつ痛くなりそうな気分になっていた。この車に乗っているのは、本当は四人ではない、五人なのだと、妙なことを考え始めている。

「結局、今年の夏はどこへも行かれなかったんだもん。こういうことでもしなきゃ、つまんないと思ってたんだ」

梨紗たちが、どういう言い方をして恵美を誘ったのか知らないが、とにかく計画は順調に滑り出していた。数日前、恵美は瞳を輝かせて「夜中のドライブ」を提案してきた。そして、どうせならば二人よりも四人で行った方が楽しいとまで言い出したのだ。梨紗たちと打ち合わせた通り、哲士は恵美の申し出を快く引き受けて、東京の外れにホタルの見られる場所があるらしいと話した。恵美はすっかりはしゃいでしまって、即座に哲士の目の前で梨紗に電話をした。

「私は仕事だから、梨紗がお弁当を用意してくれるって」

電話を切った後で、恵美は満面の笑みを浮かべて言った。哲士はアルバイトを休む約束をし、バンドの車を借りると請け合った。そして今、哲士は先週亜理子と走った通りの道を、あの渓流に向かって走っている。

「泳ぐっていうのも、いいわよね」

恵美は身体を捻って、また背後の二人に話しかけている。

「水着なんか持ってきてないわ」

亜理子の返答に、恵美は、小さく足踏みをして「きゃはは」と笑っている。仕事のある日には、恵美はかなり強烈な香水を使うから、彼女が少し動く度に、車内に匂いが振りまかれた。

「どうせ真っ暗なんだから、裸だって平気よ。何だったらてっちゃんに見張っててもらえばいいんだもんね？」

「――冷えたら、よくないんじゃないの？」

「平気、平気。ねえ、泳げるような場所？」

急にくるりとこちらを見られて、哲士は返答に困った。何しろ、先週下見に来たのも暗くなってからだったから、哲士は川そのものは見ていない。

「危ないんじゃないか？　流されたって知らないぞ」

だが恵美はすっかりはしゃいだ声を上げて、「平気だよ」などと言っている。哲士は何だか急に恵美が可哀相に思えてきて、アクセルを踏む足から力が抜けてしまいそうになった。

「とにかく――まずはさ、一応ホタルを探してみようぜ。せっかくホタル狩っていうことで行くんだから」

出来るだけ落ち着いた声で言うと、恵美は「そっか」と、いつになく素直に返事をして、それから少しの間おとなしくなった。ぽつりと「ホタル、か」とつぶやいたが、それは後ろの二人には聞こえなかったようだった。

後ろの席からは、さっきから物音一つ聞こえてこない。おそらく、梨紗も亜理子も緊張の極致にいることだろう。そう考えると、哲士もますます緊張してくる。今ならば、まだ十分にやめられる。こんな計画は、なしにしてしまおうと、心の中で声がする。

——だったら、おまえはおとなしく親父になって、こいつと所帯を持つのか？

その度に、もう一つの声がして、哲士は慌てて頭を切り替え、急かされているような気分でアクセルを踏み続けた。

——少しは泣くかも知れないけど、それがこいつのためでもあるんだ。

哲士は、何度も自分に言い聞かせた。

「この辺り、私も来たことあるわ」

急に亜理子の声が聞こえてきて、哲士ははっと我に返った。それは、二人で決めた暗号だった。最後の山道に入る場所が、どうしても今一つ思い出せなかったから、次の信号で曲がるという時に亜理子が声をかける手はずになっていた。

「哲士さん、この辺りに、お詳しいんですか？」

梨紗が控えめな声をかけてくる。

「いや、そうでもないけどね」

「でも、すごいわ。何だか地元の人みたい」

「てっちゃんてね、方向感覚が鋭いのよ。そうじゃないと、テレビ局なんか走り回れないんだって。野性的、勘ってヤツかなぁ、ね」

哲士は、乾いた笑いを洩らしながら、梨紗のわざとらしさに初めて腹を立てていた。以前、梨紗の家で酔っぱらって寝込んでしまった時のことを思い出す。あの時、哲士は眠ったふりをして三人の会話を聞きながら考えたものだ。誰がいちばん、うわてなのか。誰が、いちばんの悪なのか。

――めぐや亜理子は、手ごわいとは思わないけど。

亜理子からの指示通り、哲士は次の信号でハンドルを右に切った。とたんに、闇が深くなったみたいに感じる。

「そうそう、この道だったかも知れないわ」

亜理子がそれで良しという暗号を寄越す。哲士はこれから徐々に登りにさしかかる道を、ひたすら走り続けた。

梨紗は三人の中でいちばん何を考えているのか分からない。清楚《せいそ》なのか奔放なのか、その時によって違う顔を見せ、一見するといかにも弱々しく見えるけれど、内側には、何か不気味な力を秘めているようにも感じられる。三人の中で、いちばん手ごわいと思えるのは、外見とは正反対に、実は梨紗に違いなかった。

――だから、惹かれるのか。

「ああ、虫の声がするわね」

その梨紗が、いつもの柔らかい声を出した。哲士は、最小のボリュームで流していたテープも止めて、うるさいばかりでちっとも涼しくならないエアコンのスイッチも切った。再び、少し窓を開けると、風の音と虫の音が飛び込んでくる。

「何だか、もう秋っていう感じ」

恵美も、いつになく静かな声になった。

ディーゼルの唸《うな》りだけを響かせて、それから少しの間、車中は沈黙に包まれた。景気づけに、大声で歌い出したいくらいだったけれど、喉が乾いてしまって、声が出そうになかったし、何の歌も思い浮かばなかった。

「さて、この辺りだ」

大きなカーブを曲がり、左手に見えてくる、とっくにつぶれてしまっているらしい喫茶店の前を通過して、さらに進む。やがて今度は右手にスクラップ置き場になっているらしい場所を見つけると、哲士はスピードを落として、「ほら、着いた」とかすれそうな声を出した。ライブの前だって、こんな妙な緊張はしたことがなかった。

やがて、確かに先週も車を止めた場所を見つけ、哲士は砂利の上にゆっくりと車を乗り入れて、エンジンを止めた。途端に、虫の音が一斉に車を包み込んできた。その向こうに、確かに川のせせらぎが聞こえている。

「へえ、ここも東京？」

恵美は、押し殺しながらも感心した声を上げ、急いで車の窓を引き上げる。それから、さっさとドアを開けると、砂利の地面にぽん、と飛び降りた。

「真ぁっ暗よ！」

恵美は一人で車の周囲を歩きまわり始めている。哲士は、喉元まで迫り上がってきている心臓を何とか元の位置に戻さなければと、何度も生唾をのみ込み、深々と深呼吸をして、それから背後の二人を見た。

――やるのか。本当に、やるのか。

「かっきり、十分。十分したら、来て」

亜理子が押し殺した声で言った。その間に、梨紗がハンカチでドアのレバーを握る。潔癖症の梨紗は、大勢の人間が触れる場所に自分の手が触ることに異常な恐怖を覚えるらしいと、ついこの間亜理子から聞いたばかりだった。道理で、年中手を洗っていると思ったが、哲士はそんな梨紗を改めて見るうちに、何だか彼女のすべてがわざとらしく感じられ始めていた。

――何だか、おかしなことに巻き込まれてるんじゃないのか？　おい、哲士、大丈夫かよ。

「いい？　分かった？　予定通りに、してよ」

亜理子は繰り返して言った。

「これからの人生がかかってるんでしょう？　しっかり、してよ」

そうだった。

哲士は、頭をもたげ始めた奇妙な不審を慌てて振り払うと「わかってる」と答えた。考えようによっては、亜理子と梨紗は、哲士のために、幼なじみを窮地に追い込もうとしているだけなのだ。

――悪いのは、俺ってことかな。

「何してるの？　来ないの？」

車の外から恵美の声がした。哲士は急いで車から飛び降りた。もう、後戻りは出来なかった。

「ちょっと、腹が痛くなっちまった」

車を降りるなり顔をしかめて見せると、恵美は「嫌ぁね、大丈夫？」と心配そうに顔をのぞき込んできた。その間に、梨紗と亜理子が車から降りてくる。

「あのさ、俺、ちょっと向こうまで行って来るから、その辺で待っててくれるかな」

哲士は三人に向かって軽く手を振ると、小走りに川上の方に行った。計画通りの行動だったけれど、本当に下腹が痛んでいた。

「お腹が痛いんだって。格好悪いわねえ」

結構離れたつもりなのに、周囲が静かなせいだろう、案外はっきりと恵美の声が聞こえてくる。とにかく、女三人で話したいことがあるから、その間は外していてほしいというのが、梨紗と亜理子からの要求だった。哲士は、三人がわざわざこんな場所まで来て、何を話す必要があるのだろうかと不思議だったけれど、いくら聞いても、梨紗も亜理子もあやふやな返事しかしなかった。どうせ、小さな頃の恨み言でも並べようというのだろうと、それくらいは察しがつく。

哲士は、取りあえず立ち小便をして、気持ちを落ち着けようとした。三人の小さな魔女――。ふと、そんな言葉が思い浮かぶ。こんな場所で過ごす十分は、やたらと長く感じられるものだと覚悟は出来ている。だが、十分たったら、哲士は恋人の背を押し、彼女に怪我をさせ、腹の中の小さな生命が流れるようにしむけなければならない。チャンスは一度だけ。失敗は許されないのだと思うと、十分は長いどころか矢のように早く流れてしまう。

情けない小便の音を聞きながら、哲士は一方で川の流れる音を聞いていた。それは、こうして闇の中で聞いていると、不気味なくらいにエネルギーに満ちて、とてもせせらぎと呼べるものではなかった。ずっと耳を澄ませていると、自分の中にまで川が流れ込んで来るような気がする。哲士は東の空から昇り始めた月の明かりを頼りに時計の針を確かめながら、しばらくぼんやりと川の音を聞いていた。こうして、都心から離れた場所で、のんびりと立ち小便をし、川の音に耳を澄ませていること自体が、まるで夢の世界のようだと思った。

やがて、きっかり十分が経過したところで、哲士はゆっくりとワゴン車の止めてある方へ歩き始めた。一時は静まった動悸《どうき》が再び激しくなってくる。目も慣れてきたのだろう、月の光も手伝って、借り物のワゴン車にぺたぺたと貼られているステッカーまで見えてくる。

「めぐ?」

ワゴン車の傍まで戻って、控えめな声を出すと、ガードレールの向こうから「こっち」という声がした。それは恵美の声ではなく、亜理子の声だった。耳の中で、どくどくと脈打つのが聞こえる。哲士は、白いガードレールを乗り越えて、注意深く足を踏み出した。

大きな木を回り込むと、白っぽい人影が見えた。それは、正体が分からなければ幽霊と間違えそうな光景だった。亜理子らしい人影が、振り返って手を振った。哲士は、その方向にゆっくりと近づいていった。

だが、あと二、三メートルというところまで近づいたところで、哲士は一瞬ぎょっとなった。すすり泣きが聞こえるのだ。間違いなく、恵美のすすり泣きだった。

——もう泣いてるのか。

何か、よほどショックなことでも言われたのだろうか。これから、もっとショックなことが起こるとも知らずに、恵美は岩の縁に座り込んでしまっているようだった。

梨紗が素早く近づいてきて、哲士の腕をとった。その手は、ぞくりとするくらいに冷たかった。

「大丈夫よ。ああやって座ってた方が、安定するでしょ。彼女の安全のため」

梨紗は哲士の耳元で囁いた。哲士は、梨紗に見えたかどうか分からない程度にうなずき、それから亜理子の視線とぶつかりあった。亜理子も、こちらを見てうなずいてくる。

「頃合を見計らって、慰めるような格好で、あの子の背中に手をまわして」

今度は亜理子が近づいてきて囁いた。哲士は、首筋を冷たい汗が伝うのを感じた。ますます喉が乾いている。今すぐ、何でも良いから大声を上げて、川に向かって突っ走りたかった。けれど、二人は青白い顔で、真っ直ぐに哲士を見上げている。哲士は、渓流の上に迫り出した岩の上に座って、子どものようにしゃくり上げている恵美の背中を見つめた。

――確かに、立ったまま落ちるよりは、安全だ。

「さあ」

「早く」

両方から囁かれても、哲士の足は容易に動こうとしなかった。

――ごめんな、許せな。

ごくり、と大きく唾を飲み込んで、それから哲士はようやく足を前に踏み出した。汗ばんだ足が、スニーカーの中でぬるぬると滑る。

「――めぐ、どうした？」

かすれそうになる声を絞り出して、哲士はやっとの思いで恵美の背中に声をかけた。恵美の背中がびくん、と動き、すすり泣きが止んだ。

「どうしたんだよ、うん？」

哲士は、自分もそろそろと腰を下ろすと、恵美と並んで岩の縁から足を下ろした。水音が急に近くなった。普段は、ごく普通に肩にまわせる手が、今夜に限ってはやたらと重く、なかなか上に上がらない。哲士は恵美に気づかれないように、そっと、大きく深呼吸をした。

「ねえ、てっちゃん――」

恵美が震える声を出した。

「ほら、月が――うん？」

哲士は、わざと余裕をもたせるように、両手を後ろについて、背を伸ばしていた。腰を下ろした時に、月明かりに照らされた川面が、何だか思っていたよりもずっと遠く感じられて、それが哲士をますます怖じ気づかせていた。それに足の下が、妙にすうすうとするのだ。

「私――」

恵美は、なおも鼻をすすり上げながら、小さな声で話し始めた。

「てっちゃんに、不思議な森の話、聞かせたこと、あったよね」

「不思議な森？」

「ほら、私が小さい時に、よく遊んだっていう」

「ああ、不思議な森な。あった、あった。秘密の場所になってて、おとぎ話みたいな世界でっていう、あれだろう？」

恵美は、そこで涙に濡れた顔をこちらに向けた。こんなに悲しそうな顔を見たのは、初めてだと思った。

「——話した、よね」

「ああ、話したよ。あのアニメの映画観た時に、似てるとか言ってたじゃないか。本当にそんな森があるんなら、俺も行ってみたいって言ったんだったよな。何だっけな、あの映画の——」

岩についていた手を離して、姿勢を元に戻した時だった。急に背後から強い力が加わった。

「——え？」

哲士は一瞬、自分の身に起ころうとしていることの意味が分からなかった。だが、次の瞬間には、尻が岩からはみ出して、哲士は「落ちる！」と感じた。

本当に時が止まったみたいだった。無理に首を捻って振り向くと、そこには三つの人影があった。背後から月の明かりを受けて、顔は見えなかった。

妙に長い時間、哲士は宙を落ち続けた。足から落ちたはずだったのに、途中から頭が下になった。たった今まで自分が腰掛けていた岩の上から、三つの頭がのぞいている。逆さまになった頭の中で、「何故だ？」という思いが、ぐるぐると回った。恵美の泣き顔が、妙にくっきりと焼きついている。それから、身体にタオルケットを巻きつけて、カウチに横たわっていた梨紗の姿が、白地に赤い水玉のワンピースを着て、バーのカウンターに肘をついて微笑んでいた亜理子の姿が浮かんだ。ライブの熱狂が聞こえた気がして、バンドの仲間の笑顔が見えた。毎日のようにかけずり回っているテレビ局の廊下が見え、いつも哲士を怒鳴り散らしている先輩の顔が浮かぶ。

そして、とっくに忘れていたはずの、生まれて初めて飛行機に乗った時の光景が妙にリアルに思い出された瞬間、哲士は初めて「死ぬのか」と思った。あの時も、哲士は「落ちたら、死ぬかな」と隣の母に聞いたものだ。

——ああ、そうだ。おふくろに電話するって言ってあったんだよな。夏には帰るって言ってたのに、怒ってるだろうな。

母の笑顔が見えた瞬間、ほとんど間隔を置かずに、哲士の身体は二つの衝撃を受け、最後に頭がごきっと嫌な音を立てた。そして、見開かれたままの目の前に揺れる水面が現れた。耳の横でごぼごぼという音がして、鼻や口から冷たい水が入り込んでくる。水の底にいるらしいと思った時、既に目の前は闇に包まれていた。ごうごうと川の音ばかりが聞こえて、今度は本当に自分の中に流れ込んでくるような気がした。このまま、どこまでも漂うのだろうかと、意識の最後で思った。

三人は、汗だくになりながら山の中を歩いていた。何だか手足から力が抜けて、今にも泣き出したいような気がしたけれど、誰も何も言わなかった。ただ、各々の口からはあはあという荒い息づかいばかりが闇に溶けていく。

やがて、前を進んでいた梨紗とありんこが立ち止まった。二人の後ろを歩いていた少女は、急に前がつかえて顔を上げた。

「どうしたの」

「何か、ひっかかったみたい」

「ちょっと、見てよ」

振り向けば、木立の間からは、山の下を通る細い道を進む、一台の車のライトが見える。コノハズクの声が、どこからともなく聞こえてきた。地面は堅く湿っていて滑りやすく、少女は中腰になって数歩下ると、手探りで地面を探った。柔らかい、細いものが手に触れた途端、少女は全身に鳥肌が立ち、冷たい汗が吹き出すのを感じた。

「どうしたの?」

「小さい木が、引っかかってる」

「早く、はずして」

「裂けちゃってるみたい」

「そっちも持った方が、いいよ。片手でいいから」

ありんこに言われて、少女は「それ」の脇の下に引っかかって、少女たちの動きを止めていた細い苗木を外した。だらりと力のない細い手首を握った時、何だか「それ」に手を握られそうな錯覚を覚えた。

「ほら、この方が楽だもん」

二人は相変わらず足を持ち、少女が片方の手を持って、再び山を登り始めると、梨紗は息を切らしながら言った。持った角度が悪かったのか、細い腕は、途中で少女の手の中で「ぐりん」というような音を立てた。

この山を越えて、さらに少し行ったところに、少女たちがお気に入りの場所にしている雑木林がある。三人は、そこへ向かおうとしていた。

だいぶ歩いてから、少女は前の二人に「ねえ」と声をかけた。

「バランスが悪くて、持ちにくいよ」

「じゃあ、両手を持って。服は、私たちが持つから」

そこで、三人はまたもや立ち止まった。それまで少女は服や靴を持つ役目だったから、片方の手で抱えるようにしていたのだけれど、それらを二つに分けてありんこと梨紗に渡した。

闇の中で、ずるずると引きずられていた方の手を探すと、柔らかい手のひらには、手探りでも草や土がついているのが分かった。せえの、とかけ声をかけて、少女は両手を持って腰を伸ばした。またもや「ぐきん」という響きがあった。

途中で何度か休みながら、やっと雑木林に着いた時には、三人は会話も出来ないくらいに息を切らし、汗をかいていた。喉がからからに乾いて、はりつきそうになっている。

「あった、あった」

前を歩く梨紗が、かすれた声を上げた。そこは、案外広々としていて、まるでおとぎ話に出てくるような不思議な空間だった。月は出ていないはずなのに、星明かりだけに照らし出され、昼間見るのとはまるで違う世界が開けていた。少女は、もうすっかり手が痺れてしまっていて、おまけに汗で滑るものだから、ついにたまりかねて両手を離してしまった。万歳をする形になって、人形みたいな「それ」は力のない指先で、虚しく枯れ葉を掻いた。

「ああ、手が痺れちゃった」

息を切らしながらやっとの思いで言う。

「いいよ、もうすぐだから」

黙々と足を引きずる梨紗が、振り向きもせずに答えた。見れば、青白い夢のように広がっている空間の中央あたり、見慣れた切り株の少し先に、真っ黒い口がぽっかりと開いている部分があった。穴の横には小さな小山が築かれ、そこにスコップと小さなシャベルが突き刺さっていた。

「やっぱり、蓋が落ちちゃってるね」

「こんな時に役に立つとは思わなかったね」

ようやく穴の傍まで来たところで、二人はやっと手を離して、腕で汗を拭った。ほの白い明かりの中に、もっと白い肉体が転がって見えた。

少しの間、呼吸が整うのを待ってから、少女たちは取りあえず、身体を転がしてみた。もしかしたら、まだ生きているのではないか、という思いが、それぞれの頭に急に湧き起こってきたのだ。

「げえっ！」

「ひゃあっ！」

だが、身体をひっくり返してみた途端に、三人は一様にそんな声を上げた。鋭い石の転がる河原を引きずり、ほんの少しの舗装道路を横断して、さらに山を越えてきた死体は、背中だけ見た時には分からないが、前半分は、まるで判別がつかないくらいに醜く変わってしまっていた。鼻から下は泥や枯れ葉がこびりついて、開いたままの目は片方がなくなっている。痩せて薄い胸も腹も、血がにじんで泥と混ざり合い、とても人間とは思えなくなっていた。

「ほら、やっぱり」

「悪霊の顔が出てきたんだ」

少女たちは、生まれて初めて妖怪の実物を見たと思った。それは、とてもこの世のものとは思えない、お化けの顔だった。

「こいつが、乾くんが見たお化けなんだ」

「乾くん、勝てなかったんだね」

ありんこが、しみじみとした声でうなずいた。

それは、ほんの少し前までは乾くんの身体だった物体だった。だが、今や、それはどこから見ても、乾くんではなかった。少女は何だか急に悲しくなってきて、思わず鼻をすすり上げてしまった。

「乾くん、どこ行ったんだろう」

「もしかしたら、病気にかかった時から、乾くんはすり代わってたのかも知れないね」

「じゃあ、去年のうちに、もう死んじゃってたの？」

「そうかも知れないよ。もしかしたら、だから急に男子にいじめられるようになったんだよ。男子は馬鹿だから、はっきり感じなかったけど、何となくおかしいって思ってたのかも知れないもん」

少女は、吐き気に襲われそうになりながら、乾くんの笑顔を思い描いていた。細くて茶色い髪を揺らしながら、優しい顔で笑う乾くん、悪戯好きで、何かを企んでいる時には、目をきらきらと光らせていた乾くん、クラスの男子にいじめられていることなんか、まるで気にしていないみたいに、少女たちと遊ぶ時には心底楽しそうにしていた乾くん、その乾くんは、もうどこにもいない。二人でトランシーバーで「どうぞ」をしたのに、その相手が、あの時もう既に悪霊になってしまっていたのだろうかと思うと、少女は悲しくてならなかった。あんなに優しそうに見えた乾くんの笑顔までが偽物だったのかと、だまされたような気がした。

「普通の人間だったら、あんなにすぐに死ぬわけがないんだから」

ありんこが再びつぶやいた。梨紗と少女は黙ってうなずいた。

今夜、少女たちは乾くんの「悪霊追い出し作戦」を決行したのだった。少女たちの考えた通り、場所はどこよりも綺麗な水の流れる、町から少し離れた場所を選んだ。しかも、誰にも見られないためには、夜でなければならない。何かの本で読んだ通りに、少女たちは乾くんをパンツ一枚にさせ、全身に塩を振りかけた。乾くんは、素直に膝丈くらいの深さの川に入って行った。

「駄目だ、浮かんじゃうし、流されちゃうよ」

全身を綺麗な水にさらさなければならないのに、乾くんは石のごろごろしている川床に座りこみ、胸の線くらいまで水に浸かったままで、何度もそう言って立ち上がってしまった。だから少女たちは、自分たちも裸足になって川に入り、改めて乾くんの全身に塩を振りかけた後で、乾くんの身体を上から抑えた。やがて、乾くんの中の悪霊が暴れ始めた。少女たちは夢中になって乾くんを押さえつけた。そして、気がついた時には、乾くんは悪霊に負けて、肉体から離れてしまっていた。

「とんでもないヤツにのりうつられちゃったんだね」

「乾くん、可哀相」

「うん、可哀相」

今、少女たちは、乾くんの抜け殻になってしまった肉体を見下ろしながら、少しの間だけ神妙な気分になっていた。醜い顔を見せ、口の中に土を詰まらせている、この悪霊こそが、憎むべき相手だった。

「早く、埋めよう」

そう言うと、少女は悪霊の腹を蹴った。白く柔らかい腹は、少女に蹴られても音ひとつ立てない。あとの二人も同時に足で死体を転がした。そして、黒々と口を開けている穴に落とす。その上に梨紗とありんこが乾くんが着ていた服や運動靴を投げつけた。

三人は小山に突き刺さっていたシャベルを使って、せっせと穴を埋め始めた。

「前からこんな穴、開いてたっけ」

少女はふと不思議になって聞いてみたが、ありんこも梨紗も何も答えなかった。しばらくは、土をかぶせる音だけが響いた。

「一度川に戻って、手を洗わなきゃ」

「うん、泥だらけだね」

「悪霊の跡も、消さなきゃね」

乾くんの魂が抜けてしまった肉体は、お化けの顔のままで土に埋もれていった。山になっていた土を全部かぶせる頃には、穴はすっかり無くなっていた。ありんこが、繁みの傍に生えていたホタルブクロを摘んで来て、黒い楕円の土の上に挿した。

「乾くんが悪霊だったなんて、誰にも言うの、よそうね」

「当たり前だよ。今日のことは、全部忘れるんだからね」

「何があっても、秘密にしようね」

「誰かに話したりしたら、その人にも災いが起こるんだよ。きっと死ぬんだから」

そして、少女たちは固い誓いを立てあった。

少女が最後に見た乾くんは、水面に近い場所で目を見開いていた。星明かりを受けて、乾くんの二つの目は今にも何か語り出しそうに、きらきらと光って見えた。

せめて、もう少し仲良くなりたかったのにと思いながら、少女は土に埋まった乾くんの抜け殻に心の中でさよならを言った。

10

いちばん最初に目についたファミリー・レストランに車を乗り入れると、梨紗は一目散に手洗いにかけ込んだ。とにかく、限界に近かった。とうとう水を流し、手だけでは我慢出来なくて、肘から先を全部洗った。

目の前の鏡をのぞけば、そこには汗で前髪を額に貼りつけて、目の下に隈《くま》を作っている痩せて疲れ果てた女の顔がある。

――全部、洗い流すの。全部よ、全部。

唇を動かして、呪文のように呟きながら、梨紗は何度も手を洗った。あの時だって、こうして泥を落としたのだ。川の水で、梨紗は肘から先の全部を洗った。洗っても洗っても、爪の間に入っている土や、乾くんの皮膚の感触は消えないような気がした。だから、梨紗は飽きることなく手を洗い続けた。

何度も石鹸を使って手を洗ったが、手のひらに残る感触はなかなか消えなかった。濡れたままの手のひらをじっと見つめ、梨紗はまた最初から手を洗い直す。

――消すのよ。全部。全部。全部。

そうして三十分近くも手を洗い続けていると、皮膚はふやけて白くなった。それでも梨紗はやめることが出来なかった。流し続ける水道の水の音と、ついさっき聞いた川の音とが一緒になって、自分も洗面台に吸い込まれてしまいそうな気さえしてくる。

「まだ、洗ってるの」

夢中になって洗い続けていると、化粧室の扉が開いて亜理子が顔を出した。

「落ちないの。落ちないのよ」

梨紗は半分泣きそうになりながら、すっかりふやけてしまっている手を亜理子に差し出した。亜理子は、その手に黙ってハンカチを乗せてくれた。

「大丈夫よ。落ちてる。綺麗になってるわ」

「そう？　落ちてる？」

梨紗は、ぼんやりとハンカチを見つめ、その、ほんの微かな重みと温もりを感じたところで、ようやく気持ちの落ち着きを取り戻した。

亜理子に連れられて席に戻ると、車の中でもずっとすすり泣いていた恵美の顔からは涙はもう消えていて、代わりに惚《ほう》けたように間の抜けた表情がはりついていた。亜理子は、席につくと、すぐに手帳を取り出して、懸命にせかせかと何かを書き込み始めた。

「ああ、いけない。電話をしなきゃならないところがあるんだった――ああ、これもだわ。何だってこう、忙しいのかしら」

亜理子は顔をしかめて舌打ちをする。そしてそのまま、しばらく誰も何も言わなくなった。

梨紗には分かっていた。三人が三人とも、同じ思いでいることだけは確かなことだったのだ。

今夜、梨紗たちの「あの子」は、再び川床に沈んだのだった。水面のすぐ下で目を見開いたまま、あの子は何も映さなくなった二つの瞳を、ただ月のようにぼんやりと光らせていた。何もかも、あの時とそっくりな光景だった。

もしかしたら、すべてが夢なのではないかという気がする。けれど、夢にしては長すぎた。かれこれ十年以上も続いている夢などあるはずがないのだ。

――だから、夢じゃない。あの子は、また沈んだの。

「それにしても――」

運ばれてきたままで、とうに冷めてしまっているコーヒーを眺めながら、また亜理子が口を開いた。

「梨紗が車持ってるって、知らなかったわ」

「――だって聞かれなかったもの」

梨紗は、ぜんまい仕掛の人形にでもなった気分で、口元だけを動かした。そして、自分で自分の声を聞きながら、未だにちゃんと自分の耳も口も機能している、ということを確認して、ひどく驚いた。

時計を見れば、あれからまだ三時間とたってはいなかった。梨紗は、川底に身体をこすりつけながら、どこまでも流れていく哲士の姿を思い浮かべた。現に、梨紗たちが恐怖と緊張のあまり、岩の上で動けずにいる間にも、哲士の身体は少しずつ流され始めていたのだ。

「乾くんに憑いてた霊じゃ、ないでしょうね」

恵美が虚ろな目で言った。突然、何を言い出そうとしているのか分からなくて、梨紗と亜理子は恵美の顔を見つめた。恵美は宙を見つめたまま、ぼんやりとしていたが、やがてゆっくりと亜理子と梨紗を見比べた。

「私をあそこから落とそうとするなんて、普通の人間じゃ考えられないことなのよ。それを、あの人はやろうとしたんだ。いくら私が妊娠してると思ってたからって、その子を何とかしなきゃと思ったからって、そんなこと——」

「でも、梨紗がめぐのアパートに行かなかったら、今ごろああなってたのは、本当はあんただったかもしれないのよ。梨紗が、あんたが妊娠していないって気がついたから——」

「やめてっ！」

恵美は泣いたせいですっかり化粧も取れていて、またもや子どもの頃と変わらない顔に戻っていた。だが、それは亜理子も梨紗も同じことだった。涙こそ、ほとんど流しはしなかったけれど、かなりの汗をかいていたのだ。何しろ、梨紗があらかじめ車を止めておいた場所までは数キロの距離があったし、その道のりを、ほとんどマラソンに近いくらいに走ったのだから、化粧など残っているはずがなかった。

「私、そんなことを言ったことだって覚えてないもの。わざと嘘をついてたわけじゃ、ないもの——」

「分かってる——何だか、全部夢みたいな気がしてたのよね」

亜理子も消え入りそうに小さな声でつぶやいた。恵美は再び涙ぐみながら、声を震わせた。

「忘れる、忘れるって、何回も自分に言い聞かせてたの。毎日毎日、ずっと——だって、誓ったんだもんね」

梨紗は、もう二人の顔を見るつもりにもなれなかった。こうしているのが現実なのだとしたら、梨紗はこれまでよりも、もっと自分を痛めつけながら生きていかなければならないということになる。今、分かっているのはそれだけだった。

「めぐの場合は、いつの間にか逆になっちゃってたのね」

亜理子の、疲れ果てたような声が聞こえた。

「言葉にすると、全部本当のことみたいな気がしたんだ。藤代先生に聞かれて、あの、髪の長い黒いズボンの男の子の話をした時から、私が考えたことは、全部本当なんだって、そう思うようになった。周りがそれを信じてくれない時には、もっともっと、色々なことを考えなきゃいけないんだって思った——そうすれば、本当のことなんか、何も分からなくなるって」

梨紗は、ふやけたままの情けない自分の手を、黙って見つめていた。どんなことをしても拭い去ることの出来ない疲労感が、鎧のように全身にはりついている。何が悪かったのか分からない。ただ、哲士は生きていてはいけないのだと、彼がいる限り、梨紗たちの誓いは守られないのだと、そう思った。

「私は、考えないことにしただけだわ。とにかく忙しくして、眠る暇もないくらいに動き回って、何も考える暇を作らないようにしただけ」

今度は亜理子の声がする。

「それにしても――ずっと不思議だったのよ。どうして、あそこにあんな穴があったの？　その前にはなかったよね？」

恵美がそう言った時だけ、梨紗も顔を上げた。

「あれ――あの子が自分で掘ったのよ」

亜理子が、梨紗の顔色をうかがうような表情のまま、顔だけをわずかに恵美に向けて言った。恵美は、まるで意味が分からないという様子で「自分で？」と言う。

「じゃあ、予感があったっていうことなのかしらね」

それから、また長い沈黙が訪れた。

哲士は、今ごろどこまで流れているだろうか。途中の岩に引っかかって、その岩を虚しい腕で抱いているだろうか。

「あの人、森に行きたいなんて言ったから、いけなかったのね」

「あんなに似てたのが、いけなかったんじゃないの」

「弱かったのが、いけないのよ」

本当は分かっていた。哲士の最大の不幸は、恵美とつき合ったこと、そして、亜理子とも梨紗ともつき合ってしまったことだ。彼は三人に等分に自分を分け与えようとしたのかも知れない。そんなことは無理に決まっているのに、そんなことさえしなければ、彼はへたくそなドラムを叩いて、面白おかしく生きていかれたかも知れないのに——。

結局、彼は梨紗たちの誓いの前に敗れてしまった。

「やっぱり、私たちって何かの絆で結ばれてるのね」

亜理子が、煙草の煙と一緒に、嬉しいのか悲しいのか分からないといった、投げやりな調子でつぶやいた。深夜のファミリー・レストランは、ひっきりなしに客の出入りがあった。疲れ果てて痺れたように感じる梨紗の頭には、そんな客の姿の方がむしろ幻に感じられた。

「誓いを、守るのよ」

「今度こそ、絶対にね」

それからまた、恐ろしく長い沈黙が流れていった。梨紗の頭の中には、乾くんが埋められた場所から大きな木が生えている様が浮かんでいた。その木が、哲士の姿にそっくりなのだ。そして、木の周りをホタルが飛んでいる。それは梨紗の魂、亜理子の魂、恵美の魂かも知れなかった。

「ちょっと、失礼」

梨紗は、ふらつきそうになりながら化粧室に行き、今度は胃液を吐いた。他に出てくるものなど何もないのに、吐き気が止まらなかった。苦い胃液と涙にまみれながら、梨紗は自分の身体も緑色に染まっていくような気がした。

——そうだわ。私、植物になろう。何があっても黙ってる、何があっても、感情を出さない。私、植物になるわ。

いくら吐こうとしても、これ以上出てくるものもなくて、仕方なく席に戻れば、そろそろ東の空が白んでこようとしていた。梨紗は、テーブルの上に放り出してあった車のキーを摑んだ。

「じゃあ、ここで」

「気をつけて」

「元気でね」

ここで、三人はそれぞれに別れる約束になっていた。亜理子は、ここから彼氏に電話をして迎えに来させ、恵美は始発が動き出したら、電車で帰る。それで終わりだ。

コーヒーの代金をテーブルに置くと、梨紗は二人に軽く手を振って店を出た。車に戻ると、ダッシュボードの上には、ついさっき誓いを立てるのに使ったマッチが、白いティッシュに包まれて乗っていた。

エピローグ

仕事から戻ると、今日も狭い玄関には子どもの靴が溢れかえっている。手早く夕食の支度をしたら、すぐに夜のカルチャー・センターに出かけようと思って勇んで帰ってきたのに、亜理子は、ここで大きくため息をついた。

両手に提げてきた買い物袋を台所のテーブルに置き、取りあえずは子ども部屋を覗いてみる。案の定、そこにはまるで託児所か学童保育所並みに子どもが集まっていた。

「あがさ！」

部屋の中央に陣取って、頭を寄せ集めている少女たちの後ろに立ち、亜理子は顔を向ける方向も定まらないまま、とにかく自分の娘の名前を呼んだ。ぱっと花が咲いたみたいに、少女たちは寄せ集めていた頭を上げて亜理子を見た。その中の一人の口が「お母さん」と動いた。

「こっくりさんは、駄目って言ったでしょう？」

亜理子は腰に手を当てて、子どもたちが囲んでいるゲーム盤らしきものを見下ろした。

それは、亜理子が子どもの頃に遊んだ手作りのものとは違っていたけれど、確かにこっくりさんと同じ原理の「占いボード」だった。

「だって、超能力の開発なんだから」

あがさと名づけた長女は、最近になって急に大人びてきて、挑戦的な目つきで亜理子をにらみ返してくる。

「開発するのは結構だけどね、そういう物を使うのは、やめなさいって言ってるでしょう?」

亜理子は、そう言うと少女たちに割って入って、ゲーム盤を取り上げてしまった。

「あーん」という声が一斉に起きる。それと同時に、部屋の奥でコンピューター・ゲームに熱中していた長男たちの方からも「ドカン」という爆発音のようなものが聞こえて「あーん」という声が上がった。亜理子は、七、八人の子どもの「あーん」の声のうるささに、思わず耳を塞いだまま、続いて「横暴!」とか「ずるい!」などという言葉を聞いていた。

「お、だ、ま、り、な、さ、い!」

子どもに負けないくらいに大声を張り上げると、部屋はやっと静かになる。亜理子は、血圧が上がりそうになりながら、小さな顔の一つ一つをにらみつけた。

「こんなことをしてるとね、ろくなことはないのよ！　大体、何時まで遊んでるつもりなの、もう、お家に帰りなさい！　ほら、傑《たけし》も！　もう、いったい何時間遊んでたら、気が済むの！」

亜理子が怒鳴っても、子どもたちは大しておびえることもなく、「また始まった」という顔をしている。亜理子の家族は夫婦が共稼ぎだったし、そのおかげもあって、このマンモス団地の中では、いちばん広い間取りの部屋に暮らしていたから、格好の子どものたまり場になってしまっている。その子どもたちを毎日のように怒鳴りつけて、それぞれの家に帰すのが、亜理子の日課のようになってしまっていた。

「おばさんだってね、忙しいのよ！　それなのに、毎日毎日、同じことを言わせないでちょうだい！」

「おばさん」

「ほら、もうっ。お菓子は食べ散らかすし、家は汚すし。あんまりひどいとね、皆のお母さんに言って――」

「おばさん、電話！」

その時、隣の棟に住んでいる長女の親友が、電話の子機を差し出した。こうなってくると、誰が自分の家の子どもか分からないではないかと思いながら、亜理子は電話を受け取り、最後にもう一度「いいわね、ちゃんと片づけて、綺麗にして、今日はもう帰りなさい」と言ってから、電話を受け取った。

「あがさちゃんのお母さんて、いっつも動き回ってるね」

「あんなに怒ってばっかりだと、皺《しわ》が増えるのにね」

「もう増えてるよ。怒り皺」

　子どもたちがぶつぶつと文句を言うのを聞きながら台所に戻り、ようやく電話機の「保留」のボタンを押すと、亜理子は別人のような柔らかい声で「滝沢でございます」と言った。

「あ、滝沢恒平さんの、お宅ですか」

　聞き慣れない、ハスキーな女の声が飛び込んでくる。

「奥様はおいでですか」

「私ですが」

「あの、滝沢、亜理子さんですか」

「さようでございますが。どちらさま？」

　受話器を肩ではさんだまま、亜理子は子ども部屋でやっと片付けが始まったのを確認し、買ってきた食料品を袋から出し始めた。聞き慣れない声は「岩瀬、と申します」と言う。そんな名字には、覚えはなかった。

「岩瀬さん、ですか？」

「あの、旧姓、月本亜理子さん、ですよね」

「――はい」

「わぁ、よかったぁ。ありんこでしょう？　私よ、めぐ！　旧姓松田恵美よ。久しぶり！」

初出　一九九二年九月　角川書店刊

文春文庫

水《みず》の中《なか》のふたつの月《つき》

定価はカバーに
表示してあります

2003年11月10日　第1刷

著　者　乃《の》南《なみ》アサ
発行者　白川浩司
発行所　株式会社　文藝春秋
東京都千代田区紀尾井町 3-23　〒102-8008
TEL 03・3265・1211
文藝春秋ホームページ　http://www.bunshun.co.jp
文春ウェブ文庫　http://www.bunshunplaza.com
落丁、乱丁本は、お手数ですが小社営業部宛お送り下さい。送料小社負担でお取替致します。

印刷・凸版印刷　製本・加藤製本

Printed in Japan
ISBN4-16-765205-6

文春文庫

ミステリーセレクション

（　）内は解説者

死神
篠田節子

この世に弱い人間などいるのだろうか。ケースワーカーが遭遇する事件《ケース》を通し、現代人の心の闇と強《したた》かな生命力を描く。表題作他「失われた二本の指へ」「緋の襦袢」等全八篇。（岡田幸四郎）

し-32-3

ハルモニア
篠田節子

脳に障害をもつ由希が奏でる超人的なチェロの調べ。それに魂を吹き込もうと指導する東野の周りで不可解な事件が相次ぐ。天上の音楽を目指す二人の行き着く果ては……。（石堂藍）

し-32-4

レクイエム
篠田節子

「腕を一本、芋の根元に埋めてくれ」。大教団幹部の伯父から託された奇妙な遺言。謎の答えは遠い異国の大自然にあった。現代人の抱える闇がみせる、別の世界への六つの扉。（大倉貴之）

し-32-5

ゴサインタン 神の座
篠田節子

ネパールから来た嫁、次々と起きる奇怪な出来事。失踪した嫁を探し辿り着く神の山ゴサインタン。現代人の漠とした不安と奇跡的な魂の再生を描く山本周五郎賞受賞作。（吉野仁）

し-32-6

紫のアリス
柴田よしき

夜の公園で死体と「不思議の国のアリス」のウサギを見た紗季。その日から紗季に奇妙なメッセージが送られてくる。恐怖に脅える紗季を待ち受けていたのは？　傑作サスペンス。（西澤保彦）

し-34-1

ラスト・レース 1986冬物語
柴田よしき

二人の男にレイプされ、奇妙ななりゆきでその一人と同居する羽目になった秋穂。バブルに狂騒する世の中においてきぼりをくってしまった不器用な男女の不思議な恋物語。（島村洋子）

し-34-2

（　）内は解説者

柴田よしき
Miss You
誰かがあたしを憎んでる——。有美は26歳、文芸編集者。仕事も恋も順調な毎日が同僚の惨殺で大きく狂い始める。平凡なヒロインが翻弄される、ノンストップミステリー。（岩井志麻子）
し-34-3

真保裕一
トライアル
ゴールを見つめ、彼らはひた走る。競輪、競艇、オートレース、競馬。四つの世界に賭けるプロの矜持と哀歓を描く「逆風」「午後の引き波」「最終確定」「流れ星の夢」を収録。（朝山実）
し-35-1

白川道
カットグラス
高校時代の同級生三人の友情と一人の女性への愛を描いた「カットグラス」など全五篇を収録。主人公はいずれも四、五十代の男たち。人生の哀切が静かに胸に迫る珠玉短篇集。（小松成美）
し-36-1

高橋克彦
パンドラ・ケース
よみがえる殺人
雪の温泉宿に大学時代の仲間七人が集まり卒業記念のタイムカプセルが十七年ぶりに開けられた。三日後、仲間の一人の首無し死体が……。名探偵、塔馬双太郎が事件に挑む。（笠井潔）
た-26-1

高橋克彦
星の塔
東北の山奥に佇む時計塔に隠された悲しい秘密をえがく表題作など東北の民話が現代に甦る恐怖小説集。『寝るなの座敷』『花嫁』『子をとろ子とろ』『蛍の女』『猫屋敷』他二篇収録。（野坂昭如）
た-26-2

高橋克彦
緋《あか》い記憶
思い出の家が見つからない。同窓会のため久しぶりに郷里を訪ねた主人公の隠された過去とは……。表題作等、もつれた記憶の糸が紡ぎ出す幻想の世界七篇。直木賞受賞作。（川村湊）
た-26-3

ミステリーセレクション

（　）内は解説者

高橋克彦
南朝迷路
隠岐―吉野―長野―青森を繋ぐ後醍醐天皇の黄金伝説。幻のコイン、乾坤通宝は果たして実在するのか。密教集団、立川流の正体とは。塔馬双太郎が挑む歴史長篇ミステリー。（井上夢人）

た-26-4

高橋克彦
即身仏《ミイラ》の殺人
湯殿山麓の映画ロケ地から出土したミイラの所有権を巡って騒動が起こるなかで肝心のミイラが消失、さらに連続殺人事件が。長山と亜里沙、塔馬双太郎が活躍する長篇推理。（小梛治宣）

た-26-5

高橋克彦
前世の記憶
慢性的な頭痛に悩まされ催眠療法を受けた男に甦る、存在するはずのない記憶。それは前世の記憶なのか……？　表題作ほか「針の記憶」「傷の記憶」「匂いの記憶」など七篇。（荒俣宏）

た-26-6

高村薫
地を這う虫
――人生の大きさは悔しさの大きさで計るんだ。夜警、サラ金とりたて業、代議士のお抱え運転手……。栄光とは無縁に生きる男たちの敗れざるブルース。「愁訴の花」「父が来た道」等四篇。

た-39-1

高嶋哲夫
イントゥルーダー
突然、自分に息子がいて重体であることを知らされた私。日常の暮らしに侵入する謎の影。最先端のコンピュータ犯罪と切ない父と子の絆を描きサントリーミステリー大賞に輝く野心作。

た-50-1

夏樹静子
遠い約束
生命保険は人の生命と引換えに結ばれる幻の〝遠い約束〟だ。加入者である庶民に向ける顔と巨大な金融資本として君臨する顔の二つを使い分ける生保業界を衝く話題の長篇。（権田萬治）

な-1-5

文春文庫

ミステリーセレクション

（ ）内は解説者

丹羽昌一
天皇《エンペラドール》の密使
一九一三年、内戦下のメキシコに密命で向かった日本人青年外交官がいた……。彼の周辺で謎の死を遂げる日本人移民たち。第十二回サントリーミステリー大賞受賞作。（馬場太郎）
に-12-1

乃南アサ
紫蘭の花嫁
謎の男から逃亡を続けるヒロイン、三田村夏季。同じ頃、神奈川県下で連続婦女暴行殺人事件が……。追う者と追われる者の心理が複雑に絡み合う、傑作長篇ミステリー。（谷崎光）
の-7-1

乃南アサ
冷たい誘惑
家出娘から平凡な主婦へ、そしてサラリーマンへ。手から手へと渡る一挺のコルト拳銃が「普通の人々」を変貌させていく。精密な心理描写で描く銃の魔性。『引金の履歴』改題。（池田清彦）
の-7-2

乃南アサ
暗鬼
嫁いだ先は大家族。温かい人々に囲まれ何不自由ない生活が始まったが……。一見理想的な家に潜む奇妙な謎に主人公が気付いた時、呪われた血の絆が闇に浮かび上がる。（中村うさぎ）
の-7-3

坂東眞砂子
蛇鏡
永尾玲は姉の七回忌のために婚約者の広樹と故郷の奈良へ帰ってきた。結婚を目前にして姉の綾が首を吊った蔵の中で、玲は珍しい鏡を見つける……それが惨劇の始まりだった。（三橋暁）
は-18-1

東野圭吾
秘密
妻と娘を乗せたバスが崖から転落。妻の葬儀の夜、意識を取り戻した娘の体に宿っていたのは、死んだ筈の妻だった。推理作家協会賞受賞の話題作、ついに文庫化。（広末涼子・皆川博子）
ひ-13-1

ミステリーセレクション

（　）内は解説者

探偵ガリレオ
東野圭吾

突然、燃え上がる若者の頭、心臓だけ腐った死体、幽体離脱した少年。奇怪な事件を携えて刑事は友人の大学助教授を訪れる。天才科学者が常識を超えた謎に挑む連作ミステリー。（佐野史郎）

ひ-13-2

巴里《パリ》からの遺言
藤田宜永

放蕩生活を送った祖父の足跡を追って僕はパリにやってきた。娼婦館、キャバレー、パリ祭……。70年代の魔都のパルファンを余すところなく描いた日本冒険小説協会最優秀短篇賞受賞作。

ふ-14-2

我らが隣人の犯罪
宮部みゆき

僕たち一家の悩みは隣家の犬の鳴き声。そこでワナをしかけたのだが、予想もつかぬ展開に……。他に豪華絢爛「この子誰の子」「祝・殺人」などユーモア推理の名篇四作の競演。（北村薫）

み-17-1

とり残されて
宮部みゆき

婚約者を自動車事故で喪った女性教師は「あそぼ」とささやく子供の幻にあう。そしてプールに変死体が……。他に「いつも二人で」「囁く」など心にしみいるミステリー全七篇。（北上次郎）

み-17-2

蒲生邸事件
宮部みゆき

二・二六事件で戒厳令下の帝都にタイムトリップ――。受験のため上京した孝史はホテル火災に見舞われ、謎の男に救助されたが、目の前には……。日本SF大賞受賞作！（関川夏央）

み-17-3

人質カノン
宮部みゆき

深夜のコンビニにピストル強盗！　そのとき、犯人が落とした意外な物とは？　街の片隅の小さな大事件と都会人の孤独な肖像を描いたよりすぐりの都市ミステリー七篇。（西上心太）

み-17-4